福尔摩斯探案全集

The Adventures of Sherlock Holmes

最后致意

[英] 柯南·道尔◎著

何蕊◎译

石油工业出版社

图书在版编目（CIP）数据

最后致意／［英］柯南·道尔著，何蕊译.
北京：石油工业出版社，2014.5
（福尔摩斯探案全集）

ISBN978-7-5183-0066-2

Ⅰ.最…
Ⅱ.①柯… ②何…
Ⅲ.侦探小说－小说集－英国－现代
Ⅳ.I561.45

中国版本图书馆CIP数据核字(2014)第050258号

福尔摩斯探案全集：最后致意

[英]柯南·道尔著　何蕊译

出版发行：石油工业出版社
　　　　　　（北京安定门外安华里2区1号楼　100011）
　　　　　　网　　址：www.petropub.com.cn
　　　　　　编辑部：(010) 64250921　营销部：(010) 64523603
经　　销　全国新华书店
印　　刷　北京晨旭印刷厂

2014年5月第1版　2014年5月第1次印刷
880×1230毫米　开本：1/32　印张：8.75
字　　数：190千字

定　　价：18.00元

（如出现印装质量问题，我社发行部负责调换）

让夏洛克·福尔摩斯先生的朋友们感到欣慰的是，福尔摩斯先生仍健康地居住在英国，虽然有时会因为风湿病的缘故而腿脚稍显不便。这些年，他始终居住在伊斯特本五英里之外的一个农村，那里四周都是丘陵和草原，十分适合福尔摩斯先生潜心研究他所喜爱的哲学和农艺学。期间，他推掉了不少报酬丰厚的调查案件，决心彻底退下来。但是由于和德国的战争一触即发，为了响应来自政府的要求，他十分出色地发挥了智慧的头脑和丰富的实践功底，取得了《最后致意》中详细记录的卓越成就。还有一些在我的公事包里放置了很久的几件案子，也被收录到《最后致意》中，从而将之编辑成册。

医学博士

约翰·H.华生

Last Salutation

The Adventures of Sherlock Holmes

>>>

CONTENTS 目录

一、威斯特里亚公寓

SHERLOCK
HOLMES

1.艾克尔斯先生的神奇经历

从我的笔记本里，我发现了一个案例，那是1892年3月底，一个寒风四起、大地萧瑟的日子。我和福尔摩斯正在贝克街的寓所吃中午饭，福尔摩斯接到一封电报，他看后马上回电。之后，他坐在沙发里陷入沉思，显得心事重重。然后，他又走到壁炉跟前，在炉火的映衬下，他叼着烟斗，脸色阴晴不定，手里拿着那封电报，久久不肯放下。突然间，他转过身来，看着我，眼光神秘而又诡异。

"华生，有时，我把你当一位文学家来看待，"他说，"'怪诞'这个词的含义，你是怎么解释的？"

"怪异、荒诞。"我回答。

福尔摩斯对我给出的定义表示怀疑，他摇了摇头，说："肯定还有更多的含义，实质上看，应该还有可怕和悲惨的意味。如果回顾一下你的那些吊足了公众胃口的文章，你就会意识到'怪诞'这个词从根本上说往往是和犯罪相关联的。你可以回想一下'红发会'那个案子，开头也是相当怪异，后来就开始以身试法，意欲抢劫银行金库，当然，我们没有让莫利亚蒂教授亲手策划的这个行动得逞。另外，'五个桔核'的案件，也是相当怪诞，五个微不足道的小东西却引发了一场命案。所以，想到'怪诞'这个词，我一般都会警醒、重视起来。"

"电报里是怎么说的？"我问道。

福尔摩斯大声朗读起电报：

偶遇甚难理解和怪诞之事件，能否向你咨询讨教？

斯考特·艾克尔斯

查理十字街邮局

"发电报的人是男的还是女的？"我问。

"自然是男的，女人是不会在发电报后再把回电的钱也付了的。而且，若是女的，她会直接来的。"

"你见过他吗？"

"亲爱的医生，自从在上个案子里，我们成功地把卡鲁塞斯上校缉捕之后，你清楚我对现在这种平淡无味的生活是多么的厌恶。脑子里就像一台空转着的机器，如果没有产品生产，它的结果只会是变成一堆废铁。报纸内容枯燥，生活缺少传奇，这个充满犯罪的世界突然变得平静下来，这让我非常怀念骑士时代的大胆和浪漫。所以，你又可以问我是否要准备研究什么新的高深课题了，不论它是否真的值得我去研究。现在嘛，要是我没猜错的话，我们的客人已经到了。"

从楼梯处传来了一阵有节奏的略有些沉重的脚步声，一会儿门被打开了，一个身材魁梧的人被带进了房间，他胡子已经花白，面容庄重严肃，高贵的气度显示出了良好的出身，但他表情有些沮丧。从他脚下的鞋罩到金丝边的眼镜，可以猜测他是一位好公民，是规规矩矩的传统人士；虽然守旧，但是正派。他敦厚的脸上明显地表露出了某种不安，肯定是因为遭遇了什么非同寻常的经历，让他面带怒容，头发也由于激动和紧张竖了起来。刚一进门，他就毫不犹豫地讲起了他的故事。

"福尔摩斯先生，我遇到了一件最不可思议和令人烦恼的事。"他说，"我有生以来从来没有经历过如此的遭遇，这简直是让人无法忍受，也不合常理，所以，我必须要把它彻底弄明白。"他的语气中满是怒意。

"斯考特·艾克尔斯先生，请坐。"福尔摩斯用缓慢的语调说，"在你正式开始之前，请允许我问你一个问题，你为什么来找我，而不是去苏格兰场？"

"噢，是这样，我认为此事和警察没有多大关联；而且，如果你听完我的遭遇，肯定会同意我不能袖手旁观、听之任之。不过，我平时是不会和私人侦探打交道的，尽管这样，我对你本人可是久仰大名了。"

"原来是这样，我有点明白了，不过，你为什么没有马上来？"

"我不懂你的意思。"

福尔摩斯看了看表，说："现在是两点十五分，你是在大概一点钟发出电报的。看得出你是在早上一醒来就遇到了麻烦事，否则你也不会这样打扮就出门的。"

我们的当事人摸了一下没有剃须的下巴，又用手整理了一下凌乱的头发。

"是这样的，福尔摩斯先生，我根本没打算去梳洗，我一时一刻都不想待在那座房子里。在我来贝克街向你请教之前，我不得不自己先去打听了一些情况，在房产管理员那里，他们说关于韦斯特里亚寓所出租一事，一切都顺利，而且加西亚先生已经把房租提前付清了。"

"不过，我平时是不会和私人侦探打交道的，尽管这样，我对你本人可是久仰大名了。"

"等一等，先生。"福尔摩斯笑着说，"你的说话习惯有点像我的这位朋友华生医生，开口说话总是找不到先后顺序。请你先停下来，整理好思路，慢慢说，到底发生了什么，让你这样匆匆忙忙地跑出来找人帮助，连靴子和马甲的纽扣都没扣好。"

我们的当事人有些无可奈何，不禁低头看了看自己有失礼仪的衣服。

"我现在这样子确实很糟，福尔摩斯先生。我没想到，我这辈子还会遇到这种事。等我把这件离奇和怪诞的事讲给你后，你就会认为我这个样子是合情合理的。"

可就在此时，他的陈述被外面的一阵喧闹声给打断了。赫德森太太打开门，走进来了两个体格强健、一身官员打扮的人。其中一人就是我们总打交道的苏格兰场的葛莱森警长，他器宇轩昂、精力十足，算得上伦敦警长中的翘楚。他同福尔摩斯握手致

>>> 我们的当事人一下子惊呆了，双眼因为这意想不到的消息
睁得很大，脸上血色全无。

意后，向我们介绍了他身边的同事，就职于萨里警察所的贝尼斯警长。

葛莱森警长说："福尔摩斯先生，我们两个一起跟踪，结果跟到了你这里。"他瞪着大眼问我们的当事人："你是约翰·斯考特·艾克尔斯先生？住在波汉公馆？"

"我是，有什么事吗？"

"是有事找你，我们跟踪了你一个上午了。"

"你们靠的是电报来跟踪他的吧。"福尔摩斯说。

"没错，福尔摩斯先生，我们从查理十字街的邮局发现了一些线索，就找到了这里。"

"你们凭什么跟踪我，你们到底想要干什么？"

"我们想找你了解些情况，斯考特·艾克尔斯先生，是关于威斯特里亚寓所的阿洛依苏斯·加西亚先生的，他昨天死了。"

我们的当事人一下子惊呆了，双眼因为这意想不到的消息睁得很大，脸上血色全无。

"什么？他死了……你是说他死啦？"

"是的，毫无疑问，他死了。"

"出了什么事？他是怎么死的？"

"应该是谋杀，如果现场发生了谋杀案的话。"

"上帝啊……多么可怕的事，你们……你们难道怀疑是我干的吗？"

"别紧张，不过在死者的口袋里发现了你写给他的一封信，信里说你打算昨晚在死者家里过夜的。"

"是的，信是我写的。"

"你在他家过夜了，对吗？"

两位警长边问边掏出了一个记录本。

"别忙，葛莱森，"夏洛克·福尔摩斯说。"你们要的无非是一份清楚的供词，我没说错吧？"

"是的，但我也可以提醒斯考特·艾克尔斯先生，这份供词可以用来控告他。"

"斯考特·艾克尔斯先生本来正要给我们讲整个事情的经过，你们恰好进来了。华生，我想来一杯白兰地加苏打水对我们的客人是非常有帮助的。先生，这里只是多了两个听众，我认为你完全可以不必介意，继续说下去，就像刚才那样。"

我们的客人一口喝完了我递给他的白兰地，脸上略微有了一些血色。他迟疑地扫了一眼警长的记录本，用低沉的语调开始讲述他这一段时间的不平常经历。

"我是个单身汉，一个人住在波汉公馆。"他说，"平时我结交了一帮朋友，经常会举办一些聚会。朋友中有一个叫麦尔维尔的，是个停业的酿酒商人，他的家在肯辛顿的阿伯玛尔大楼。几周前，我们一拨人在他家里聚餐，结识了一个年轻的新朋友叫加西亚。和他闲聊的过程中，我知道他有西班牙血统，同西班牙驻伦敦的大使馆还有些关联。此人外貌英俊，态度谦和，英语也讲得很纯正。"

"我和加西亚十分投机，同我一样，他一开始也很喜欢和我聊。在那次见面后的两天里，他特地到我家拜访我。接触过几次，他热情地邀请我到他家小住几日。他家就住在厄榭和奥克斯

8

肖特之间的威斯特里亚寓所，昨天晚上，我正是按照和加西亚的约定去的。"

"在我去之前，他对我谈起过他家里的一些情况。他有一个忠实的仆人，也是西班牙人，会说英语，为他打理一切杂事。此外，他非常幸运有一个很好的厨师，那是个混血儿，是加西亚一次在旅行的时候碰到的，做了一手好菜，加西亚就把他雇来了。他也曾谈论过在萨里这个地方能找到这样的一个住处是多么的幸运，当时我同意他的看法，虽然后来事实证明这个住处是那样的怪异。"

"昨晚，我乘马车去了那个地方，是在厄榭以南约两英里。房子面积很大，背朝着大路，在屋前有一条弯曲的道路，可以通车，道路两旁都是高大的常青灌木。房子有些破旧，可能是年久失修的缘故，看起来破破烂烂的，不很体面。当马车停到那斑驳不堪、有些锈蚀的大门前时，我满眼都是荒凉，内心生出一种压抑的感受。我有些犹豫了，怀疑在这样一种陌生的地方拜访一个其实我知之甚少的人是否是正确的选择。加西亚出来亲自给我打开门，对我的到来显得极其热情，这让我一时打消了迟疑。主人把我交给一个神态忧郁、皮肤有些黝黑的男仆，让他替我拿着包，带我到早已准备好的卧室。晚宴即将开始时，我仍然明显感觉到整个屋子里充斥的压抑气氛。当我和加西亚对面而坐共进晚餐时，他虽然在表面上热情地招呼我，但却显得漫不经心，谈话的内容也前言不搭后语，甚至有一点不知所云。他的一些动作也让人不解，一会儿用手指敲打桌子，一会儿又用牙齿啃指甲，这和以往的那个加西亚判若两人。这顿期盼已久的晚餐也做得谈不

9

上精致可口，连那个仆人也看着心事重重，工作起来拖泥带水。这一切既显得荒唐，又让人无法理解，我敢向你保证，当时，我真想找个理由回自己的家去。"

"还有一个细节，我想你们在座的各位会感兴趣，也可能和你们两位警长正在调查的案子有关联。那是快吃完晚饭的时候，仆人送进来一张便条，主人看后更加显得焦虑不安。他干脆不再搭理我，而是呆坐在那里不停地吸烟，想着自己的心事。至于那便条上写的什么，他没有说，我也没问。好不容易挨到十一点左右，我就告辞去卧房睡觉了。躺下后，过了一会儿，加西亚敲门，他在房门口站着问我是不是按过铃。我说没有，他表示抱歉，说不该轻易在这么晚来打扰我，并说时间快一点钟了。再后来，我应该是睡着了，一直到天亮才起床。"

"现在，该到这段经历最离奇的部分了。我醒来后，天色已经很亮了，我一看怀表，时间已将近九点了。在睡觉前，我特意嘱咐仆人要在早上八点叫醒我，我对于他们的健忘和懒惰感到很气愤。我跳起来，按铃想把仆人叫来，但是没人答应。于是我又按了几下铃，还是无人来招呼我。我想估计是铃出了问题或者仆人在忙没有听到铃声。我一肚子火，随便把衣服套上，想下楼找人。等我下楼一看，楼下空无一人，我惊呆了，大声在客厅里叫嚷，但是仍然没有人回答。我挨着找了每一间房屋，没发现仆人和那个混血厨师的踪迹。加西亚的房间我清楚地记着，前一天晚上他还热情地介绍给我看。于是我敲他的门，同样是寂静无声，我试着去推门，门没锁，我进去一看，主人不在屋内，床上很平整，被褥都没动。就这样，主人加西亚和这房子中的仆人、厨师在一夜之间都神秘地消失了。而我初次拜访威斯特里亚寓所就以这样荒诞的结局而结束了。"

夏洛克·福尔摩斯听后，一边握着双手，脸上露出深奥的微笑，一边把记录在纸上的这件怪事收进他专门记载奇闻轶事的手册中。

他说："你的经历真是怪诞，先生，你后来又做了什么？"

"我当时非常气愤，我猜自己无疑是成了一个无聊的恶作剧的牺牲品了。我以最快的速度收拾好我的东西，把大门狠狠地摔上，急匆匆地赶往厄榭。我找到当地最大的房地产经纪商艾伦兄弟公司，那个充满诡异气氛的别墅当初正是由这家公司负责出租的。我突然想到，这个恶作剧的策划者加西亚之流绝不至于只是为了把我耍弄一番这样简单，一定是想借机逃避支付房租。现在是三月底，该付上一季度的房租了。当我把这个担心告诉房地产经纪商时，他们对我的提示表示感谢，不过他们说这个别墅的租金已经提前支付了。我还是不甘心，决定一查到底，于是进城拜访了西班牙大使馆，大使馆说不知道有加西亚这么个人。后来，我又去了第一次遇见加西亚的麦尔维尔家。但是我发现他对加西亚的了解程度还不如我。我不得已就向你求教，福尔摩斯先生。在收到你的回电后，我就到了这里。因为我从别人那里了解到，你是个擅长分析和解决各种复杂难题的人。后来，警长先生，当我听到你进屋后说的那些话，才了解到后来发生在加西亚身上的悲剧，但这事跟我毫不相干。我向你们众人保证，我刚才说的都是百分之百的真实发生的事，除了我说的这些情况外，关于加西亚的死因和其他的一切，我都不知道，我可以为此向上帝发誓。我现在唯一的愿望就是忘掉这可怕的经历。"

"福尔摩斯先生，那个炉子的外面有栅栏，加西亚扔便条时可能没扔准，这张纸片就是在炉栅外面找到的。"

>>>

　　"你说的我都相信，斯考特·艾克尔斯先生，"葛莱森警长用一种比较缓和的口气安慰着惊魂未定的来客，"或者说，你刚才提到的各种情形，同我们所了解到的情况基本吻合。例如，晚饭的时候，仆人送进来的那张纸条。后来这张纸条加西亚在看完后是怎么处理的，你有没有看到？"

　　"是的，我曾观察到这个细节，加西亚看完便条后就把它团了一下扔到壁炉里去了。"

"贝尼斯先生，对于这个问题你有补充的吗？"

贝尼斯虽然是一位来自乡镇的侦探，但有着一双犀利有神的眼睛，这双眼睛显然对他的职业大有裨益。这个身材健壮、略有些肥胖的红皮肤的汉子谦恭地一笑，拿出一张有折过的变了颜色的纸片。

"福尔摩斯先生，那个炉子的外面有栅栏，加西亚扔便条时可能没扔准，这张纸片就是在炉栅外面找到的。"

福尔摩斯点了点头表示欣赏。"找到这张小纸片前，你们肯定把那房子做了一次非常周密的检查吧。"

"是的，福尔摩斯先生，我做事就是这样的风格。葛莱森先生，我现在可以把这纸片的内容念念吗？"

苏格兰场的警长点了点头。

"便条是写在米色条纹纸上，没有水印，这种纸张很常见。便条只用了一整页纸的四分之一，是用剪子分两下剪开的，我想，肯定是把短刃剪刀。这便条折了三折，是用紫色的蜡封上的，写信的人用一个椭圆形的东西在蜡上压过。收信人是威斯特里亚公寓的加西亚先生。上面写着：

是属于我们的颜色，绿色和白色。绿色开，白色关。主楼梯，第一个过道，从右边数第七个房间，内有绿色粗呢。祝顺利。

便条显然是女人写的，笔头很尖。而地址是用另外一支钢笔写的，笔头粗大，或者就是另外一个人的笔迹。"

"这张便条有很多奇怪的东西，"福尔摩斯扫了一眼。"我不得不说，贝尼斯先生，我钦佩你细致的检查以及对于这张便条的细节方面的关注。除了你说的之外，也许我还能补充另外一些信息供诸位参考，椭圆形的封印，应该是用一颗同样形状袖扣的平面完成的——还能有什么样的东西会有这种作用呢？剪刀是短刃的，而且是折叠式的指甲刀，剪到纸上的两刀距离很短，可以很清晰地看到在剪开的两处地方同样都有折痕。"

贝尼斯侦探憨厚地一笑。"我还以为自己已经明察秋毫了呢，现在知道了我确实漏掉了一些东西，而且都是很重要的。"他说，"在一开始的时候，我承认自己并没有把案子的重点放在这便条上，从这内容上看，我只能想象发信人和加西亚要联手实施一个秘密的行动，同时这里面还牵涉到一个女人。"

当大家在根据各自观点发表意见的时候，斯考特·艾克尔斯先生显得忐忑不安。

"先生们，我很高兴你们能找到这张便条，它的存在和我所讲的内容是吻合的，"他说，"但是，我想知道，加西亚先生为什么会遭遇到那种悲剧性的结局？他家里出现的反常的情况，我们该怎么解释呢。"

"加西亚的情况比较清楚，"葛莱森说，"我能直截了当地回答你，人们发现今天早晨他死在距离他家大约一英里的奥克斯肖特空地上。他的头被打成了肉酱，是用沙袋或者什么很沉重的东西打的，下手很重，把头都打烂了。那个地方很荒凉，人烟稀少。我们分析有人从他后面袭击了他，凶手似乎是做了很充足的准备。凶手把他打倒在地后又继续猛击他的头部。这真是一起疯狂的杀人案件。作案的人很狡猾，现场没有留下一点足迹和线索。"

"现场留有了一点线索，对你有些不利，艾克尔斯先生，"贝尼斯警长接着说，"我们从死者的口袋里发现了你给他的信，信上说你要在他家做客并留宿，而他就是在那天晚上死的。正是这封信的内容及地址，我们才很快知晓了死者的姓名和住所。我们在今天早上九点赶到加西亚的家，那个时候你已经不在了，别的人也都跑了。我特意发电报给葛莱森先生，让他在伦敦查访你，在仔细检查了威斯特里亚寓所后，我进城和葛莱森先生会合，然后一路追踪来到了这里。"

"我在想，"葛莱森站起来说，"我们还是先公事公办，斯考特·艾克尔斯先生，能否请你和我们去警察局，把你的供词做个记录。"

"可以，我随时听候你们的吩咐。福尔摩斯先生，对于这个案子的后续调查，我还是想聘请你出马，我希望你能够不惜费用，务必把真相搞清楚。"

听到这里，福尔摩斯转过身去，看着贝尼斯说："我同你合作共同查清此案，结果还是按照我们的老规矩，你该不会有意见吧，贝尼斯先生？"

"哪里会，福尔摩斯先生，有你的参与，我个人感到很荣幸。"

"贝尼斯，你是这行的老手了，办事也很利索，也有条理。我想知道，死者是何时遇害的？有确切的时间吗？除了那张便条，还有其他的线索没有？"

"加西亚遇害的时间在凌晨一点左右，当时下雨了，他在下雨时就死了。"

"不可能，根本不可能，贝尼斯先生，"我们的当事人激动地叫了起来，"加西亚的声音我不会听错的，我发誓，在凌晨一点的时候，他还在我的卧室门口问我话，并亲口说了像'时间很晚了、都一点钟了'的话。"

"越来越有意思了，艾克尔斯，别那么绝对，这还是有可能发生的。"福尔摩斯笑着说。

"你发现什么线索了吗？"葛莱森问道。

"仅仅从表面上分析，这案子似乎并不太复杂，不可否认这里面掺杂了一些很异样的元素。我认为有必要再了解一些细节，然后才能发表最后的定论。对了，贝尼斯先生，在你检查那所公寓时，除了这张便条，有没有发现过一些新奇的东西？"

贝尼斯侦探用不可理喻的表情看着我的朋友。"有是有，"他说，"确实有一两件非常怪异的东西。等我们去警察局例行公事后，我想你们是有机会亲眼目睹的，届时你会乐意发表一番评论的。"

"随时恭候！"福尔摩斯按了一下铃，"赫德森太太，请代我送一下这几位先生，另外，你把这电报交给听差发出去，让他付五先令的回电费。"

客人们走了之后，我和福尔摩斯安静地坐了一会儿。他拼命地吸烟，目光尖锐，眉头紧锁，他的头习惯性地伸向前方，我从他脸上看到了他特有的表示在专心思考的神态。"华生，"他突然问我，"你对此案有何高见？"

"我对斯考特·艾克尔斯先生的离奇经历和讲述的内容还没有什么思路。"

"那么在案中发生了什么样的罪行？"

"从加西亚的仆人都消失殆尽这一点看，他们有合伙谋杀主人的嫌疑。"

先令，英国的旧辅币单位。1英镑=20先令，1先令=12便士。起源可追溯到罗马帝国时代，于1971年英国货币改革时被废除。

<<<

"这个观点是可能成立的，不过，如果是他的两个仆人想合伙谋害他，为什么不选择一个更加方便下手的时间呢，而是偏偏选择有客人留宿的那个晚上动手呢？在整整七天时间里，除了昨晚，其余的几天，两个仆人完全可以想怎么动手就怎么动手。"

"如果没有参与谋杀，他们为什么逃走呢？"

"是啊，亲爱的华生，他们为什么要逃走呢？这里面恐怕有些隐情。另外一个重要的事实就是我们的当事人那一晚离奇的经历。要对这两种情况作出判断，会不会超出了人类智力的极限呢？如果我们能够提供一种解释，这个解释也能顺便说清楚那张神秘的便条中所隐含的内容，那么即使把这种解释当一种假设也是好的，在这个基础上，我们如果还能了解到一些新的情况，并完全与案子的表面细节相符合的话，那么我们的假设就可以慢慢清晰，逐渐成为答案了。"

"那么，我们该怎么确定假设呢？"

17

福尔摩斯半仰着靠在椅背上，眼睛微睁。"我们要承认一件事，华生，恶作剧是不可能的，正如在那片雨夜的空地里发生的可怕的血案，这里面隐含的事情非常严重。把我们的当事人斯考特·艾克尔斯邀请到威斯特里亚寓所和这件可怕的阴谋是有实实在在的联系的。"

"那是一种什么样的联系呢？"

"我们不如还是用我们习惯的方法一步步地推导一下整个案情。从一开始，这个年轻的充满活力的加西亚和守旧传统的斯考特·艾克尔斯之间友谊升温得过于迅速，尤其是那个西班牙人，他对艾克尔斯似乎亲密得过了头，现在看来有些处心积虑。他曾不辞辛苦赶到伦敦市区的另一头去拜访我们那位当事人，最后邀请他到威斯特里亚寓所做客。这当中，他主动结识艾克尔斯目的何在呢？艾克尔斯对他有什么吸引力呢？至少我是看不出这位英国绅士有什么突出的个人魅力，既不特别聪明，也不可能和一个头脑灵活的拉丁族人有什么共同的品味。那么，加西亚为什么在他认识的人中直接选择了他，难道是因为一种特殊的东西吗？比如一种特别的气质。那我说艾克尔斯倒真是不缺乏，他是一个传统的英国绅士，是一个能够比其他的英国人留下深刻印象的人。你刚才已经看到，他刚才在陈述的时候，尽管所说的内容是如此的荒诞、离奇，但两位警长对他并没有提出任何疑问。"

"但是，留下深刻的印象是为了要见证什么吗，那会是什么呢？"

"整个事件到了现在这种局面，恐怕他见证不了什么了。可是，如果是另外一种结果，他就可以见证一些事，我对此深信不疑。"

"我有点明白了，是让他做一个不在现场的证明。"

"你说对了，华生，加西亚就是要让人相信他不在某个现场。为了打开思路，我们可以先这样想：不论是出于什么样的企图，威斯特里亚寓所的主仆一伙人是在共同谋划一个阴谋。我们假定他们计划在凌晨一点钟前离开。于是，他们在时钟上做了些手脚，这样可以让艾克尔斯去上床睡觉的时间要比艾克尔斯认为的时间要早些。达到的效果就是，当加西亚去告诉艾克尔斯是凌晨一点钟的时候，时间其实还没到十二点。如果加西亚能按原计划完成某个任务并按时回到房间内，那么，他就可以对任何指控都能找出有力的辩护和人证。我们可敬的当事人可以在任何法庭上宣誓说被告在凌晨一点钟时在屋里没有出去，对于加西亚来说，这是对付极端情况出现的一张保票，但是，他并没有预想到还有比这个更极端的情况会出现。"

"有道理，我明白了。不过，他的另外两个同伙逃之夭夭，是因为什么？"

"我们还没了解到全部的事实，只从眼前这些材料来分析，会引导我们走向歧途。任何困惑都会有水落石出的一天，华生，你已经不小心陷入了手头的这些线索中，有点不能自拔了。"

"那便条呢？"

"便条上是怎么写的呢？'是属于我们的颜色，绿色和白色。'这听起来像是在赛马。'绿色开，白色关。'这代表着一种信号。'主楼梯，第一个过道，从右边数第七个房间，内有绿色的粗呢。'这似乎是在指明地点。嘿嘿，华生，这事情如果真的发生了，我们有可能会碰到一个醋意大发的丈夫。显然这是一

次冒险的事件，不然她就不会说'祝顺利'了。'D'——这是
什么意思？"

"加西亚是西班牙人，我推想写这便条的'D'是一个女人名
字的缩写，比如多洛雷斯，这是个很常见的西班牙女人的名字。"

"你的推理很有趣，但是那显然是不对的，如果是两个西班
牙人之间写信，还会用英文吗？写这便条的人肯定是英国人或是

20

美国人。我们现在必须要耐心等待那位很自以为是的警长回来，不过，我们今天的运气是出奇的好，这案子让我免受了呆坐在这里徒生无聊和闲散的痛苦。”

在等待贝尼斯警官的期间，福尔摩斯收到了回电。他看了回电后，想把电报收起来，看到我正想开口问些什么，就随手将电报递给了我。

“看来我们一不小心进入了贵族的圈子里。”他说。

电报上列了一些人名和住址，其中不乏一些有头有脸的大人物：

哈林比爵士，住丁格尔；乔治·弗利奥特爵士，住奥克斯肖特塔楼；治安官海尼斯·海尼斯先生，住帕地普雷斯；杰姆斯·巴克·威廉斯先生，住福顿赫尔；亨德森先生，住海伊加布尔；约舒亚·斯通牧师，住内特瓦尔斯林。

“我已经把需要关注的范围缩小，”福尔摩斯说，“我想，贝尼斯在这里应该会采取一些计划，他的脑子可不慢。”

“我没明白。”

“我亲爱的朋友，刚才我们已经分析到了一些细节，加西亚吃晚饭时收到了一封信，不论是让他去约会或者幽会，根据我们对信中内容的解释。如果加西亚赴约，他要爬上一个主楼梯，到过道里找第七个房门。我们的结论是：加西亚要去的房子肯定很大，同时就我估计，这所房子离加西亚身亡的地方不会超过一英里，因为加西亚死之前正是朝那个方向走的。而且，加西亚是想在凌晨一点钟前完成这次约会并赶回寓所，以证明他不在现场。

由于那个地方的大房子有限，我就发电报给艾克尔斯提到的那个房地产经纪商，刚才的电报里的就是那个地区拥有这类大房子的主人。我肯定这起离奇古怪的案件的答案就在他们中间。”

等贝尼斯警长返回贝克街并陪同我们来到美丽的萨里村时，时间已经指向下午六点了。福尔摩斯和我简单地吃了一点晚饭，并安排好了合适的住处。然后，在贝尼斯的引导下，我们步行前往威斯特里亚寓所。当时正值3月，春寒料峭，细雨伴着冷风扑面而来。我们在黑暗、荒凉的空地上艰难前行，距离那个悲剧发生的地方越来越近，那情景让人感到凄凉和无助，如同这刚刚发生的惨剧和扑朔迷离的案情。

2.圣佩德罗之虎

经过几英里徒步跋涉，我们来到一扇大门前。里面有一条栗树林荫道，弯弯曲曲，把我们带向一所低矮黑暗的房屋，夜空下，它显得十分孤独、幽静。房门左边的窗内透出微弱的灯光，表示这里还是人类的世界。

“我在这里安排了一个警察值班，”贝尼斯说，“我来敲窗。”他走过草坪，用手敲了敲窗台，透过模糊的窗玻璃，我隐约看到一个人从火炉旁的椅子上跳起来，随之发出一声尖叫。不一会儿，一个脸色苍白的警察气喘着打开了门，抖动的手里拿着一支蜡烛。

"我不经意一抬头，看见窗框的外面有一张脸正在偷看我。上帝啊，那是怎样一张可怕的脸啊……"

"怎么回事，瓦尔特斯？"贝尼斯对手下的表现很是恼火。

那警察用手背擦了擦脑门，长吁了口气，说："警长，您来了我真高兴。这个夜晚太漫长了，我的神经好像不如以前那样坚强了。"

"神经？瓦尔特斯，我怎么不知道你身上还有神经。"

"警长，这屋里静得瘆人，还有厨房里那些奇怪、恐怖的东西。您刚才敲窗户时，我以为那个怪东西又来了。"

"你说的是什么东西？"

"是鬼，我确信是鬼，警长，就在窗口。"

"哪个窗口，什么时候发现的？"

贝尼斯举着蜡烛，橱柜后面的一件东西被照亮了，那是件很特别的玩意儿，皱巴巴的，十分干瘪，很难形容是个什么东西。

>>>

"大约两个小时前，天黑了，我坐在这里看报。不经意一抬头，看见窗框的外面有一张脸正在偷看我。上帝啊，你不知道，警长，那是怎样一张可怕的脸啊，今晚我做梦肯定会梦到它。"

"瓦尔特斯，一个警察怎么能说这样的话。"

"我明白，警长，可是它真的让我害怕极了，我不得不承认。你要知道，那张脸不黑不白，反正是一种奇怪的颜色，就好像往泥土里混了些牛奶。至于那脸的样子，脸庞有您的两个大，上面有两只夺目的大眼睛，眼珠凸出，加上那一口白牙，就像一个魔鬼。警长，当时我被吓得一动不动，也不敢呼吸，直到它消失，我才跑出来，我大着胆子穿过灌木林去查看，上帝保佑，什么也没发现。"

"瓦尔特斯，你真让我失望，如果不是很了解你，凭借你今天的表现，我得给你记上一个黑点。如果那真是鬼，一个值班的警察也该勇敢地和它面对，甚至用手去碰碰它，然后再想着感谢上帝。你这该不是什么幻觉吧？"

"至少这点还可以解答，"福尔摩斯说着，把他的袖珍小灯打开，"我看没错，"他动作麻利地检查了一下草坪说，"我看那人穿的是12号的鞋，从脚的尺寸来看，应该是个大个子。"

"还能看出什么吗？"

"他好像是穿过了灌木林，然后朝大道的方向跑了。"

"不管他，"贝尼斯严肃地说，"不论他是谁，他到这里想干些什么，我们没必要浪费时间去追踪他，我们还有重要的事要办，福尔摩斯先生，如果你允许，我们还是搜查一下这座宅子吧。"

当我们对每个卧室和起居室都仔细搜查后，没发现什么有价值的东西。很显然，租客刚来这里住时，随身携带的东西很少，也可能是空手而来。除了房子本身，房子里的家具及各种物件，都被租客一起租了下来。衣柜里的一些衣服上都有高霍尔本的马克思公司的标记。通过电报询问这家公司，马克思除了记得这位西班牙买主付钱很爽快外，其他的就知之甚少了。在加西亚的零碎物品中，有几个烟斗、几本小说，其中两本是西班牙文的，还有一只老式左轮手枪，一把吉他。

"和我们上次搜查的结果一样，没什么有价值的线索，"贝

<<<<

贝尼斯从洗涤槽下提出了一个铝桶，里面都是血。他又转身从桌上拿来一个盘子，上面放着一些烧焦的碎骨。

尼斯说，他手里举着蜡烛，迈着大步走出一个房间，进入另一个房间。"福尔摩斯先生，我们还是去厨房看看吧。"

厨房里很阴暗，天花板很高，在角落里，有一个床铺，可能是厨师的床铺。桌子上摆满了装着剩菜的盘子和用过的餐具，显然这都是那顿最后的晚餐留下的。

"看看这里，"贝尼斯说，"你们认为这些是什么东西？"

他举着蜡烛，橱柜后面的一件东西被照亮了，那是件很特别的玩意儿，皱巴巴的，十分干瘪，很难形容是个什么东西。黑乎乎的，皮制的，外形有点像个小矮人。我刚看到它的时候，惊诧地以为那是个黑种小孩的干尸，再仔细一瞧，又像个有些变形的猴子。是动物还是人，我作为一个医生也无从辨认，它身体的中间还挂着两串奇怪的白色贝壳。

"有意思的东西，这太有趣了！"福尔摩斯边说，边看着眼前这件外形丑陋的东西，"还有什么吗？"

贝尼斯没出声，而是把我们领到洗涤槽前面。他伸出蜡烛，眼前的一件东西被照亮了，那是一只白色的禽类，翅膀和躯干被撕得乱七八糟，洗涤槽里都是它的羽毛。福尔摩斯指着这只禽类头上的肉冠，说："毫无疑问，是一只白色的大公鸡，再也没有比这更怪异的东西了，这案子变得越来越有意思了。"

贝尼斯似乎还不甘心，他继续向我们展示那些最不吉利的东西，他从洗涤槽下提出了一个铝桶，里面都是血。他又转身从桌上拿来一个盘子，上面放着一些烧焦的碎骨。

"他们似乎杀了什么东西，又烧了一些，这些碎骨都是我们在灰烬里找到的。医生说这些骨头不是人身上的。"

福尔摩斯微笑着，两只手轻搓着。

"我必须要恭喜你，警长，你非常正确地处理了一件如此复杂、却如此让人深思的案件，你的才能应该让你得到更多的升迁，如果我的这番言论没有冒犯谁的话。"

贝尼斯很高兴，两只眼睛闪出了兴奋的神色。

"你说得太对了，福尔摩斯先生。有时我们会在工作中遇到很多困惑，像这样的案子，确实能给我们带来一些机会，我希望这次能抓住它。你怎么看这些骨头？"

"像一只小绵羊，或者是一只山羊。"

"那白公鸡呢？"

"非常怪，贝尼斯，这种做法闻所未闻，太奇异了。"

"是的，先生。这里的房客太与众不同了，他们中的一个已经死了，会不会是他的同伴跟随在他后面把他一下子打死的？真要是这样，我们肯定会抓住他们，所有的港口和车站都有我们的人监视着。不过，说实话，我本人有些不同的想法。"

"这么说，你有自己的主意了？"

"我要自己行动，福尔摩斯先生。我这样做完全是为了增加我的名望。你已经声名远扬了，我也得努力。如果有一天我能够当众说，我贝尼斯在没有福尔摩斯的帮助下破了案，那我就没有遗憾了。"

福尔摩斯爽快地笑了起来。

"好吧，警长，"他说，"你走阳关道，我过独木桥。如果你愿意的话，我得到的线索随时供你使用。至于这房子，我想该看的我都看了。现在把时间花在别的一些地方兴许更有价值，那再见吧，祝你好运！"

福尔摩斯身上有很多微妙的动作或表情能够证明他正在急切地找寻一条线索，这些动作或表情，除了我，别人是肯定不会注意的。乍一看，福尔摩斯此时像往常一样冷漠，但是，我能在他那双闪烁着光芒的眼睛以及轻松的举止后面发现某种东西，那是一种正被他竭力控制着的热烈和紧张的情绪，这说明他正在思考着什么。我很尊重他的习惯，当他沉默不语时，我什么也不会问。能和他一起参加这种神秘的调查，为抓捕到罪犯而提供我的力所能及的帮助，对我而言已经很满意了。所以，不必用没有意义的插话来分散他的注意力，待真相大白的时候，我自然会洞悉一切。

为此，我耐心地等待着——但是，我越等越感到失望，在一天又一天的时间里，我的朋友毫无作为。有一天的上午，他独自在城里度过，我后来问他，那是去大英博物馆了。除了这次外出，他经常利用整天时间独自一人出去散步，或者就是和村子里的几个闲人聊天，他看上去很想结识和交往这些人。看到他这样的表现，我感到我白等了。

"华生，我坚信在乡下自由而新鲜的空气中住一周对你绝对是有益的，"他说道，"再次看到篱笆树上挤出来的嫩芽和榛树上的小花，那是非常享受的事。带上一把药锄，一个铁盒，加上一本初级的植物学课本，你就和这种有意义的生活很接近了。"说完这些话，他身体力行，开始带着这套行头在乡下四处出没，但带回来的仅仅是几株小草，这完全可以在一个黄昏就能做到。

在我们悠闲散步时，偶尔也能碰到贝尼斯警长。当他和我的朋友打招呼时，笑容有些不自然地堆砌起来，小眼睛一眨一眨的，似乎在瞒着我们什么。他也很少谈到案情，从他断断续续的只言片语中，能感觉出他对案情的进展还算满意。但不可否认的是，在案子发生后的第五天，当我打开晨报看到这样的醒目新闻时，我还是有些惊奇了：

奥克斯肖特杀人案谜案揭破 重大嫌疑犯被警方成功捕获

当我不自觉地读出这标题时，福尔摩斯一下子从椅子上跳了起来，就像被什么东西蜇到了。

"啊？"他声音很尖锐，"难道贝尼斯真的抓到了凶手？"

"按这报纸里所说，恐怕是这样的。"我说着就开始念下面的具体内容。

"昨天深夜奥克斯肖特凶杀案有关之凶犯被警方捕获时，在厄榭及其邻近地区的居民内引起很大轰动。诸位应记得威斯特里亚寓所的加西亚先生在五天前被发现暴死于奥克斯肖特空地，身上有明显被残酷重击的伤痕，当晚他的仆人和厨师全部逃走，显然他们是参加了这一罪行后畏罪潜逃。有人提供了一些线索但并未被证实，那就是死者可能有贵重财物存放在寓所里，最终导致财物失窃，构成命案。负责此案的贝尼斯警长经过多日努力和精心策划，已查明逃犯的藏匿之处。警长有充足的理由可以证明罪犯并未远逃，而是潜伏在事先准备好的巢穴中。据曾经见过厨师的几个商人作证说，厨师的相貌特征非常明显，他是一个魁梧而又可怕的混血儿，长着一副有显著黑色人种特点的黄色脸庞。自案情发生以来，有人曾在附近见过此人。案发后的第二天晚上，他胆大妄为贸然潜回威斯特里亚寓所，被守候的警官瓦尔特斯发现并一路追踪。贝尼斯警长认为，此人的行动定有目的，估计罪犯可能还会再来，于是在灌木林中布置好埋伏。罪犯昨晚果然再次返回寓所，落入了警方的圈套。经过一场搏斗后，罪犯终被捕获，警官唐宁在搏斗中遭到这个暴徒重击负伤。此人的被抓，使本案有望取得重大进展。"

"我们马上去贝尼斯那儿，"福尔摩斯边喊边拿起了帽子。"我们现在去应该来得及在他出发前赶到那里。"我们急匆匆地

>>> 罪犯昨晚果然再次返回寓所，落入了警方的圈套。经过一场
搏斗后，罪犯终被捕获。

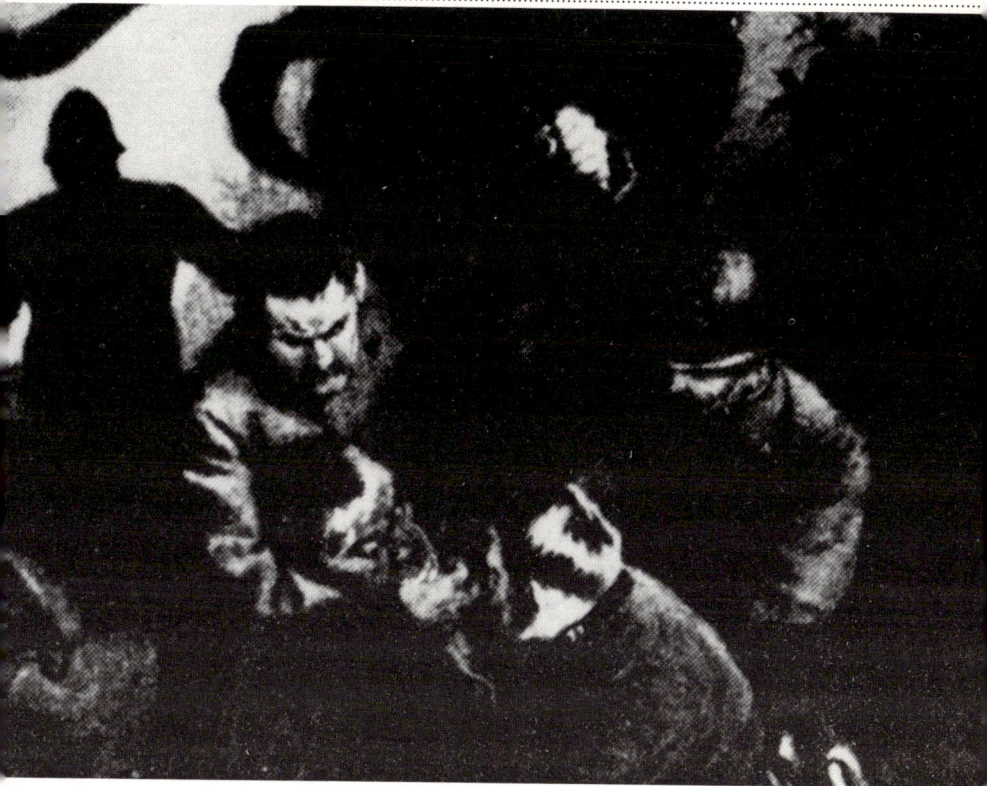

赶到时，和我们所预料的一样，贝尼斯刚要离开他的住处。

"福尔摩斯先生，你们看到报纸了吧？"他问着话，随手把
一份报纸递过来。

"是啊，贝尼斯，我看到了。如果你不见怪的话，我想给你
一点点友好的提示。"

"什么提示？福尔摩斯先生。"

"我对这案子的前前后后仔细研究过，你现在的侦破路线我

不敢肯定是正确的，我不想看到你逐渐远离案子的真相，除非你有确凿的证据和把握。"

"谢谢你的提醒，福尔摩斯先生。"

"我这样做事都是为了你好，贝尼斯，我保证。"

说到这里的时候，贝尼斯的两只小眼睛突然抖动了一下。

"不过，我们都约定好了各走各的路，福尔摩斯先生，我现在感觉我没做错什么。"

"好吧，那很好。"福尔摩斯说，"请你不要介意。"

"哪里，先生，我绝对相信你是出自一片至诚。好在，我们都有各自的计划，福尔摩斯先生，在这件案子上，你有你的思路，我也有我自己的。"

"好的，这个话题就此打住吧。"

"福尔摩斯先生，我的情报对你是随时敞开的。不过，这个被抓的凶犯确实是个野蛮人，身体壮实得像牲口，凶狠得像恶魔。把他制服之前，唐宁的手指差点被他咬断。可恶的是，他不会讲英文，除了哼哼唧唧，从他那儿得不到任何口供。"

"贝尼斯，你能证明是他杀害了加西亚吗？"

"我可没这样说，福尔摩斯先生，我也没做什么。还是那句话，我们各有各道，你用你的，我用我的，这是早说好了的。"

福尔摩斯无奈地耸了耸肩，和我走开了。"我猜不透贝尼斯这人，他现在就像是个盲人在骑着匹瞎马胡乱走路。也好，就按他说的，各人顾各人的，等有了结果，一切自然会见分晓。总之，我感觉贝尼斯在向我们隐瞒着什么。"

我们回到住处的时候，福尔摩斯说："华生，你且在那个椅子上坐好。我现在让你了解一些情况，今天晚上我需要你的倾听和思考。这案子虽然貌似简单，但是距离抓捕真凶还有很长的路要走，需要我们俩开启思路，找出关键点。"

"让我们先回忆一下加西亚死的当晚那张神秘的便条吧，暂且把贝尼斯抓的仆人参与此案的推断放到一边去。事实是这样的：那天晚上加西亚极力邀请斯考特·艾克尔斯来访，这恰恰说明他的目的在于有人能够为他证明他不在犯罪现场。那天晚上，是加西亚有所计划、有所企图的，而且显然他所计划的正是犯罪，最后他在实施这一计划的过程中被人谋杀。只有当一个人心怀不良企图的时候，他才会去费尽心思制造不在现场的假象。那么，杀害他的人会是谁呢？只会是和加西亚对立的那方，正是那些人发现了加西亚的计划，为灭绝后患，杀了他，结果是欲杀人者反而被人杀，我想我们的推断和依据是正确的。

"接下来，让我们来解释加西亚的仆人为什么在主人被杀后失踪了。他们应该都是加西亚的同伙，都参与了主人策划的我们至今还不清楚具体细节的罪行。如果加西亚那晚顺利得手，那么我们当事人的证词会排除掉警方对他的怀疑，那么这一切就是顺顺当当，威斯特里亚寓所也还是照常人来人往。但如果加西亚的冒险尝试未能如愿，而是送了命，他的两个帮手就会马上潜逃并躲到事先准备的地方，以逃避警方的追查，以便寻机再次出手。这样的陈述能说清事情的全部吗？"

听了福尔摩斯的这一番分析，本来在我头脑中缠绕的一团乱麻已经逐渐清晰。和往常一样，每次遇到同样的问题，靠我自己是难以分析得如此明白。

福尔摩斯之父，阿瑟·柯南·道尔爵士。

"可是，为什么其中一个仆人要跑回来呢？"

"我们可以想象，在他们匆忙逃走的过程中，他是不是落下了什么珍贵的东西，是一种他舍不得丢掉的东西。这也正说明了他的执拗，对不对？"

"那下面呢？"

"下面我们说说加西亚在吃晚饭时收到的那封信，这封信说明还有另外一个同伙在外面配合他们。那么这个同伙在什么地方呢？我曾和你说过，加西亚要去的地方是一个大宅子，他的同伙就在那宅子里。在这附近大住宅的数量不多，所以我在刚来的几天里，到处闲逛，表面上是进行我的植物学入门研究，实际上是在暗中查访所有的大住宅，并调查住宅主人的情况。这其中，有一个宅院，而且只有一家，显得是那么得与众不同，立刻就引起了我的注意，这就是雅各宾老庄园。它坐落在离奥克斯肖特河一英里，距发生凶杀案的地点不到半英里的地方。其他大宅院主人的品行都令人肃然起敬，与此等传奇、神秘的事端毫无关联，只有雅各宾庄园的亨德森先生是个十分怪异的人，稀奇古怪的事发生在他的身上再正常不过。于是我就把所有的眼光放在了他和他家人的身上。

"如何形容这家人呢？一群怪人，而亨德森是他们中间最怪的一个。我找了一个比较合乎情理的理由去见他，可是从他那双凹陷、冷漠的眼睛里，我感觉到他看出了我的实际来意。这个人有五十多岁，身体强壮，动作灵敏，头发是铁灰色，两道浓眉几乎连在了一起，气度不凡，站在那里就像个巡视自己领地的君王，专横跋扈、冷酷无情。他的脸孔就像一张羊皮做的纸，从里而外透着一股灼人的气势。我猜他要么是个异族人，要么就是曾经在热带的什么地方长期居住过，因为他的皮肤枯黄而且有韧度，就像是马裤呢。亨德森的朋友兼秘书卢卡斯先生是个彻头彻尾的外国人，皮肤是棕色的，谈吐很文雅，但举止和神色却像猫一样狡猾，浑身透着刻薄和猜疑。你看，华生，我们已经先后接触了两群外国人了，一群是在威斯特里亚寓所，另一群在雅各宾庄园——从他们身上，我想离找到答案已经不太遥远了。

"亨德森和卢卡斯是这群人的中心，不过，对于我的查访目的而言，另外还有一个人应该才是最重要的，那就是亨德森两个孩子的家庭教师。亨德森有两个女儿，一个十一岁，一个十三岁，她们的家庭教师就是伯内特小姐，这是个四十岁左右的英国妇女。除此之外还有一个亲信的男仆。这一伙人构成了一个大家庭，他们经常在一起去各地旅行。亨德森无疑是个旅行家，经常出门，前几周才从外地回到雅各宾庄园，他这次出的是远门，已经有一年多没回来了。另外，我要补充的是，他非常富有，他想要什么就有什么。至于别的吗，就是他家里有一大堆的管事、听差和女仆，以及那些在英国乡村的大宅院里常有的吃吃喝喝的闲杂人等。

"你一定又在惊叹这么详细的情况从何而来，我在和村里的那些闲汉们聊天中得到了其中一部分情况，另一部分是靠我自己的观察。其中，最好的一个消息来源就是一个被亨德森无故辞退的受委屈的仆人。我很幸运地找到了他，虽然幸运，也要我亲自跑出去找才能得来，否则他自己是不会送上门来的。正如贝尼斯说的那样，我们都有各自的计划，按照我的计划，我找到了亨德森家以前的花匠约翰·瓦纳，他是在他那专横跋扈的主人的无端怒斥下被辞退的，而那些留在庄园里工作的仆人有不少和这个可怜的花匠交往甚密，他们共同的话题就是那个让他们又恨又怕的主人。所以，这样一来，我无疑是找到了发现这个神秘的亨德森一家底细的捷径。

"华生，这是一个奇怪的庄园，里面住着一群更加奇怪的人，华生，我想我还没有了解到所有的情况，但他们确实非常古怪。这个庄园是两边都有住宅的，仆人住一边，主人住在另外一边。亨德森的男仆负责给全家做饭，平时两边没有任何联系，每一样给主人的东西都要拿到一个指定的门口。女教师和两个女孩平时只到花园里走动，根本不出门。亨德森也从不单独出去散步，他的那个朋友兼秘书不离他左右。仆人们说，他们的主人特别惧怕什么人活着，瓦纳说：'亨德森为了钱，已经把灵魂都出卖给了魔鬼，就等着债主来索命了。'他们从何而来，到底是什么人，谁都不清楚，也没人敢问。亨德森的脾气异常暴烈，有两次他在发起怒来时，用打狗的鞭子来打人，幸亏他有个大钱包，可以支付巨额的赔偿款，否则早就吃官司了。

"华生，根据我们发现的这些情况，不如来判断一下眼前的形势。我们可以这样想：那张便条是从这个神秘的庄园中送出去的，便条的内容是指示加西亚去执行一个早已计划好的任务。便条是谁写的呢？是这个庄园里的一个人写的，而且是个女的，那么，除了伯内特小姐之外，似乎不会有别人了。我们的推理应该是正确的。但无论如何，我们还是要暂且把它作为一种假设，看它会指引向哪里。另外，从伯内特的年龄和性格来看，这件事情里是不可能掺杂着爱情之类的东西的。

"如果便条是伯内特小姐写的，作为加西亚的同伙，一旦她得知计划失败以及加西亚被杀，她会怎么办？如果他们合谋的是一种阴谋和犯罪行为，那么她一定是保持沉默。但心里肯定痛恨杀害加西亚的人，也许在一怒之下会设法向杀人凶手复仇。所以，我最初也在犹豫，可不可以去见她？怎么想办法见到她？现在的实际情况对伯内特可不太妙，从案发那晚到现在，伯内特一直没有出现在众人的面前。也就是说，她已经失踪好几天了，是暂时失去了自由，还是和她的同伴加西亚一样，遭遇了杀身之祸？这个问题是需要我们解决的。

"华生，你明白我们现在所处的困境了吧？我们还没有掌握足够的证据，没有权力前去搜查。如果把我刚才所想的和计划的拿给治安官看，他肯定会认为我是在没有根据地臆想。他会说，在那种家庭里，一个女人有几天不见踪影是正常的。但是我感觉她的生命可能正面临威胁，我能做的只是监视这所房子，我让瓦纳留下来看守着大门。我们不能让这种态势再继续下去了，如果法律无法做到，我们只好冒些风险采取些行动。"

"你想怎么办？"

"我知道她房间在那个庄园中所处的位置，可以通过外面一间屋子的屋顶潜入进去。我想最好今晚就去，看能不能直接找到这件事情的要害之处。"

我不得不承认，福尔摩斯计划的这次行动前景并不乐观。到这样一座弥漫着杀气和阴霾的老宅子里，面对那些神秘和可怕的住户，在行动的过程中随时会遭遇的危险，以及法律本身决定的我们正处于一种不受保护的地位，这一切让我对此次行动的热忱受到了很大的影响。但是，在福尔摩斯冷静而又合乎逻辑的推理下，又让我无法反对他提出的冒险行动。我明白，只有这样才能迅速找出事情的症结并可能挽救一个人的生命。我没有说话，用力地握着我朋友的手，事到如今，不容退却。

但是，我们的调查行动在一种始料不及的离奇结局中宣告结束。大约在下午五点，3月的黄昏开始笼罩大地的时候，一个惊慌失措的乡下人闯了进来。

"那伙人都走了，福尔摩斯先生，坐的是最后一趟火车。火车要开动前，那位女教师拼命地逃了下来，我就把她安置在楼下的马车里。"

"干得漂亮，瓦纳！"福尔摩斯一边叫，一边跳起来说，"我的医生，事情见分晓了。"

马车里的女人由于神经的极度衰竭而处于半瘫痪状态，她那瘦弱和疲惫的脸上显示出最近遭遇的悲剧，脑袋无力地垂在胸前。当她抬头注视着眼前的一切时，我发现她的瞳孔已经变成浅灰色的两个黑点，那是服过鸦片的症状。

"根据您的吩咐，我守在大门口，福尔摩斯先生。"那位被主人开除的花匠说，"他们乘坐的马车出来后，我一直跟着到了车站。这位女士很虚弱，但是当他们想把她弄上火车的一瞬间，她突然醒了过来，拼命挣扎，他们把她推进了车厢，她又奋力地挣脱开。我上去把她拉下来，钻进一辆马车，就来到这里了。我带她离开车厢时，永远不会忘记车厢窗子里那张脸，就是那个黑眼睛、怒目圆睁的黄色老鬼，要是被他抓住，我肯定没命了。"

我们把女教师扶上了楼，让她平躺下来，等她喝过两杯浓烈的咖啡，她渐渐地从药效中清醒了。福尔摩斯把贝尼斯请了来，当他看到眼前的一幕，很快就明白了。

"啊，先生，真是凑巧，你找来的证人也正是我要找的。"警长握住福尔摩斯的手热情地说，"从案子一开始，我和你寻找的线索就是一致的。"

"什么？你也盯上了亨德森？"

"唔，福尔摩斯先生，当你在雅各宾庄园旁边的灌木丛中出没的时候，我也正在庄园旁的一棵大树上观察着一切。问题只是看谁先获得掌握核心证据的人。"

"那你为什么还抓捕那个可怜的混血儿呢？"

贝尼斯得意地笑了笑："那个自称为亨德森的家伙不是傻瓜，他肯定已经感觉到自己身处的环境不怎么安全了，只要他觉得危险已经临近，就会马上潜逃，那时我们就会错失良机。我故意错抓混血厨师，就是麻痹亨德森，让他以为我们不再注意他。这样，我们才能有机会找到伯内特小姐。"

福尔摩斯用手拍着警长的肩膀。

"贝尼斯，有朝一日你肯定会高升的。你不缺少才华，你对案子的直觉更是难能可贵。"他说。

"她突然醒了过来，拼命挣扎，他们把她推进了车厢，她又奋力地挣脱开。"

贝尼斯听后满脸堆笑，显得十分自得。

"我让一个便衣在这周时间里一直守在车站，亨德森家的人不管到哪里去，都会在我的监控中。今天当伯内特小姐挣脱的时候，我的便衣不知是否该采取行动。不管怎么说，你的人找到了她，我们的目的也就达到了。没有她作证，我们就没法抓人，这是很明显的事。所以，我们希望尽快得到她的证词。"

"她正在恢复中。"福尔摩斯说，眼睛瞅着女教师，"告诉我，贝尼斯，亨德森这个人到底是什么底细。"

"亨德森就是唐·默里罗，被人称为圣佩德罗之虎的就是此人。"警长说。

圣佩德罗之虎，听到这个名字，我的眼前就会浮现出这个人的全部罪恶史。在那些号称是文明世界却用残暴和愚昧统治国家的暴君当中，他是以荒淫无度和极端残忍出名的。他身体强壮，胆大妄为，精力极为充沛。作为一国君主，他极为自负，对一个温和善良的民族进行了长达十多年的暴君统治。在整个中美洲，他的名字就代表着恐怖。到了他统治时期的最后几年，人民揭竿而起，起义遍布全国。可是他十分狡猾，刚听到一点起义的消息，就立即把他的财产全部秘密转移到一艘船上，这船由他的忠实奴仆控制着。当起义者打到首都，进入他的宫殿时，里面已经空无一物，这个阴险狡诈的独裁者带着他的两个孩子、秘书和财物借着海路成功逃脱，从此隐姓埋名、浪迹天涯。

"绝对没错，先生，唐·默里罗就是圣佩德罗之虎。"贝尼斯说。

"如果你查查这个国家的历史，会知道绿色和白色是这个国家国旗的颜色，和那张便条中说的两种颜色相同。福尔摩斯先生，他自称亨德森，我按照这个名字查询了他之前的经历。为了躲避复仇者，他这些年一直在欧洲大陆游荡，从巴黎到罗马，又从罗马到了巴塞罗那。他的船到达巴塞罗那是一八八六年。很显然，复仇者的动作没这么快。直到现在，人们才发现他。"

"我们一年前就发现他了。"伯内特小姐坐了起来，这之前她一直在专注地听贝尼斯和我的朋友谈话。"有一次，我们就要得手了，他的性命也几乎完蛋。可是某种邪恶的魔神保护了他，也许上帝还想让他继续饱受被追杀的折磨之苦吧。现在，高贵而正义的加西亚倒下了，那个魔鬼又溜之大吉。今后，还会有人倒下去，直到正义得到伸张。我们坚信这一天的到来，正如坚信明天太阳还要从东方升起一样。"她紧握着惨白的双手，由于仇恨和过度消耗，她的脸色格外憔悴。

"可是，伯内特小姐，你在里面扮演什么角色呢？"福尔摩斯问，"一位英国女士怎么会牵连到圣佩德罗的恩怨当中呢？"

"我参加了复仇者的行列，那是因为在当今的世界上没有更好的办法来惩罚罪恶。很多年前，当圣佩德罗血流满地的时候，大英帝国的法律管得了吗？这个强盗用船装走抢掠而来的财物时，英国的法律能约束住他吗？对于你们而言，这些暴行似乎是发生在另外一个世界。但是，我们却清楚，我们正是经历了悲伤和磨难，才认清了真理。即使在地狱里，魔鬼都不会像唐·默里罗那样残暴。只要他的受害者心中复仇的怒火没有熄灭，那么生活对亨德森来说就是煎熬和痛苦。"

"当然是这样，"福尔摩斯说，"他就是你所说的那样极无人道，你是怎么受到他的迫害的？"

"这个暴君的做法就是用各种各样的借口，把凡是会成为他敌人的潜在对手都一一杀掉。我的丈夫，是驻伦敦的圣佩德罗的公使，我的真名是维克多·都郎多太太。我和我丈夫是在伦敦认识的，并且在那里结婚，他是世上少有的拥有高尚品德的人。不幸的是，默里罗知道了他的品德和声望，就用某种借口召他回国，然后把他秘密杀害了。在临回国前，他似乎预感到了灾难的发生，所以没有带我一同回去。他死后，他的财物也被不合法地充公，留给我的只是很少的收入和一颗伤透了的心。

"再后来，全国爆发了起义，这个暴君倒台了。正像你们刚才讲的那样，他携带财宝和家人逃走。可是，这事没有完，他杀害了那么多无辜的人，很多家庭的幸福被他毁掉，这些受害者的家属不会放过他。他们组织了一个协会，发誓一天不除掉默里罗，这个组织就不会解散。当我们发现这个改换了门庭的亨德森就是那个潜逃的暴君时，我的任务就是利用女教师的身份做掩护潜伏在他家，以便把他的情况通知组织。我只有保住家庭教师的位置，才能做到把消息源源不断地送出去。这个暴君没有料到，每天都出现在他和他孩子面前的女人，正是和他不共戴天的仇人。我表面向他微笑，负责教育他的孩子，暗地里却等待着复仇的时机。在巴黎的时候，我们行动过一次，可是失败了。之后，我跟随着暴君跑遍了大半个欧洲，企图甩掉追踪的人，最后来到这里，住进了雅各宾庄园，这是他以前来英国时买的房产。

"让暴君没有想到的是，这里也有正义和审判。加西亚是以前圣佩德罗最高神职官员的儿子，当他得知默里罗要回到雅各宾庄园时，加西亚带着两名忠实的伙伴守候着他，三个人和默里罗都有深仇大恨。他们在白天无法下手，因为默里罗防备森严，没有他的卢卡斯——在圣佩德罗时他叫洛佩斯——在身边做伴，他是不出门的。只有在晚上，他是单独睡的，加西亚他们才有机可乘。有一天黄昏，按照事先的约定，我要给加西亚他们送去最后的消息，因为这个狡猾的暴君警惕性很高，他不断地调换晚上睡觉的房间。我要把最准确的情报送出去，同时在朝向大路的那个窗口发出信号，绿光或白光，表示一切顺利或者行动取消。

"但是，好事往往不随人愿，狡猾的秘书洛佩斯对我起了疑心。我刚写完那张传递消息的便条，他就悄悄地从背后把我扭住，他和那暴君把我拖到我的房间，宣布我是有罪的叛徒。他们想当场用刀杀死我，但又担心警方的追查。最后，他们认为杀死我太过冒险，但是，他们决定要将计就计杀掉加西亚。他们把我的嘴塞住，默里罗用力折我的胳膊，逼我把加西亚的地址给他。

>>>

"我刚写完那张传递消息的便条，他就悄悄地从背后把我扭住，他和那暴君把我拖到我的房间。"

我如果知道这对加西亚意味着遭遇不幸的话，那么，他们就是扭断我的胳膊我也不会屈服。洛佩斯在我的便条上写下了地址，用袖扣封上，让仆人送了出去。这对杀人豺狼是怎样埋伏并杀害加西亚的，我不清楚，只知道是默里罗亲手把加西亚打倒的，因为洛佩斯要留下来看守我。我估计，默里罗一定是隐藏在金雀花树丛里，等加西亚经过时，就猛然从后面把他击倒。最初，他们计划让加西亚进屋来，然后把他当成进屋抢劫的强盗杀死。但是，他们改变了主意，因为他们害怕警方的查询，也担心他们的身份和这件事被公开，那进一步的打击和复仇会接踵而来，他们就永无宁日了。而加西亚在野外暴死，再把我这个情报的源头掐断，然后偷偷溜掉，那复仇组织的追踪就会停止，因为这样既可以吓住一些人，又让他们无从下手。

"我被他们抓住后，有好几次我都差点死掉。我被关在房间里，受到了最可怕和最残酷的虐待和摧残，你们看，肩头的这块刀疤和手臂上的伤痕。有一次，我爬到窗口呼叫，默里罗用一团布塞进我嘴里。我被关押了五天，吃不饱，内心又担心加西亚

"亲爱的华生, 这真是一桩错综复杂的案件," 在贝克街美丽的黄昏中, 福尔摩斯抽着烟斗说道。

的安全, 都快崩溃了。今天下午, 他们出乎意料地给我送来了丰盛的午餐, 等我吃完, 感觉不对, 才发现吃的是毒药。我浑身发软, 脑子里乱哄哄的, 被他们塞进马车里, 后来又到了火车上。就在火车马上快要启动的时候, 我才突然清醒了些, 跳了出来, 他们想把我拖回去, 要不是这位好心人帮忙, 我是无法逃脱魔手的。这位好心人把我带出车站坐上一辆马车。感谢上帝, 我终于回到了人间。"

当伯内特小姐讲她的这番不寻常的经历时, 我们都听得入了神, 最后还是福尔摩斯开了口。

"真正的困难还没有过去, " 他边说边摇了摇头, "华生, 我们的侦破工作已告一段落, 但是法律制裁工作要开始了。"

"是的, " 我说, "一个精明的会钻空子的律师会把这次默里罗谋杀加西亚的行为认定是自卫行动。在这样的情况下, 发生一百次这样的悲剧又能怎么样。"

"行啦, 行啦, " 贝尼斯高兴地说, "法律是要加强, 自卫是自卫, 像默里罗他们这样怀着故意杀人的目的写了信封的地址去诱骗加西亚, 则是另外一个层面的事。不论你是否担心遭到他们的报复，等我们下一次在吉尔福德的巡回法庭上看到雅各宾庄园的房客们时，就证明正义和我们同在了。"

但是，这个历史问题并没有立时得以解决，正义的伸张不得不拖后了。圣佩德罗之虎受到公道的惩罚，还需要等一段时间。亨德森和他的同伙异常狡诈，他们下车后溜进了埃德蒙顿大街的一个寓所，乔装改扮，从后门出去，穿过了柯松广场，成功地甩掉了追捕他们的警察。从那以后，他们在英国就再没有出现过。半年以后，蒙塔尔法侯爵和他的秘书鲁利先生双双在西班牙马德里的艾斯库里饭店被谋杀。有人把这桩案子认为是无政府主义者的行动，但是凶手始终没有落网。为了此事，贝尼斯警长特地来到贝克大街看望我们，带来一张那个秘书的复印图像，以及一张他主人的图像：苍老的面容，深邃的黑眼睛和两簇几乎连在一起的浓眉。我们据此确信，天网恢恢，正义之神毕竟还是睁开了眼睛。

"亲爱的华生，这真是一桩错综复杂的案件，"在贝克街美丽的黄昏中，福尔摩斯抽着烟斗说道。"不可能随便把它看得那样简单，这案子里面包括了两个洲，关系到两群神秘的外族人，加上我们无比可敬的朋友斯考特·艾克尔斯的出现，让案情进一步复杂化了，他所讲述的情况让我们能想象得出，死者加西亚是个足智多谋的人，也有良好的自卫本领。案子的结果还是令人满意的，我们和这位职业精神可嘉的警长合作，在众多的疑点当中抓住了关键，终于在迷雾中找到了一条曲折前进的小路。我的朋友，对于此案，你还有什么不明白的地方吗？"

"那个混血的厨师偷偷跑回寓所是出于何种目的呢？"

"厨房里的那几件怪东西就是答案。这个厨师是圣佩德罗原始森林里的土著人，那几件东西是他们部落里敬仰的神物。在他们逃跑之前，他的同伴劝他把这些容易引人注目的东西丢掉。可是，厨子自始至终还是舍不得那些个怪东西。所以，第二天，他忍不住回来了。当他在窗口悄悄探望时，看见了正在值班的警官瓦尔特斯。三天后，出于信仰的召唤，他又冒险尝试返回寓所，结果中了贝尼斯警长布置的圈套。还有别的问题吗，华生？"

"一只撕烂了的白公鸡，一桶血，和一些烧焦了的骨头，这些怪东西对于那些土著人来说到底意味着什么呢？"

福尔摩斯神秘地一笑，随手打开笔记本的一页。

"你应该记得在乡下调查期间我曾回到城里一次，在大英博物馆度过了一个有意义的上午，我正是研究了你刚才提出的这个问题。听着，这是从艾克曼著的《伏都教和黑人宗教》一书中摘出来的一段话：'虔诚的伏都教信徒们在做重要的事时，都要向他们的神奉献祭品。在某些极端的条件下，这些祭祀仪式采取杀人，然后吃人肉的方式。但在一般情况下，祭品是一只扯成碎片的白公鸡，或者是一只黑羊，割喉放血后，把它放在火中焚烧。'所以你现在明白了吧，华生，我们的土著朋友们在生活中选择的一些方式完全是遵循传统的。这真是怪诞。"

福尔摩斯慢慢地合上了笔记本，又说了一句："但从怪诞到可怕，差别有时是微乎其微，我这样说绝对是有事实根据的。"

二、硬纸盒

SHERLOCK
HOLMES

为了在我的朋友夏洛克·福尔摩斯的办案经历中选出典型的几件来显示他不凡的才能，我尽量回避那些太过骇人听闻的案例，而只是提供最能说明他才干的案件。可是有时我无法把骇人听闻和犯罪这两件事完全分离。笔者真是左右为难，要么必须牺牲那些对于他的叙述必不可少的细节，从而给事情本身蒙上了虚构的成分，要么就得使用随机而不是选择所得的材料。在这段简洁的开场白后，我将在我的记录中找出一些虽然有些恐怖却又十分离奇的案件。

　　伦敦的八月，骄阳如火，把贝克街的房间晒得像一个火炉。阳光直射到街对面房子的浅色砖墙上，再反射到我们这边，刺得人眼睛酸痛。回想起同样难熬的漫长阴沉的冬季，好像也是这些砖墙经常会出现朦朦胧胧的雾气，让人无法理解。为了遮挡光线，我们把百叶窗放下了一些，福尔摩斯蜷缩在沙发里，拿着邮差一早就送来的信看了又看。我自己在印度工作过，锻炼得不怕任何炎热，在华氏九十度的高温里也能安然自若。晨报的内容枯燥乏味，议院都休会了，大家都在打算着出城到乡间或海边避暑度假，我也有此想法，但是口袋里的钱包不容我奢望什么，只好把理想中的假期往后拖延。至于我的朋友，他对度假这项浪费时间和生命的活动是毫无兴趣的。

　　他更愿意滞留在五百万人口的都市中，把他敏锐的感觉器官深入到大街小巷，搜索需要侦破的案件疑点和线索。福尔摩斯天分甚高，但对自然缺乏应有的浪漫情怀，只有当他把目光从城里的坏分子转到乡下的恶棍上时，他才会主动到乡间去呼吸新鲜空气。

看着福尔摩斯聚精会神地在思考，无意谈话，我就把枯燥
无味的报纸扔到一边，靠在椅子上也陷入了沉思。

看着福尔摩斯聚精会神地在思考，无意谈话，我就把枯燥无味的报纸扔到一边，靠在椅子上也陷入了沉思。突然，我同伴的声音把我从沉思中唤醒。

"你是对的，华生，"他说，"这就是一种解决争斗的最荒诞的办法。"

"最荒诞？"我惊呼起来，突然想起他怎么会说出我内心想说的话。我从椅子上立起身子，吃惊地盯着他。

"怎么回事，福尔摩斯？"我喊道，"你真是出乎我的意料。"

看见我一头雾水，他开心地笑了起来。

"我的朋友，你还记得吧，"他说，"前几天，我给你读过爱伦·坡的一篇短文，文章里说有一个人能把他同伴没有表达出来的想法用推理的方法讲出来。你当时听了认为这不过是作者的一种浮夸的说法。我说我也常常有类似的推理活动，你听后仍表示不置可否。"

"没有吧？"

"你虽然没有这样说出口，亲爱的华生，但是你紧锁的双眉已经表达出了你的疑问。所以，刚才当我看到你扔下报纸开始沉思的时候，我很有幸能有机会对此加以推理，最后在有所领悟后打断了你的遐思，来证明我对你的关注程度。"

我说："你几日前读给我的例子里，那个作推理的人是通过观察同伴的举动而给出推断的。我还记得书中描写的情节，他的同伴被石头绊倒了，然后抬头望着星星，如此这般。可刚才我始终是安静地坐在椅子上，能给你提供什么线索？"

"这样就低估你自己了，脸部表情有时也能用来表达感情，你的脸部表情就是你内心活动的镜子。"

"你的意思是说从我的面部表情来分析出我的思路吗？"

"是的，尤其是你的眼睛，你刚才是怎么进入沉思状态的，你可能都想不起来了。"

"是想不起来了。"

"你一开始扔下报纸的动作让我注意到了你，我先是看到你呆坐了近半分钟，脸上没有任何表情。然后看向在墙上你刚配过相框的戈登将军的照片。此时，我从你脸部表情的变化上得出了一个结论，那就是：你在考虑一个问题。然后，你端详起你书上的那张亨利·华德·比彻的照片。之后，你抬头看了看墙，你的意思很显然，你是在想如果把这张照片也装上相框，放在和戈登将军照片相对称的地方就好了，而且还能盖上那面墙的空白之处。"

"分析得很正确！"我惊讶地说。

"这之后，你头脑中所思考的内容又落到了比彻的身上。你一直盯着他看，仿佛在研究他的外貌。过了一会儿，你的眼神有些松弛，不过你仍在看，一副心事重重的样子。你肯定是在回忆比彻的不朽战功。我很清楚，你一定又想起内战的时候比彻是率领北方军队的，你曾说过，我们的人民对比彻太不公平，也太粗暴，为此你感到很不满。你为此事很为比彻抱不平，情绪也很激动。所以我清楚，你看到比彻就会想起这些往事。没过多久，你的眼光离开了照片，我想你的思绪已经回到了内战的时候。你紧闭着嘴，两眼发光，双手紧握，我断定你是在回忆那场生死较量中双方的军人所表现出的英雄气概。可是不一会儿，你的脸上又黯淡下来，摇着头。那是在回首战争带来的没有意思的惨痛的伤亡。你的手摸着身上的旧伤，嘴角闪现了一丝微笑，这说明，你的思考已经得出了结论，那就是通过战争来解决国际争端是最荒诞的。在这点上，我完全同意你的看法，确实，那是一种愚蠢的办法。我现在可以高兴地发现，我的全部推论应该没有错。"

"完全对！"我说，"虽然你刚才已经解释过这中间的过程和推理的方法了，可是我承认，我还是难以理解。"

"华生，道理很简单，要不是你那天对我的话有些怀疑，我刚才是不会用这段推理来打断你的思考的。不过，现在恰好有一个小问题，要找到答案，绝对会比我在推理和思维的解释方面的尝试更为困难。这个小问题已经见报了，说克罗伊登十字大街的库辛小姐收到一个硬纸盒，里面装的东西实在是让人惊讶并出人意料。你读到没有？"

"没有，我没有看到过。"

"啊！那是你看漏了，把报纸给我，在这儿，就在金融信息的下面。华生，请你念一念。"

我拿过他给我的报纸，看到了他指的那一段，那报道的标题是《恐怖的包裹》。

"住在克罗伊登十字大街的苏珊·库辛小姐，是一位年届五十岁的老处女，一贯过着隐居生活。昨日，她的平静生活被一次特别令人作呕的恶作剧打破，除非这件事另有不可告人的阴险目的。昨天下午两点，邮差送给她一个牛皮纸包着的小包裹，包裹里是一个硬纸盒，盒内装满了粗盐。当库辛小姐拨开粗盐时，惊得差点把盒子扔掉。她看见粗盐里面埋着两只人耳朵，这两只耳朵很新鲜，显然是刚割下来不久。这个包裹是前天上午从贝尔法斯特邮局寄出的，没有写明寄件人。库辛小姐平日里来往的朋友和通信者很少，平常也难得收到邮包。但在几年前，她曾将几个房间出租给三个医学院学生。后来因为三个年轻人生活太吵闹，作息很不规律，不得不叫他们搬走。警方认为，很可能是这三名医学院青年对库辛小姐怀恨在心，就采取了这一粗暴行径，因为只有他们才能接触人体器官。这些青年中有一名是北爱尔兰人，据库辛小姐讲，此人正是贝尔法斯特的。目前苏格兰场的雷斯垂德先生已接手此案，案件正在积极地调查过程中。"

"《每日记事》报里就提到了这么多。"当我读完这段报道，福尔摩斯说，"现在说说我们的朋友雷斯垂德吧，今天早上他给我送来一封信，信里说：'我认为你对此案会有兴趣，我们正在尽力查清此事，但目前的困难很多。我们已发电咨询贝尔法斯特邮局，但由于当天邮寄的包裹太多，无法辨认或回忆起寄这个硬纸盒的人的相貌。那个硬纸盒容量半磅，本来是用来装甘露烟草的。医学院学生的嫌疑仍然存在，但如果你能抽出几个小时来案发现场，我将很荣幸，我不是在库辛小姐的宅子就是在警察所。'

"你看雷斯垂德的提议如何，华生？让我们在暑热中拜访一下克罗伊登吧，也可以为你的记事本增加一些内容？"

"我正有此意。"

"很好，开始工作！麻烦你按铃让随从把我们的靴子拿来，还要把烟丝盒装满，再让他们叫一辆马车。我换上衣服，马上就可以出发。"

当我们登上去克罗伊登的火车时，外面下雨了。克罗伊登没有城里那样热浪蒸人，福尔摩斯在出发前发了电报，所以当我们到达克罗伊登车站时，雷斯垂德已经在等候我们。他还像平常那样精神抖擞，一副大侦探的做派。从车站步行五分钟，我们就到了库辛小姐住的十字大街。

这是条很长的街，两旁都是两层高的砖楼，干净而整齐。屋前的台阶都是白色的，妇女们系着围裙，三五成群地在门口闲谈。大约走过半条街，雷斯垂德停下来敲了敲一户人家的大门，一个年纪很小的女仆人开门，带我们进入前厅。库辛小姐正坐在屋内，她相貌温和可亲，眼睛很大，显得很文静。一头灰色的卷发，膝盖上放着一个没有绣完的椅子套，身边有一个装满各色丝线的篮子。

>>> "我说得很明白，我对此事一无所知，向我提问是在浪费时间！"

"那可怕的玩意儿在外屋，"当她一看到雷斯垂德的时候，说，"我希望你们赶快把它拿走。"

"肯定得拿走，库辛小姐，请您放心。我放在这里，是想请我的朋友福尔摩斯先生当您的面检查一下。"

"为什么非要当我的面，先生？"

"我想福尔摩斯先生会向您问一些问题。"

"我说得很明白，我对此事一无所知，向我提问是在浪费时间！"

"我理解，太太，"福尔摩斯用安慰的语气说，"毫无疑问，这件事已经让您很是烦恼了。"

"谢谢，先生。我这个人喜欢安静，一直隐居在这里。现在我的名字竟然上了报纸，警察也到我家里盘问，这让我很不习惯。我一刻都不愿意让这东西放在我的家里，雷斯垂德先生，如果你们要检查，就请到外面的屋子吧。"

库辛小姐说的外面的屋子其实就是一间小棚子，在屋后的花园里面。雷斯垂德俯身走进去，拿出来一个黄色硬纸盒、一张牛皮纸和一根细绳。我们都坐在屋子附近的石凳上，福尔摩斯仔细地查看雷斯垂德递过来的东西。

"这绳子有些来头，"说着，他举起绳子在阳光下观察了一会儿，又用鼻子闻了闻。"雷斯垂德，你看看这绳子是用什么材料做的？"

"麻绳，涂过柏油？"

"没错，毫无疑问，你也注意到了，库辛小姐是用剪刀剪断了这根绳子，从绳子两头的断口就能看得出，这很重要。"

雷斯垂德说："我好像看不出来。"

"剪断的，那意味着绳结没有被解开，瞧，这个绳结打的手法很老到。"

"打得很漂亮，这个我注意到了。"雷斯垂德自得地说。

"好了，绳子先告一段落吧，"福尔摩斯笑着说，"这包装纸是牛皮纸，有股咖啡的味道。包装纸上的字写得很草：'克罗伊登十字大街 S.库辛小姐收'，是用一支笔头很粗的钢笔写的，是J字牌的笔，墨水的质量很差。发信人写'克罗伊登'这个词的时候开始写的是字母i，后来又改为字母y了。这包裹是个男人邮寄的，因为邮寄地址的字体显然是男人的。这个人文化程度不高，对克罗伊登也不熟。看来，一切还算顺利！这是一个半磅的用来装甘露烟草的盒子，盒子的左下角有指印，没有其他明显的痕迹。盒子里的粗盐是用作保存兽皮和其他粗制商品的，埋在盐里面的就是这让人无法舒坦的怪物。"

他边说边从粗盐中取出了那两只耳朵，放在膝盖上仔细端详。雷斯垂德和我则在福尔摩斯的两边俯身下去，一会儿望着这可怕的东西，一会儿望着我们的同伴那张深不可测的脸。看了一会儿，福尔摩斯把耳朵放回了盒子，沉思了片刻。

"你们注意到没有，"他开口说，"这两只耳朵不是一个人身上的。"

"是的，我们看到了。如果是医学院的学生搞的恶作剧，挑两只不成对的耳朵也是很容易的。"

"对，但这件事不是恶作剧。"

"先生，你能肯定吗？"

"根据我的判断，这绝不是一起简单的恶作剧。在医学院，尸体都要注射防腐剂，而这两只耳朵是新鲜的，没有任何防腐剂。而且这两只耳朵是被一把很不锋利的刀子割下来的。如果是学生们来干，情况肯定不会是这样，因为医生的手术刀都很锋利。另外，学医的人只会用苯酚或者蒸馏酒精进行防腐，绝不会用什么粗盐，是吧，华生。我再强调一次，这不是恶作剧，而是一桩严重的犯罪案件。"

听了福尔摩斯的这番话，又看着他的脸色逐渐变冷，我的内心也不由得战栗起来。福尔摩斯这段冷酷的告白给午后的小院投下了一种说不出的恐怖气息，但是雷斯垂德摇摇头，显得有些不以为然。

"我也认为把这件事定性为恶作剧是说不过去的，"他说，"但是另外的说法也是不成立的。我们清楚，这个女人在这里一直过着安静而体面的生活，二十年来一直都这样。而且，这段时间她也几乎没有出过什么远门。罪犯为什么偏偏选择她，把犯罪的确凿证据邮寄给她呢？而且，据我观察，她确实和我们一样对此事的来由毫不知情，除非她是个表演天才。"

福尔摩斯边说边从粗盐中
取出了那两只耳朵，放在膝盖上仔细端详。

>>>

　　"这也正是我们需要搞清楚的问题，"福尔摩斯回答说，"就我看来，我想这样进行调查。我认为这可能是一桩双重谋杀案。你们看到了，两只耳朵中，一只耳朵是女人的，形状很小巧，还穿过耳环。另一只是男人的，晒得黝黑，也穿过耳环。这两个人很可能已经被谋杀了，不然我们会在医院之类的地方得到他们的消息的。今天是周五，那么包裹是周四上午寄出来的。再往前推，悲剧的发生可能在周三或者周二，或者更早。如果有两个人已经死去，那么，也正是凶手把这谋杀的信号传递到库辛小姐这里。那就是说，邮寄包裹的人正是我们要找的凶手。他为什么要把包裹寄给库辛小姐呢，这其中必有玄机。也许是告诉她事情已经办妥，还是为了让她受到打击。如果这样去想，库辛小姐应该认识凶手。但是话说回来，如果她认识凶手，又为什么把这证据拿给警察看。她完全可以把罪证一埋了之，神不知鬼不觉。她要是想为罪犯隐瞒的话，就该这样干。如果不想隐瞒而是揭发，就该说出他的名字来。这两种情况似乎和现实的情况不符，还是让我们探个究竟吧。"他说话的时候，声音又高又急促，眼睛瞪着外面花园的篱笆，可是说到后面，语调反而轻快起来，最后站起来向屋里走去。

"我想问库辛小姐几个问题，"福尔摩斯说。

"那么我就先告辞，"雷斯垂德说，"我手头还有几件小事要处理，而且我不需要再向库辛小姐了解什么了，届时你可以去警察所找我。"

"我们去火车站的时候，会顺便去看你。"福尔摩斯说完就和我走进了前屋，那位老小姐仍然在安静地绣制她的椅套，脸上的表情明显缺乏热情和耐心。我们走进去的时候，她把椅套放到了腿上，蓝色眼睛看着我们，眼神里满是直率和探究。

"先生们，毫无疑问，"她说，"这件事纯属是阴差阳错，这包裹根本就不是寄给我的。这一点我已经和苏格兰场的那位先生解释过很多次，可他对我的话总是不够在意。我这个人在世界上树敌很少，所以他们想要捉弄的对象也不可能是我。"

"我有同感，库辛小姐，"福尔摩斯边说，边在她旁边的椅子上坐下。"我认为此事有一种可能性是——"突然，他的话音收住了，我见他紧紧盯着库辛小姐的侧脸，不禁有些吃惊。福尔摩斯只是稍加停顿，脸上先后闪现出惊疑和满意的神色。当库辛小姐侧过头去想看看他突然停顿的原因时，福尔摩斯已经恢复了往常的平静和谨慎的神态。我知道福尔摩斯并非是偶然的停顿，所以也上下仔细打量了库辛小姐灰白的头发、便帽、耳环以及温和的面貌，但是，却没发现那种让我的同伴突然激动的原因。

"是这样，我有几个问题想———"

"问题，又是问题，这些问题让我烦透了！"库辛小姐明显有些不耐烦。

"我想说，你是不是有两个妹妹？"

"你是怎么知道的？"

"我刚才进屋的时候，看见壁炉上放着一张三位女士的合影。其中稍微年长的无疑是你本人，另两位小姐在外貌上和你很相像，所以你们三人之间的关系也就不难猜测了。"

"对，你猜得没错，她们是我的两个妹妹，萨拉和玛丽。"

"我看到还有一张照片，是你的妹妹在利物浦照的吧。她身边的男子，从衣着上看，应该是个海员，我想照相的时候他们还没结婚吧。"

"很佩服你的观察力。"

"谢谢，这是我的职业。"

柯南·道尔的墓碑。

<<<

STEEL TRUE
BLADE STRAIGHT
ARTHUR CONAN DOYLE

PATRIOT, PHYSICIAN & MAN OF LETTERS

"你说得很对，那后来没多次玛丽就嫁给了布朗纳先生。拍照的时候，他正在南美航线上工作。他太爱玛丽了，不想长期离开她，就转到利物浦至伦敦的这条航线上工作。"

"是征服者号吗？"

"不，是五朔节号。那次吉姆❶来看我时说的，那还是在他开戒之前的事。他开戒后，一上岸就喝酒，经常撒酒疯。日子开始不太平了，他很快就不跟我来往了，接着又跟萨拉吵嘴，现在连玛丽也不给我写信了，我现在也不知道他们的状况。"

很显然，库辛小姐找到了一个让她很感慨的话题。正像很多过着孤独生活的人，刚开始聊的时候她很拘谨，很快就会变得健谈起来。她告诉了我们很多有关她那个妹夫的情况，然后又把话题转移到了那几个医学院学生房客身上。不仅告诉我们这些学生的姓名，还说出了在哪个医院工作。福尔摩斯听得很仔细，还时不时提出些问题。

"对了，关于你的二妹萨拉，"福尔摩斯问道，"既然你们两位都没有成家，怎么不住在一起做个伴呢？"

"是这样，如果你知道萨拉的脾气，你就

会明白我们姐妹俩为什么分开过了。我曾尝试着和她一起生活，但是两个月前我们不得不分开。我不是在说妹妹的什么坏话，她就是太爱管闲事了，也太难伺候。"

"你刚才说她曾跟你在利物浦的妹夫吵过嘴？"

"是的，有一段时间他们的关系很好，她到利物浦也是想多亲近亲近他们。现在可好，她对吉姆·布朗纳没有一句赞美的话。她在这里住的最后半年时间里，经常抱怨吉姆酗酒和耍各种阴谋手段。我想，估计是吉姆发现了萨拉爱管闲事，曾经训斥了她一顿，这让萨拉记恨在心。"

"非常感谢，库辛小姐，"福尔摩斯站起身来，"你刚才说你妹妹是住在瓦林顿的新街，是吗？好的，再见，我认为你确实被一件和你毫不相干的事打扰了，为此我深感不安。"

我们告辞出门，正好看到一辆马车驶过，福尔摩斯叫住了马车夫。

"这里到瓦林顿有多远？"福尔摩斯问道。

"半英里左右，先生。"

"很好，快上车，华生。我们要一鼓作气，案情虽然不复杂，但是还有一两个非常重要的细节我们要搞清楚。马车夫，到了电报局门口请停一下。"

福尔摩斯在电报局发了一封简短的电报后，一路都是靠在车座上养神，为遮挡阳光，他把帽子斜放在鼻子上。很快，马车夫把马车停在了一座住宅前面，这房子和我们刚才拜访的十分相似。我的同伴让马车夫在旁边等候，他下车后，刚要上前叩打门环，门不敲自开，里面出来一位穿着黑色上衣头戴礼帽的青年绅士，他态度严肃，仪表不凡。

"库辛小姐在吗？"福尔摩斯问道。

"萨拉·库辛小姐病得很重，"他说，"昨天她突患一种脑病，非常严重。作为她的私人医生，我认为她必须静养。我认为你还是十天后再来吧。"说着，他关上门，戴上手套离我们而去。

"也好，不见就不见。"福尔摩斯没来由地高兴地说。

"就她现在的状况，她也不能告诉你多少细节。"

"我其实并不指望她和我亲口说些什么，我只想看看她，弄清一件事。好在，我认为我已经掌握了我想知道的一切，只等那封回电了。车夫，送我们到一家好饭店去，我们去吃午饭，然后再去警察所拜访我们的朋友雷斯垂德。"

我们告辞出门，正好看到一辆马车驶过，福尔摩斯叫住了车夫："这里到瓦林顿有多远？"

>>>

　　我和福尔摩斯吃了一顿愉快的午餐，午饭期间，福尔摩斯对案件绝口不提，只谈小提琴的事。他兴致盎然，饶有兴趣地讲述他是怎么买到他那把斯特拉地瓦利斯提琴❶的。那把提琴至少值五百个畿尼，而他只花了五十五个先令就从托特纳姆的一个犹太商人手里买了来。从提琴他又谈到帕格尼尼❷，我们在饭店足足坐了一个钟头，他边喝着红葡萄酒，边向我介绍这位杰出的音乐大师的种种轶事。等下午已经过去，肆虐的阳光变成了柔和的夕照时，我们才起身去警察所。到达时，雷斯垂德正站在门口等着我们。

　　"有你的电报，福尔摩斯先生。"他说。

　　"哈，回电来了！"我的同伴撕开电报看了一眼，又马上揉成一团放进口袋里。"这就对了。"他说。

　　"你查出什么新的线索了吗？"

　　"真相已经大白！"

　　"什么？"雷斯垂德吃惊地望着福尔摩斯，"先生，这可不是开玩笑的时候。"

"我从来没有这样认真过，这是一桩耸人听闻的案件，手段残忍，令人发指，我已经掌握了案件的各种细节。"

"罪犯是谁？"

福尔摩斯在他的一张名片背后匆匆地写了几笔，交给了雷斯垂德。

"这就是罪犯的大名，"他说，"你最快也要到明晚才能抓捕到他，有关这个案子，我希望你不要提我的名字，因为我只想参与那些更有难度和令人费解的案子。华生，我们回伦敦。"我们向车站走去，留下了满心欢喜的雷斯垂德，他瞧着福尔摩斯给他的那张纸片，嘴里还喃喃自语："不可思议的家伙。"

回到贝克街的当天晚上，我们在晚饭后边抽着雪茄边聊天，福尔摩斯说："这个案子，正像你写的《血字的研究》和《四签名》那两个案子一样，我们不得不从结果倒着来推测起因。我已经写信给雷斯垂德，让他提供给我们案情的详细情况，这些情况只有他抓住真凶后才能水落石出。他做这类工作是完全胜任的，虽然他缺乏基本的推理能力，但是一旦知道应该干什么，他就会像一条猎犬一样死死地盯住猎物。也正是这股子干劲，让他在苏格兰场身居要职。"

"按你这样说，案子还没结吗？"

"应该算基本完成了，我们已经知晓这一罪恶事件的凶犯是谁了，尽管在案中的一个受害者的情况我们还没完全搞清楚。或许，你已经有自己的结论了。"

"我猜想，不，应该是我推想，利物浦海轮的吉姆·布朗纳是你怀疑的对象吧？"

"不是怀疑，应该是证据确凿！"

"但是，除了我们掌握的一些很表面的线索之外，我也看不出来什么别的实质性的东西。"

"亲爱的华生，在我看来，正好相反，那是再清楚不过的事了。让我来简单地回顾一下今天工作的主要过程。你应该记得吧，我们刚接触这个案子的表面情况的时候，心中完全没有确切的思路。这其实是一个有利的条件，因为案情一开始没有误导我们，我们也没有形成一种固定的看法，仅仅是去进行调查，然后从调查的细节当中进行推理和推断。我们最先看到的是什么呢？一位非常温和的过着体面生活的单身女士，她并不想把身边发生的所有事都守口如瓶。另外，那张她和两个妹妹的照片，让我的脑子里突然生出一个念头：那个盒子会不会是寄给三姐妹当中的一个，而并非一定是大姐？我当时暂且把这个念头放在了一边，我可以否定它，也可以肯定它，这都由我。然后我们按照那位女士的要求到了花园里，你记得，我们看到了那纸盒和一些非常奇怪的东西。

"绳子是海轮上用于缝帆的那种，绳子上还有一股淡淡的海水气味。绳结也是水手结的一种，包裹是从一个港口寄出的。那只男人的耳朵穿过耳环，而穿耳环在水手中的比例要远远高于在陆地上工作的人。因此我推断出，这场悲剧中的全部男性主人公必须从海员中间去寻找。

"华生，你还记得包裹上的地址吧，对，是寄给 S.库辛小姐的。三姐妹中的老大当然是库辛小姐，她的名字的第一个字母是'S'，但同样它也可以属于另外两个妹妹当中的一个，比如萨拉。当我正在向库

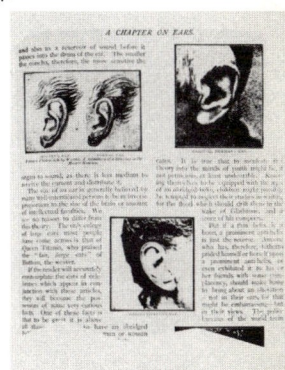

> "华生，作为一个经验丰富的医生，你知道，人体上任何部位都不会像耳朵那样存在着如此多的差异。"

辛小姐担保说我相信这里面一定有什么误会时，你可能还记得，我突然有些愕然地停顿了一下，原因是我看见了某种东西，它使我大为吃惊，但又有助于我们缩小调查的范围。在这种情况下，我们的调查不得不有所转向，于是我们去瓦林顿登门拜访，就是想弄清这一点。

"华生，作为一个经验丰富的医生，你知道，人体上任何部位都不会像耳朵那样存在着如此多的差异。每个人的耳朵都各不相同，这是毋庸置疑的。在去年的《人类学杂志》上，我所写的关于这一问题的两篇短文就是在此方面的研究。所以当我以一个准专家的眼光检查了纸盒里的两只耳朵，并仔细观察了这两只耳朵的特点后，又无意中看到库辛小姐，看到她的耳朵与纸盒里的

那只女人耳朵极为相近时，你可以想象我当时的震惊了。这件事看似巧合，但决非那么简单。两个女人的耳朵耳翼都很短，上耳的弯曲度也很大，内耳软骨的旋卷形状也十分相似。可以说，从所有特征上看，简直就是同一只耳朵。

"我当然马上意识到这一发现的重要性，受害者和库辛小姐有血缘关系这一点是无疑的，可能还是很近的关系。于是，我开始有目的地同她谈起她的家庭，我们从她那里得到了很多详细的又极具价值的情况。

>>>

"于是，真相就像冰山一角，开始慢慢浮出了海面。我们已经知道有个海员，这个人感情丰富，比较冲动……"

"首先，她的二妹叫萨拉，作为大姐的库辛小姐和萨拉在不久前还一直住在一起，所以，误会是怎么发生的，包裹是寄给谁的，就很容易想象的到了。接着，我们又知道那个海员和三妹结婚了，并且得知他曾和萨拉小姐关系密切，所以萨拉就去利物浦和布朗纳一家住过一段时间。后来由于一场离奇的争吵，萨拉离开了她妹妹和妹夫，这几个月来，他们之间没有任何往来和通

信。所以，如果布朗纳要寄包裹给萨拉小姐，他当然会寄到她原来的地址。

"于是，真相就像冰山一角，开始慢慢浮出水面。我们已经知道有个海员，这个人感情丰富，比较冲动。他为了和心爱的女人长相厮守，果断地放弃了一个非常优厚的差事，他有时还嗜酒如命。所以我们是不是有理由相信，他的妻子已被谋害，而且还掺杂着另外一个男人，假定也是一个海员，也同时被人杀害了。当然，这立刻就让人联想翩翩，这一罪行的一头就是一个妒忌的丈夫。那么，为什么凶手把这次凶案的证据寄给萨拉·库辛小姐呢？或许是因为她在利物浦期间曾因为爱管闲事直接造成了这一悲剧的发生？你要知道，布朗纳现在工作的这条航线的船只的停靠地分别是贝尔法斯特、都柏林和沃特福德等。因此，假定作案的是布朗纳，他在作案后立即上了五朔节号，那么，他很有可能在船只的第一站贝尔法斯特寄出那个可怕的包裹。

"如果我们把思维拓宽，在这一时期，显然也有可能得出第二种答案，尽管理智告诉我这根本不可能，可是我仍然决定在继续分析下去之前把第二种可能说清楚。也许凶手是一个失恋的情人，而他谋杀的正是布朗纳夫妇，也就是说，那只男人的耳朵是布朗纳的。这一说法可能会遭到一些人的坚决反对，但却是可以想象的。所以我马上决定发个电报印证一下，我在利物浦警界有个朋友叫阿尔加，我在电报里请他去查明布朗纳太太是否在家，布朗纳先生是否已乘五朔节号走了。发完电报后，我和你就去瓦林顿拜访萨拉小姐去了。

"首先，萨拉可能会告诉我们一些十分重要的细节，虽然我并没有抱太大希望。她肯定在前一天已经听说过这个案子了，因为克罗伊登已经为这个怪异的包裹搞得满城风雨了，而且只有她才真正知道这个包裹的收件人究竟是谁。当然，如果她愿意协助警方，她可能早已向雷斯垂德他们报告了。所以我们必须去拜访她。可等我们到达那里，才发现她很不凑巧地病倒了，而且患的是可怕的脑病。所以，我们有足够的理由认定她了解这件事的全部真相，但我们，包括这里的警方，如若想得到她的所谓帮助，还要等上一段时间。

"好在，我们实际上并不需要她的协助。我们所希望的答案已经由利物浦通过电波到达了警察所：布朗纳太太的大门已经关闭了三天，邻居们都以为她去南方看亲戚去了；同时从轮船办事处得知，布朗纳先生已经乘五朔节号出航。据我推算，他的船将在第二天晚上到达泰晤士河。等布朗纳一上岸，他就会遇到头脑迟钝但是行动果断的雷斯垂德。我毫不怀疑，届时我们将会得悉全部详情。"

夏洛克·福尔摩斯的愿望如期而至，两天后，他收到雷斯垂德邮寄来的一大包信札，里面有这位雷厉风行的警长的一封短信和好几大张打字纸。

"雷斯垂德已经将凶犯抓捕归案，"福尔摩斯说，平静地扫了我一眼。"不妨看看他都说些什么，或许有你感兴趣的内容。"

亲爱的福尔摩斯先生：

按照我们制订的周密计划（华生，这个'我们'说得很有意思，对吧？），我在昨天下午六点前往阿伯特码头调查了五朔节号轮船，该船属于利物浦、都柏林、伦敦轮船公司。经了解，船上确实有一个叫吉姆·布朗纳的人，由于他在航行过程中表现得很不正常，船长已经停止了他的工作。于是我到他的舱位去，看见他坐在一只箱子上，两手撑着脑袋，神情恍惚。此人身材高大，也很结实，皮肤黝黑，有点像曾在冒牌洗衣店那件案子中帮助过我们的阿尔德里奇。当我刚和他说了我们的来意，他就跳了起来。我吹响了警笛，叫来了两名守候在附近的水警，但是他似乎并无反抗的意

"我吹响了警笛，叫来了两名守候在附近的水警,但是他似乎并无反抗的意思,束手就擒。"

思，束手就擒。我们把他连同他的箱子一起带到警察所，我以为箱子里会有什么明显的罪证，但除了大多数水手都有的一把尖刀之外，什么都没有。好在我们并不需要更多的证据，因为审讯刚一开始，他就招供了。速记员照他所供做了记录，打出了三份，其中一份随附在信中。事实证明，不出我所料，此案件实际极其简单。阁下对于我的调查工作给予了很多帮助，特函谢。

你的朋友

G.雷斯垂德

"过程确实不复杂，"福尔摩斯说，"不过，昨天我们和雷斯垂德讨论案情的时候，我并不认为他是这样想的。还是让我们来看看吉姆·布朗纳的供词吧，这是他在谢德威尔警察所向蒙特戈默里警长供述的。"

我没有什么可说的，不，我有，我有很多话要说，我都要讲出来。你可以绞死我，也可以打我一顿。不过，我告诉你，自从我作案之后，我睡觉的时候都是睁着眼睛，我不敢闭上眼睛，一闭眼，就有可怕的东西在我眼前晃，有时是他的脸，更多的是她的脸。他们老在我眼前出现，不是他就是她。他皱着眉头，而她的脸上总是一副惊恐的神色。这只白色的温柔小羔羊，当她从一张以前总是充满爱意的脸上看到杀气的时候，她一定是怕极了。

这一切都是萨拉的过错，她会在我们的诅咒下遭殃的，让她的血在血管里腐烂吧！我不是在为自己洗刷罪过，我知道我喝了酒就会变成一头野兽。我的玛丽，她会原谅我的，如果不是那个阴险狡诈的女人进了我家的门，玛丽还会和我亲密地生活在一起的，就像一根绳子套在一个滑轮上那样。所有这些事情的全部根源是：萨拉·库辛爱上了我，她爱我，直到有一天她清醒地知道我宁可吻我妻子的一个脚印，也不愿搭理她的全部肉体和灵魂时，她的爱情就变成了刻薄和恶毒。

库辛家有三姐妹，老大是个老实女人，老二是个魔鬼，而老三是个天使。萨拉三十三岁，玛丽和我结婚的时候是二十九岁。我们成家后，日子过得很美满。整个利物浦没有一个女人能比得上我的玛丽。后来，我们好心请萨拉来住，先是一个星期，然后

从一个星期住到一个月，就这样，她成了我们家里的常客。

结婚后，我把酒戒了，也有了一点积蓄，生活似乎一切都很美好。上帝啊，谁会想到竟会弄成这样？做梦也没想到。

我一般都是回家过周末，有时碰到船要等着装货的时候，我一次就可以在家里住上一个星期，这样我经常会和我的姨姐萨拉打交道。她是个瘦高个儿，皮肤有点黑，动作很快，性情也很暴躁，走路时总是扬着头，显得很傲慢的样子，目光就像从火石上发出的火花。可是，只要我的玛丽在，我从来没有想到过她，我发誓，请上帝宽恕我吧。

刚开始，我并没意识到萨拉的真实意图。渐渐地，她更愿意单独和我在一起，或是让我和她一起出去走走。有一天晚上，我从船上回家，玛丽不在家，只有萨拉在。"玛丽呢？"我问。"哦，她去付账了。"我有点担心，在房间里转过来转过去。"瞧，五分钟见不到玛丽就坐不住了，吉姆？"她说，"就这么一会儿你都不愿意跟我在一起，我感到太不幸

我说着，善意地把手伸向她表示安慰，但她马上握住我的手，她的手热得像在发烧。

75

了。""别这么说，姑娘。"我说着，善意地把手伸向她表示安慰，但她马上握住我的手，她的手热得像在发烧。当我看到她眼睛里的一些不同寻常的东西时，不需要她说什么，我心里就明白一切了。我心里很别扭，把手抽开了。她很受打击，默默地在我身边站了一会儿，然后用手轻拍了我的肩膀，"好一个痴情的吉姆！"说完，她发出一声嘲弄的笑声就跑出去了。我现在才知道，从那天开始，萨拉恨透了我，我是后来才明白她是一个报复心很强的女人。

我当时真愚蠢，还允许她跟我们住在一起，我真是个不折不扣的大傻瓜。对于萨拉的事，我没有向玛丽讲，因为我担心她会伤心的。生活没有因为这个插曲而发生变化，一切都跟往常一样。但是过了一段时间，我开始发现玛丽有点变了，她以前是那样相信人，那样纯真，可现在她变得很古怪，疑心很重，我去哪里，在干什么，我收到的信是谁写来的，我口袋里装的什么，以及诸如此类的莫名其妙的事，她都要问个底朝天。她显得一天比一天焦虑，动不动就发脾气。没有任何原因，我们开始频繁地吵架，这真使我感到摸不着头脑，但又非常恼火。在这个过程中，萨拉主动回避我，却和玛丽显得亲密无间。我现在才明白，就是她挑拨了我和玛丽的关系，她欺骗玛丽说我在外面胡搞，撺掇玛丽像防小偷一样防范我。可是，我无知得像个瞎子，当时什么都没有看出来。后来我开了戒，又喝酒了。这怪谁呢，如果玛丽像从前那样对我，我是不会再喝酒的，于是她更有理由讨厌我了。我们之间的误解越来越多了，这时候又插进来一个阿利克·费拜恩，事情就变得无可挽回了。

一开始，这个阿利克到我们家是来看萨拉的，这个人有一套招人喜欢的办法，我坚信他这人走到哪儿，哪儿就会有他的朋友。他打扮得很时髦，人长得也很帅气，有一头卷发。他曾跑遍了半个地球，见多识广，而且非常健谈。我不否认他很风趣，像他这样的一个海员，举止又那么斯文，肯定是在船上当过什么高级职员而不会仅仅是一般的水手。在前后一个月里，他经常到我家走动，我从来没想到在风趣和热情的面孔下，还有一颗奸诈的黑心。后来，有些事情让我有所警醒。从那天以后，我的生活就更加不平静了。

那不过是个很小的细节，一次我从外面回来，刚进门的时候，我看见我妻子脸上露出了欢喜的神色，可是等她看清来的是我时，那神情马上又消失了。她满脸是失望的表情，转身走了。这可够我受的，她肯定是把我的脚步声误认为是阿利克·费拜恩的了，我的直觉就是这样告诉我的。如果我当时发现了这小子，肯定会把他狠揍一顿，因为我发起脾气来就像个疯子。玛丽从我眼睛里看出了魔鬼一样的目光，她跑过来用两只手拉住我的衣袖。

"别这样，吉姆，冷静些。"她说。"萨拉呢？"我问道。"在厨房。"她说。"萨拉，"我一边说一边走进厨房，"以后再也不许你让费拜恩进我们家的门。""为什么不许？"她说。"因为我不愿意看到他。""啊！"她说，"要是我的朋友没资格进你的家门，那我也没资格啦。""你愿意怎么想都行，"我说，"不过，要是费拜恩再敢来，我就把他的一只耳朵割下来留给你作纪念。"我想她肯定是被我的话吓坏了，她没敢再开口，当天晚上就收拾行李离开了我家。

天哪，是这个魔鬼般的女人施展了什么手段，还是她直接教唆我妻子去胡来，好让她自己有可乘之机，直到现在我也没搞清楚。总之，她在离我们家两条街的地方找了个房子，费拜恩常常去她那儿，这样一来，玛丽会经常绕道去她姐姐家。她多久去一次，我不清楚。有一天，我跟在玛丽后面闯了进去，费拜恩吓得跳后花园的墙跑了，像只仓皇逃窜的老鼠。我对我妻子起誓，如果再让我看见她和这小子在一起，我就杀了她。我把她带回家，她哭哭啼啼，浑身发抖，由于恐惧，她脸色苍白得像一张纸。我和这个没有主见的女人不再有丝毫的爱情了。我看得出来，她恨我，更怕我。我想到这些烦心事就去喝酒，她也因此更加鄙视我。

后来，萨拉在利物浦待不住，就走了。据我所知，她到克罗伊登和她姐姐同住了。我家里的事还是一切照旧，玛丽和我成了形同陌路的人。直到上个星期，全部苦难和灾祸降临了。

事情是这样的：我们的五朔节号在外面航行了七天，船上的一个大桶松开了，使一根横梁脱了节，我们只好临时进港停泊。我下船回家，心存奢望，认为这会使我妻子感到惊喜，并且盼望她见到我回来会感到高兴。我就这样想着，走入了我住的那条街道。正在这时候，一辆马车从旁边驶过。我竟然发现她就坐在马车里，坐在费拜恩身边。两个人有说有笑，根本没有看到我，而我就站在人行道上，像个被愚弄的傻瓜。

我对你们说，请你们相信，从那一刻起，我脑袋里嗡的一声，就不能控制自己了。现在回想起这件事来，就是一场噩梦。这一段时间，我喝酒喝得厉害。这两个因素在一起使得我无法正常思考。现在，在我脑袋里就像有个什么东西，对，就像一把船员用的铁锤那样在敲打，可是那天上午，好像整个尼亚加拉瀑布在我耳边轰鸣。

我悄悄追着那辆马车，手里拿着一根沉重的橡木手杖，眼睛

>>>

我躲过了他的桨,用手杖狠狠打过去,
他的脑袋一下子就碎裂了。

里已经气得冒出火来了,追踪的时候,我很聪明,稍微在马车的后面离远一点,这样确保我能看见他们,而他们却无法看到我。他们很快到了火车站,售票处周围人很多,所以即使我离他们很近,他们也发现不了我。他们买了去新布赖顿的车票,我也买了。我坐在他们后面的车厢里,中间隔着三节车厢。到达新布赖顿以后,他们沿着阅兵场一路走去,我在后面悄悄跟着,离他们总是不超过一百码。最后,我看他们租了一只船,那天很热,他们一定是去水面上乘凉。

老天保佑,他们就要落到我手里了。空气中有点雾,几百码以外看不见人。我也租了一只船,跟在他们后面划。我能影影绰绰地看见他们,他们却完全没有注意到我的存在。雾气笼罩在我们周围,水面上就只有我们三个人。哈哈,我没法忘掉当他们看见我的时候,他们两个人的脸!她尖叫起来,他则狂骂起来,挥动木桨想打我,因为他一定看到我眼睛里充满了杀气。我躲过了他的桨,用手杖狠狠打过去,他的脑袋一下子就碎裂了。尽管我已经疯狂,但是已经杀了一个人,本来不会对玛丽怎

79

么样的，可是这个蛇蝎心肠的女人却一把抱住那个臭男人，还呼唤他的名字。我气急了，对着她也来了一下，她就在他旁边倒下了。当时，我已经变成一头嗜血的野兽。我敢说，如果萨拉也在那船上，她会死得更惨。我抽出刀子，哎，算啦！我已经说得够多了。每当我想到萨拉看到我寄给她的可怕的物件时，就会带给我一种畅快淋漓的快乐。后来，我把两具尸体捆在他们那条船里面，打穿一块船板，直到船沉下去我才走开。我想船老板一定认为他们俩在雾里迷失了方向，划出海而出事的。处理完一切，我一路返回，最后回到我的船上。当晚，我包装好了给萨拉·库辛的礼物，第二天从贝尔法斯特寄出去了。

我全都告诉你们了，我可以上绞架，你们怎么处置我都可以，但是，你们不要让我一个人待着。我现在根本无法合上眼，一合上眼睛就出现那两张脸——就像当我的小船穿过雾气出现在他们面前的时候，他们盯着我的那个样子。我杀死他们，是痛快了，而他们现在却是在慢慢地折磨我。如果再让我过一个那样的夜晚，天亮之前，我不是被吓疯就是被吓死。你们不会把我一个人关进牢房里吧？

"这说明了什么，华生？"福尔摩斯放下供词，严肃地说，"这一连串的痛苦、滥情、猜忌、暴力、血腥和恐惧，究竟是出于什么目的才允许这些事情的发生？一定是有某种目的，否则，我们这个世界上就要永远受可怕的偶然性来支配了，这是不可想象的。那目的到底是什么呢？恐怕这个问题会永远存续下去，因为这是我们这些普通人的心智永远无法解答的。"

三、红圈会

SHERLOCK
HOLMES

"瓦伦太太，从你的不安中，我看不出有什么特别的东西来，我的时间很宝贵，恕难抽出时间来过问你的这件事。我现在还有些别的事要做。" 夏洛克·福尔摩斯一边说，一边去拿他的那册巨大的剪贴簿。他正在忙于把一些近期的材料剪贴好收在里面，并且做了明确的索引。

可是房东太太并没有退缩的意思，她拥有一些女性的巧妙才能，所以依然礼貌有加但毫不让步。

"先生，我的一个房客告诉我，您去年曾替他办过一件案子，"她说，"他的名字是费戴尔·霍布斯。"

"噢，对，好像有这么件事，案子很简单。"

"可是他总是在我面前提起此事，说福尔摩斯先生是个热心肠，说您能够把一件没头没尾的事分析得头头是道。所以，当我近来陷入极大地困惑的时候，我就想起了他的话。我知道，只要您乐意，没有您办不到的事。"

每当受到应有的恭维时，福尔摩斯还是很好说话的，而且当你诚心实意地面对他时，他也会尽力地去主持公道。瓦伦太太的话以及她的态度让福尔摩斯没法再拒绝，他叹了口气，放下了手中的工作，拖过一边椅子坐了下来。

"好吧好吧，瓦伦太太，我不妨听听你的故事。我抽烟你不反对吧？噢，华生，谢谢你把火柴给我。我刚才听到了一些，你的新房客把自己关在房间里，你看不到他出来，你就为这个烦恼。那又会怎么样，上帝会保佑你的，瓦伦太太，如果我是你的房客，我有时会一连几周不出房间的，不信你可以问赫德森太太。"

"先生，你说得也没错。可是这回的情形大不相同，让我心里很不踏实。福尔摩斯先生，尤其到了晚上，我怕得睡不着。这个房客的脚步声从一大早开始，会一直持续到深夜，非常急促的脚步声，可我就是见不到他的人影，这让我真的受不了。我丈夫和我一样害怕，但是他白天可以外出上班，我就没法躲了。这个房客在隐瞒什么吗，还是在计划着什么可怕的阴谋？整个房子，白天除了那个小姑娘，就是我和那个怪人了，我再也无法忍受了。"

福尔摩斯向前伸出手，用细长的手指轻抚房东太太的肩膀。那是双神奇的双手，如果有必要，他可以施展催眠术之类的手法，瞬间，瓦伦太太眼中的恐惧消失了，紧张的表情也松缓下来，整个人都恢复了平时的神态，她按照福尔摩斯的指示在椅子上坐了下来。

"瓦伦太太，我要了解此事的每一个细节，"他说，"别着急说，仔细想想，最小的细节都会是很重要的线索。你刚才说，这个奇怪的房客是十天前来的，预付了你两个星期的住宿费和伙食费？"

"是的，他一见我就问费用是多少。我说一个星期五十先令，房间内有一间小起居室和卧室，条件很齐全，是在顶楼。"

《红圈会》手稿。　>>>

"然后呢？"

"他说：'我一个星期付给你五磅，但是我要完全按照我的意愿行事。'先生，五镑对于我们这种穷困的人家就是一个大数目，瓦伦先生挣得少，我们要靠租金养活自己。他拿了十镑的钞票给我，说：'如果你能答应我的条件，我可以长时间租你的房间，而且每半个月我会付你一次钱。但是如果无法满足我的条件，我就没法租下去了。'"

"他提出了什么条件？"

"他要自己拿着房间的钥匙，先生，其实这没什么，有些房客也会这样要求。还有一个就是他要完全的自由，我们不能以任何借口去打扰他。"

"这里面有什么名堂吗？"

"从道理上讲，他的要求也不算过分。但是，他实际的举动根本不合情理。他已经住了十多天时间，瓦伦先生、我、还有那个小姑娘连一次面都没见到他。晚上、早上、中午，都会听见他那急匆匆的脚步声走过去，走过来。他一直没出过房门，除了第一个晚上。"

"这么说，第一个晚上他出门了，你们看到他了？"

"是的，先生，出去之后很晚才回来。那时我们都已经睡了。他入住的那天就对我说，他有时会回来得晚，叫我不要闩上大门。那晚，我听见他回来时的声音，当时已经过了深夜十二点了。"

"他怎么吃饭？"

"关于吃饭，他特别说过，他需要的时候会按铃，我们就把他的饭放在门口的一把椅子上。他吃完了会按铃，我们再从同一把椅子上把餐盘等收走。如果他需要什么东西，就写在一张纸上放在椅子上，不过他的字体很怪，是铅字体。"

"铅字体？"

"是的，先生，是用铅笔写的，基本上就写一个词。我带来了一张给您看看——肥皂。这是另外一张——火柴。这是他在第一个早上写的——《每日新闻》。我每天早上把报纸和早餐一起放在椅子上。"

"瓦伦太太，你找了一个很有趣的房客，华生，"福尔摩斯说道，惊奇地看看房东太太递给他的几张纸片，"他确实很反常，闭门不出嘛，我还可以理解，但是为什么要用铅字体呢？这不是个好办法。为什么不直接写呢？这说明什么，华生？"

"说明他想隐瞒笔迹。"

"为什么要隐瞒呢？房东太太看见他写的字，会有什么关系？还有，一张纸怎么就一个字，这么简单？"

"难以想象。"

"他的举止让人琢磨不透，你看，那写字的笔都不寻常，紫色的，笔头很粗。写好之后，纸都是从这儿撕开的，'肥皂'这个字里的'S'撕去了一部分。这能说明什么问题，华生？"

"说明他很小心谨慎？"

"很对，这里面显然还会有一些记号，通过指纹和其他一些东西，都能发现新的线索来说明这是个什么人。瓦伦太太，你说这个人是中等身材？皮肤比较黑，有胡子，他多大年纪？"

"是的，这人很年轻，先生，还不到三十岁。"

"还有其他情况吗？"

"他的英语讲得很好，先生，但从他的口音看，我看他不是英国人。"

"穿着呢，讲究吗？"

"很讲究，先生，完全是一副绅士的派头。但是除了那身黑色的衣服，我看不出有什么其他的。"

"他的名字？"

"他没有说，先生。"

"他有没有收到过信、电报或什么的，也没有人来找他？"

"没有。"

"你，或者是那个小姑娘，曾收拾过他的房间吗？"

"没有，先生，他没让我们进去做打扫，全部都由他自己负责。"

"奇怪，他有行李吗？"

"他只带着一个棕色大手提包。"

"看来这些材料对我们有帮助的不多，有什么东西从他房间里带出来过吗？比如垃圾？"

房东太太从她的包里取出一个信封，从信封里取出两根燃烧过的火柴和一个烟头。

"今天早上在他的盘子里发现的，我特地带来给你看看，因为我听说你能从小东西上找到线索。"

福尔摩斯耸耸肩。"这里面好像没有什么，"他说。"火柴当然是用来点烟的，火柴棍烧得只剩这么一点了，一般来说点一斗烟或是一支雪茄就会烧去一大半。这个烟头嘛，有些怪。瓦伦太太，这个人上唇和下巴都有胡子？"

"没错，先生。"

"这我就不明白了，只有把胡须剃得很干净的人，比如像我这样，才能把烟抽得这么短。这个抽法，华生，就连你嘴上的那点胡子也会被烟头烧到的。"

"难道用的是烟嘴？"我说。

"不，不会。烟头已经叼破了，瓦伦太太，房间里会不会有两个人？"

"不会，先生。他只吃很少的食物，我还怀疑他吃这么一点怎么还能一天到晚走个不停。两个人就更不可能了。

"瓦伦太太，我们还要多找一点线索。总之，你不该抱怨什么，这个房客虽然与众不同，但你毕竟收了租金，况且他还不算一个惹人烦的房客。他出手大方，即使在隐瞒什么，跟你也没有直接的关系。除非我们证明他的所作所为形成了犯罪，否则我们不能过多地干预。我既然知道了这件事，我就会管到底。瓦伦太太，你先回去，如果发生什么新情况，请随时告诉我。必要的时候，我会提供帮助。"

"这件事确实有趣，华生，"房东太太走后，福尔摩斯笑着说，"如果只是一个人的怪癖，那就是件不值一提的小事，但也可能比表面现象复杂得多。我首先想到的是这样一种可能性，现在住在里面的，不是租房间的那个长着小胡子的人，而是另外一个人。"

"你怎么想到这点的？"

"除了烟头之外，这位房客租下房间后在晚上曾经出去过一次，而且仅此一次，这难道不让人回味？他半夜回房间的时候，或者说，某个人回房间的时候，没有一个人看到他，也就是说没人能证明回来的人就是出去的人。另外，租房间的人英语很好，另一个却把'matches'（英文：火柴）的字错写成了'match'。你想想看，这个字应该是从字典里直接抄下来的，字典里只给名词单数，不给复数形式，而且字典里都是印刷的铅字体。用这种简便的办法可能就是为了掩饰屋里的人不懂英语。是的，华生，我现在可以很肯定地说有人顶替了那个房客。"

"这么做出于什么目的呢？"

"是的，我也有此疑问，这里有一个十分简易的调查方法。"他从书架上取下一本大书，那是他平日积攒下来的伦敦各家报纸的寻人广告。"上帝！"他边翻找边说，"真是一个充满着无病呻吟、煽情和废话的大合唱！一堆奇闻轶事的大杂烩！但这也是给一个侦探的最丰富的消息来源！这个奇怪的房客孤身一人，如果直接写信给他，恐怕要泄露一些机密。外面的人怎么和他沟通和传递消息呢？通过报纸上的广告显然是最有效的办法，没有其他更好的手段了，尽管这样做要稍微多破费一些。幸好我只需要锁定一份报纸就可以，这是最近两个星期从《每日新闻》上摘录下来的：'王子滑冰俱乐部戴黑色毛围巾的小姐'——这和我们无关。'吉米不会让他母亲伤心的'——这是个好孩子。'这位昏倒在布里克斯顿的公共汽车上的女士'——噢，我不感兴趣。'我的心每天都在渴望——'没用的，华生——全是废话！啊，找到了，你听这一段：'耐心点，会找到一种可靠的通信办法。目前，仍使用此栏。G。'这条广告是那个房客住进来两天后刊登的，这不是有点眉目了吗？看来，这个神秘客人可能是懂英语的，尽管他可能不会写。看看，我们能不能再找到些有价值的。有了，在这儿，是三天之后的。'正做安排，小心加耐心，乌云就会过去。G。'在这之后一个星期，就没再登消息。看这里，意思很清楚了：'道路已通畅，如有机会，会发信号，记住定好的暗号：一是A，二是B，如此类推，很快会有消息。G。'这是昨天的报纸。今天的报上没有消息。这一切迹象都与瓦伦太太那位房客的特点相符合。华生，我们不妨再等一等，我相信眼前的这团迷雾慢慢会清晰的。"

我的朋友判断得很准确，早上，我看到福尔摩斯背靠壁炉站在地毯上，脸上满是得意的笑容。

"看看这个，华生，"他说，顺手从桌上拿起报纸。"'街对面，红色高房，白色石头门面。三楼，左边第二个窗口。天黑之后。G。'这写得足够清楚了。我想这样，早饭后我们需要去查访一下瓦伦太太的这位房客。啊，瓦伦太太！难道你有什么新消息了吗？"

我们的那位委托人突然跑进屋来，气冲冲的，这代表着事情可能有了新的发展。

"福尔摩斯先生，我们必须要找警察啦！"她喊着，"我受

>>> 今天他刚刚走到街上，突然从后面跑过来两个人，用衣服把他的头蒙上，塞进了路旁的一辆马车。

不了啦！我要让他走人。我本想先听听你们的意见再作决定。但是现在我的忍耐到头啦，老头子刚才挨了一顿打！"

"瓦伦先生被打？"

"没有动手，但是对他非常野蛮。"

"是谁干的？"

"我正想知道到底是谁干的！今天早上，瓦伦先生和往常一样出门上班，他是托特纳姆宫廷路莫顿—威莱公司的计时员，他每天都在七点钟以前出门。结果，今天他刚刚走到街上，还没走几步，突然从后面跑过来两个人，用衣服把他的头蒙上，塞进了路旁的一辆马车。他们带着他跑了约莫有一个小时，然后打开车

门，把他拖到车外，就离开了。他当时吓得魂都快没了，躺在地上半天起不来，连马车是什么样子都没看见。等他站起来一打量周围，才知道是在汉普斯特德荒地。后来他自己坐公共汽车回了家，这会儿还躺在沙发上休息。我就马上到这儿来了。"

"大人物要出现了，"福尔摩斯说，"他看见那两个人长什么模样吗，听见他们的声音没有？"

"都没有，他都快给吓晕了。他只知道有人把他抬起来扔下了车，就像做了个噩梦。不过至少有两个人，也许是三个。"

"你觉得这次袭击同你的房客有关？"

"先生，我们已经在这儿住了十五年了，从来没有碰到这样的事。我受不了这样担惊受怕的日子了，叫这人离开吧，钱算不了什么。天黑以前，我就让他搬出去。"

"等一等，瓦伦太太，先别急，这件事情可能要比我最初想象得还要严重。很显然，你的房客是在躲避某种危险，而危险正是来自于早上袭击瓦伦先生的那伙人。这些人躲在你房子附近在守候他，但是在朦胧的晨雾中，他们看错了人，把你丈夫看成了那个房客。等发现弄错了，就把你丈夫放了，我们想这个推测是正确的。"

"那现在该怎么办，福尔摩斯先生？"

"我想该见见你的那位房客了，瓦伦太太。"

"怎么安排呢？他连我都不见，更不会见你们，除非你破门而入。每次我留下盘子，走下楼的时候，他才开门取东西。"

"他开门拿盘子的时候，我们可以躲在一个地方观察他。"

房东太太低头想了想。

"好的，先生们，那个房间的对面有个放行李的小房间。拿一面镜子，就是躲在门后面也可以看到。"

"很好！"福尔摩斯说，"他一般什么时候吃午饭？"

"一点钟左右，先生。"

"华生和我会提前到达，瓦伦太太，中午见。"

大约中午十二点半的时候，我们来到瓦伦太太住宅的门前。这是一幢黄色砖房，高大但是略显单薄，坐落在大英博物馆东北的奥梅大街上，那条街路面很窄。房子位于靠近大街的一角，从它那里一眼望下去，可以望见霍伊大街和街上一些非常华丽的住宅。福尔摩斯笑吟吟地指着一排公寓住宅中的一幢房屋，那房屋的外观样式一下子就吸引住了他。

"你看，华生！"他说，"'高大的房子，红色，白石门面。'这就是那广告栏中最近一次信号指定的地点。我们知道了这地方，也掌握了暗号，那事情就变简单了。那扇窗口上放着一块'出租'的牌子。很显然，那伙人把这套空房子变成据点了。啊，瓦伦太太，现在情况怎样？"

"我都准备好啦，要是你们两位都来，就把鞋放在楼下。你们现在跟我来。"

瓦伦太太安排的藏身处很好，放镜子的地方也合适，我们坐在黑暗中可以清楚地看见对面的房门。我们还没有来得及坐稳当，就听见从那房间传出了按铃声。不一会儿，房东太太拿着盘子出现了，她把盘子放在紧闭着的房门旁边的一张椅子上，然后踏着重重的步子离开了。我们蹲在门后，眼睛紧盯着镜子。等房东太太的脚步声消失后，传来了钥匙转动的声音，门把扭动了，两只消瘦的小手迅速地伸到门外，把盘子端走。过了一会儿，

我看见了一张忧郁、秀美但有些惊慌的面孔，是个女人！她的眼睛瞪向我们藏身的房间的门缝，然后，把房门迅速地关上。

◄◄◄

又把盘子放回了原处。这次，我看见了一张忧郁、秀美但有些惊慌的面孔，是个女人！她的眼睛瞪向我们藏身的房间的门缝，然后，把房门迅速地关上，接着钥匙转动了一下，一切又恢复了平静。福尔摩斯给我示意，我们两人悄悄地下了楼梯。

"我们晚上会再来，"福尔摩斯对房东太太说，然后他转向我："我想，华生，这件事我们还得回去讨论一下。"

"你看到了，我的推测是对的，"他坐在贝克街寓所的安乐椅里说道。"有人顶替了那个出面租房的房客。但让我没有想到的是，那竟然是一个女人，而且看上去很不一般，华生。"

"她好像看见我们了。"

"是的。现在困扰瓦伦太太的事情已经基本清楚了，我想应该是这样的：一对外国夫妇来到伦敦，想逃避非常可怕并已经悄然临近的危险。从他们采取的严密的超乎寻常的防备措施上，可以看出那危险有多大。男的可能有急事要办，在他离开的时候，想确保他的夫人的安全。这个事有点难度，不过他的办法很妙，效果也极好，就连平日给她送饭的房东太太也不知道楼上的住客到底是何许人。基于这样的判断，其中的很多细节也就很清楚了，用铅体字写字条是为了防止别人根据字迹认出她是个女的。当丈夫的也不能随意接近妻子，否则容易引来敌人。那用什么方法和她联系呢？于是妙计选出，利用报纸上的寻人广告栏。到现在为止，他的安排还算周全。"

"可是，他们为什么要躲避？那是一种什么样的危险？"

"是的，我也在想这个问题。瓦伦太太肯定把事情想简单了，我可以负责任地说，这不是普通的爱情纠葛，你肯定看到那个女人的状态和她发现危险时的表情了吧。与此同时，房东先生遭到莫名的袭击，这肯定是针对这位房客的。那女人惊恐的脸色和这不同寻常的安排都足以证明这是一件有关生死的大事。袭击瓦伦先生的人就是这夫妻俩的敌人，不管他们是谁，目前还不知道这个女人已经顶替那个男的住进了瓦伦太太的房子。这件事的背后会有更复杂的故事，华生。"

"那我们为什么要冒险继续干下去？你能从中得到什么呢？"

"是呀，我们这是为什么呢？为帮助瓦伦太太？还是一种好奇心的驱使？华生，当你看病的时候，我想你更关注的是病情而不是出诊费吧？"

"那当然，我是为了得到教育和进步，福尔摩斯。"

"有道理，华生。这件案子很吸引我，它不会让我们在经济上有所收获，但我们还是要把它查到底。等到天黑的时候，我们会有进一步的发现。"

当我们回到瓦伦太太住处的时候，雾气中，伦敦冬天的黄昏里人影绰绰，整个天际像被一块灰色的幕布笼罩住了，窗户上的黄色玻璃和煤气灯的光晕为回家的路人指引着方向。我们来到瓦伦太太寓所的一间黑暗的起居室，通过窗户向外窥视，昏暗中目标住宅那里神秘地亮起一盏暗淡的灯。

"那房间里有人。"福尔摩斯低声说，他那瘦削的脸庞显出急切的神情，眼光探向窗前。"是的，我能看见他的身影，他出现了！拿着蜡烛。他向四周张望，似乎是在戒备什么。现在他开始晃动灯光，这是在发信号了。一下，这肯定是A。华生，你也赶紧记一下，记完后我们互相核对。你记的是几下？二十？我也是二十。二十是T。那就是AT，这套暗号很实用！又一个T，是第二个字的开始吧，对，是TENTA。灯光停了，这不会是结束吧，华生？AT TENTA有实际意思吗，难道是三个字？ATTEN，TA，这也没有意思。要不然T和A分别是一个人的姓名的缩写？华生，灯光又开始了！是什么？ATTE，他在重复刚才的内容。奇怪，华生，你看，他又停了！又开始了，是第三次重复，三次都是ATTENTA！他要重复多少次？我看到他离开了窗口。华生，你怎么看？"

"是密码，福尔摩斯。"

我的同伴突然发出一阵有所启发的笑声。"是的，华生，并不太难懂的密码。"他说，"应该是意大利文！意思是说信号A是发给一个女人的。'当心！当心！当心！'对吗，华生？"

"我想你是对的。"

"很清楚，这是一个很紧急的信号，重复了三次，就代表着更紧急了。他让她当心什么呢？你看，他又走到窗口来了。"

"很清楚，这是一个很紧急的信号，重复了三次，
就代表着更紧急了……你看，他又走到窗口来了。"

∧
∧∧
∧

　　我们看见那窗口有一个蹲着的人的模糊影子，信号又重新开
始了，小火苗在窗前来回晃动着，信号比上次发得快多了，很难
看清楚。

　　"帕里科洛，是Pericolo，对，代表什么意思，华生？是
'危险'？那确实是一个危险信号。他又开始发了！Peri……
啊，怎么没了？"

　　烛光突然熄灭，发亮的窗户也消失在黑暗中，和这幢楼灯
火通明的其他楼层相比，第四层楼陷入死一般的黑暗和寂静中。
传递危险的信号突然中断，被谁打断的？还是发信号的人出了问

题？这些个问题一下涌入脑海，福尔摩斯一跃而起。

"事情恐怕不妙，华生，"他嚷道，"会出事的！信号为什么突然停止了？这件事我们要跟苏格兰场联系一下，可是形势紧迫，我们还不能离开这里。"

"我去可以吗？"

"我们必须先把情况弄清楚些，走，华生，我们过去，看看能发现什么。"

刚踏上霍伊大街，我回头看了一眼，在瓦伦太太家顶楼的窗口，我模模糊糊地看见一个头影，是一个女人的头影，她似乎在紧张地望着外面的夜空，翘首企盼那中断了的信号能重新开始。在霍伊大街公寓的便道上，我们看到一个戴着围巾、穿着大衣的人靠在栏杆上，当我们走进时，门厅的灯光照在我们脸上，这个人显然吃了一惊。

"福尔摩斯！"他喊道。

"葛莱森！"我的同伴一面低呼着，一面和这位苏格兰场的侦探握手。"我们正需要你的时候，上帝之手把你送到这里来的吗？"

"我想我来这里的目的跟你一样，"葛莱森说。"你是怎么知道这件事的。"

"一般来说，线总有好几根，但线头只一个，我来这里记录信号。"

"信号？"

"正是，从那个四楼的窗口。信号发了一半就停了，我们来看看出了什么事。既然是你在办案，那就没什么大碍了，我看我们就不必继续过问下去了。"

"请等等！"葛莱森热情地说，"福尔摩斯先生，说句实在话，我办案子，只要有你在场，每次都感觉很踏实。这座房子只有一个出口，所以他跑不了。"

"谁？"

"啊，福尔摩斯先生，这一回我们可是抢先了一步。这一次，你可是落在我们后面了。"他用手杖在地上重重地敲响，一个车夫模样的人从街那头的一辆四轮马车旁边走了过来。"我来介绍一下，这位是福尔摩斯先生。"葛莱森对车夫说，"这位是平克顿美国侦缉处的莱弗顿先生。"

"你就是成功侦破长岛山洞奇案的那位英雄吗？"福尔摩斯说，"很荣幸见到你，莱弗顿先生。"

这个美国人长着一张尖脸，胡子刮得很干净，看上去很沉稳、精干。他听了福尔摩斯这番赞美之词，有些难为情。"这是我的工作，福尔摩斯先生，"他说，"如果能抓住乔吉阿诺，那才算是值得夸耀的事"

"是那个臭名昭彰的红圈会的乔吉阿诺吗？"

"是他，在欧洲，他算得上名人了，是吧？我们在美国时就听到了他的恶行。他去美国后，参与和操纵了五十多起谋杀案，可是由于时机未到，我们没有法子抓住他。这次，我从纽约就开始跟踪着他，在伦敦的整整一个星期时间里，我都在他平时出没的地方守候，就等有机会亲手把他抓起来。下午的时候，葛莱森先生和我一直跟踪到这个公寓，这儿只有一个出口，他逃脱不了的。他进去之后，曾有三个人从里面出来，但是我肯定这三个人里面没有他。"

"福尔摩斯先生刚才说到了信号，"葛莱森说，"我想我们实际上并没有领先，他了解到了许多我们没有掌握的重要线索。"

福尔摩斯把我们遇到的情况，三言两语地作了简要说明。弗莱顿一挥拳，显得很气恼。

"他一定是发现了我们啦！"他嚷道。

"你这样想，有什么根据吗？"

"情况很明显，他在向他的帮凶发信号，他在伦敦有一伙手下。刚才他肯定突然觉得有危险，就通知他的同伙，并中断了信号。他就在窗口，难道是发现了我们在街上？如果他想躲过这一劫，就得立即行动。福尔摩斯先生，我分析得正确吗？"

"我们最好能立即上去，好去查看一下。"

"没有逮捕证行吗？"

"他是在无人居住的屋子里进行了可疑活动，"葛莱森说，"有这一条就足够我们下手了。刚才守在这里的时候，我们还在等纽约方面是否可以协助我们。而现在，有我逮捕他就够了。"

我们的这位苏格兰场的侦探在智力推理方面可能有些欠缺，但是在面对危险时却表现突出。葛莱森抢先上楼去抓那个通缉犯，虽然危机四伏，但他仍然是一副镇定而勇敢的神情。也就是因为这种特质，他在苏格兰场才能够位居高位。那个从平克顿来的弗莱顿侦探曾一度想赶在他的前面，可是葛莱森动作很坚决，把他挡在了后面。伦敦的警察对伦敦的案子绝对是享有优先权的。

我们迅速上了四楼，发现左边房间的门半开着，葛莱森推开门，里面漆黑一片，死一般的寂静。我用火柴把手提灯点亮，灯光下，我们看到这个房间的地板没有铺地毯，地板上有明显的新鲜血迹。一串红色的沾血的脚印一直通向一间内屋。内屋的门是关着的，葛莱森撞开门，把灯高高地举起，我们急忙向里面望去。

这间空屋的地板中央，躺着一个身材魁梧的人，他的肤色黝黑，面庞修整得很干净，但呈现出一种奇异的扭曲状，在黑夜里显得十分可怕。一把白色手柄的刀子从他又粗又黑的喉咙正中整个地刺了进去，他双膝弯曲，两手的指关节因为痛苦而弯曲，身下鲜血横流。这个人身材高大结实，在他遭到这致命的一刀之后，他想必是轰然倒地，再也无力挣扎。他的右手旁边有一把可怕的两边开刃的牛角柄匕首。

"这就是黑乔吉阿诺！"美国侦探激动地喊道，"看来，有人抢先动手了！"

"窗台上有蜡烛，福尔摩斯先生，"葛莱森说，"你在那里做什么？"

福尔摩斯走到窗前，重新点上了蜡烛，在窗前来回晃动着。然后他向黑暗中探望了一会儿，才熄灭了蜡烛。

"这就是黑乔吉阿诺！"美国侦探激动地喊道，"看来,有人抢先动手了!"

她脸色苍白，神情忧郁，当她看到房中的尸体，两眼一下子瞪得很大，惊恐的目光上下扫视着那个黑色躯体。

"我觉得这样做会有帮助的。"他一脸沉思状。这时有两位警官过来检查尸体，福尔摩斯问莱弗顿："你刚才说，当你们在楼下蹲守的时候，有三个人从房子里出来过，你当时看清楚了没有？"

　　"看清楚了。"

　　"其中有没有一个三十来岁的青年，有胡子，皮肤很黑，中等身材？"

　　"先生，你怎么知道的？是有，他走过我身边时我看得很真切。"

　　"我想，他就是你说的那个抢先动手的人。我可以对你讲出他的模样来，我们还有他的一个很清晰的脚印，你要想抓他，应当是足够了。"

　　"恐怕不行，福尔摩斯先生，伦敦有几百万人口。"

　　"也许。所以，我想最好还是请这位太太来帮助你们。"

　　听见这句话，我们都跟着福尔摩斯转过身去。只见门口站着一个高个子女人，人长得很漂亮，我认出她就是瓦伦太太的神秘房客。她脸色苍白，神情忧郁，当她看到房中的尸体，两眼一下子瞪得很大，惊恐的目光上下扫视着那个黑色躯体。

"你们把他杀啦！"她自言自语着，"啊，感谢无处不在的上帝，他终于死了！"她深深地长吁一口气，跳了起来，发出欢乐的叫声。她紧握着双手，黑眼睛里显露出又惊又喜的神色，嘴里情不自禁地说出了成百句优美的意大利语。这样一个美丽的女人见到眼前血腥的情景之后竟然如此欣喜若狂，不禁让人目瞪口呆。突然，她停下来，看着我们，开口询问："你们是警察吗？你们杀死了奎赛佩·乔吉阿诺，是吗？"

"我们是警察，夫人，但杀人的另有其人。"

她又探寻地向房间里四周的暗处看了看。

"根纳罗呢？"她问道，"他是我丈夫，根纳罗·卢卡，我是伊米丽亚·卢卡。我们两个都从纽约来，根纳罗在哪儿？刚才就是他在这个窗口发信号叫我来的，我就马上跑来了。"

"是我叫你来的。"福尔摩斯说。

"你！你怎么会？"

"你们的密码并不太复杂，夫人，我们很高兴在这里见到你。我知道，我只要发出'Vieni❶'的信号，你就会来的。"

104

这个漂亮的意大利女人不解地看着我的同伴。

"我想不出，你怎么知道这套联系方式的？"她说，"奎赛佩·乔吉阿诺，他是怎么死的？"她停了一下，突然如梦方醒地说。"我知道了！是我的根纳罗干的！他太了不起了！我的英俊的根纳罗，他保护我没有受到伤害，并用那双有力的手杀死了这个魔鬼！根纳罗，你太伟大了！什么样的女人能配得上你这样的男人？"

"卢卡太太，"葛莱森有些耐不住性子，他一面用一只手拉住这位女士的衣袖，一面毫无表情地问道，"你是谁，你是干什么的，我以前都不清楚。不过根据你刚才说的，情况已经很清楚了，我们要你到警察厅走一趟。"

"可以稍微等一等，葛莱森，"福尔摩斯说，"我认为，只要找一个更加合适的地方，这位女士会把这件事的来龙去脉告诉我们的。夫人，你很清楚，这个叫乔吉阿诺的人是你丈夫杀死的，在英国，你丈夫会为此受到陪审团的审判，你现在说的情况可以被视为证词。当然，如果你认为你丈夫的行为并不是犯法，而是出于他想要查明什么情况的动机或者出于自卫的考虑，那么，你如果真心想帮他，最好是把事情的全部经过告诉我们。"

"这个家伙死了，我们什么都不怕了，我可以告诉你们想知道的一切。"这位女士说。

"这个乔吉阿诺是个彻头彻尾的魔鬼，世界上不会有哪个法官因为我丈夫杀死了这样一个恶棍而判他刑的。"

"既然如此，"福尔摩斯说，"我想还是把这房门先锁起来，让这一切都保持老样子。我们和这位女士都到她的房间去，等我们听完了她的讲述，再作打算不迟。"

半个小时之后，我们四个人已在那间小小的起居室里坐下来，听她讲述一个涉及跨国犯罪组织的情节曲折的事件。这个事件的结尾，是以血腥和暴力结束的，我们刚才已经目睹。卢卡太太的英语说得很快，也算流利，但不很正规。为了让读者们易于理解，我做了一些语法上的修改。

"我出生在意大利的南部，在那不勒斯附近的坡西利坡，"她说，"我是当地首席法官奥古斯托·巴雷里的女儿，我父亲也曾担任过地方的议员。根纳罗在我父亲手下做事，我爱上了他。他是那么优秀，即使我不和他好，别的女人也一定会爱他的。他没有钱也没有地位，可以说他一无所有，只有俊朗的外表、力量和活力。我父亲嫌弃他穷，和我家门不当户不对，所以不准我们结婚。被逼无奈，我们一起私奔，在巴里结了婚。我用变卖首饰的钱买了去美国的船票，这都是四年前的事了，这期间我们就一直住在纽约。

"到美国后，我们运气不错。根纳罗帮助了一位意大利先生，他把这位先生从几个暴徒手中救了出来，这样我们就交上了一个有权有势的朋友。这位先生名叫梯托·卡斯塔洛蒂，是卡斯塔洛蒂—赞姆巴公司的主要合伙人，这家公司在纽约，是经营水果的进口商。赞姆巴先生身体不好，我们新结识的朋友卡斯塔洛蒂掌管着公司的大权。公司雇用了三百多名职工，卡斯塔洛蒂先生给我丈夫在公司里找了个工作，让他主管一个门市部，显然我丈夫交上了好运。卡斯塔洛蒂先生是个单身汉，他把根纳罗当他的儿子，我和我丈夫也很敬爱他，把他看成我们的父亲。我们在布鲁克林区买了一幢小房子，前途有了保障，日子也过得有滋有味。但就在这时候，乌云出现了，而且很快就布满了我们的天空。

"有一天，根纳罗下班回来，带回一个同乡，叫乔吉阿诺，他也是坡西利坡人。这个人身材高大，你们刚才都看到了，他不但块头大，一切都显得不正常，让人看了就感到恐惧。他的嗓门很亮，说起话来我们的小屋里就像在打雷，他讲话的时候情绪很激动，屋里都没有足够的空间让他挥动他那粗大的胳膊。他的思想、情绪都是那样激烈和冲动，滔滔不绝，目中无人，别人只能坐着乖乖地听他讲。他是个可怕的怪人，他盯着你的时候，你就不由自主地自动听他的命令。感谢上帝，这个祸害终于死了。

"他很频繁地到我家做客，而且几乎每次都是不请自来。我清楚地看到，根纳罗根本不希望他来，每次他来，我那可怜的丈夫都是脸色发白，没精打采地听我们客人的讲话。这个怪物谈的都是对政治和社会问题的抨击和不满，而根纳罗每次听后都是一言不发。每到这个时候，我都能从根纳罗的脸上看出一种我不熟悉的表情。我开始以为那是一种厌恶，后来，我终于明白了，那不仅仅是厌恶，而是恐惧——一种发自内心的、无法躲避的恐惧。那天晚上，我抱着他，恳求他告诉我，为什么这个大个子竟能把他弄得这样心慌意乱。

"他告诉了我实情，我听后好像掉进了冰窟窿里面。可怜的根纳罗，以前在老家的日子里，不公平的生活加上贫困让他没有勇气面对。就在那时，他加入了那不勒斯的一个民间组织，叫红圈会，希望从组织那里得到一些慰藉。但是根纳罗并不清楚这个组织的底细，它的规定非常可怕，一旦加入进去就别想活着出来。我们到美国之后，根纳罗以为他已经跟红圈会没关系了。一

天晚上，他在纽约的街上碰见一个人，这个人就是在那不勒斯介绍他加入红圈会的大个子乔吉阿诺。在意大利南部，他是杀人不眨眼的刽子手，他的绰号叫"死亡"！他到纽约是为了躲避意大利警察的通缉。乔吉阿诺在纽约建立了这个恐怖组织的分支机构，根纳罗又不得不重新被招纳进去了。他把收到的一张通知给我看，通知书上画了一个红圈，通知上说要在某一天集会，他作为成员必须要按时到会。

"我们的生活陷入了恐怖的阴影中，但更糟的还在后面。乔吉阿诺常在晚上来我家，来了总找我说话。即使他是在对我丈夫说话，他的两只野兽般的眼睛也总是看我，让人很不舒服。有一个晚上，他向我袒露了真实的想法，我对他表达的所谓的'爱情'厌恶极了。他来的那晚，根纳罗还没有下班。他跑进屋来，用他粗大的胳膊抱住我，想强行吻我，并且假惺惺地恳求我可怜他，要我跟他走。我拼命挣扎，并喊救命，这时根纳罗回来了，想拉开他，却被他一拳打倒了，他仓皇逃了出去，再没有来。从此，我们就和他结下了冤仇。

"几天以后，这个组织召集开会，根纳罗开会回来后沉默不语，一看他的脸色，我就知道肯定有什么可怕的事降临到我们头上了。根纳罗告诉了我，我才明白事情远比我所想象的更糟。红圈会的资金是靠讹诈有钱的意大利人而来的，如果这些人不肯，就用暴力来解决。这次，红圈会有目的地找到了我们的恩人卡斯塔洛蒂先生那里，他是个正义的人，满口拒绝，并把敲诈信交给了警察。红圈会决定狠狠地教训他，好杀鸡给猴看。开会时确定了行动计划，就是用炸药把他和他的房子一起炸上天。至于具体谁去干，通过抽签决定。当根纳罗去抽签的时候，他看到乔吉阿诺在奸笑。很显然，他们事先已经作好了特殊的安排，签被根纳罗抽到了，他要么去杀死自己最好的朋友和恩人，要么就会和我一道遭到红圈会同伙的报复。这个邪恶的组织，对他们所害怕的人，所恨的人，都要实施报复和惩罚，不但报复这些人本身，还要伤害这些人的家人。乔吉阿诺的阴谋逼得根纳罗焦虑不安。

"那天晚上，我们为即将到来的灾难无法入睡，互相挽着胳膊坐了一整夜。红圈会要求动手的时间就定在第二天晚上。在中午的时候，我丈夫和我决定再次逃走，我们来到了伦敦，甚至没来得及告诉我们的恩人他有危险，当然也没把这些情况报告警察。

"先生们，接下来的情况，你们都已经知道了。我们逃到伦敦后，很清楚地知道我们的处境，乔吉阿诺不会轻易放过我们的，他同时是个非常残酷、狡猾的家伙。在意大利和美国，到处都在谈论他那可怕的势力，如果要形容他的势力到底有多可怕，那我们的处境就能说明一切。我亲爱的丈夫替我在这里找了一个安身之处，以确保我远离各种危险。他自己也隐身在这个城市里，随时准备同美国和意大利的警方人员取得联系。我不知道他住在哪里，怎样生活。我全靠从报纸的寻人广告栏中得到他的消息。有一次，我从窗口向街道上张望，正好看见有两个意大利人在监视这个房子，我知道，乔吉阿诺终于发现我们了。后来，根纳罗通过报纸告诉我，会从这里的一个窗口向我发出信号。可是刚才信号出现的时候，只是警告，没有其他内容，再之后信号突然中断了，我当时担心极了，怕他有什么危险。现在我知道了，他已经清楚乔吉阿诺盯住他了，于是将计就计，当这个家伙上门寻仇时，根纳罗就送他去了地狱。先生们，从法律观点看，世界上有没有哪个法官会因为根纳罗所做的事情而对他定罪呢？"

"呃，葛莱森先生，"那位美国侦探说，同时扫了福尔摩斯和我一眼，"我不知道你们英国警方的看法如何，不过我想，在纽约，这位太太的丈夫行使了一个公民的应尽义务，他除掉了社会一害。"

"恐怕她得跟我去见局长，"葛莱森回答说，"如果她说的情况全部属实，我想她或是她的丈夫并没有什么可担心的。但是，让我至今仍疑惑的是，福尔摩斯先生，你是怎么搅到这件案子中来的？"

"是教育的力量，葛莱森，我还想在教育的这所大学里学点知识，这是有益于我们的身心健康的。好啦，华生，你又多收集到了一份离奇、怪异的素材。哦，对了，现在还不到八点钟，考汶花园今晚上演瓦格纳的歌剧！要是现在出发，第二幕我们还能赶上。"

四、布鲁斯－帕廷顿计划

SHERLOCK
HOLMES

1895年11月的第三个星期，伦敦仍旧是大雾弥漫。从星期一到星期四的几天里，我们甚至无法从贝克街我们寓所的窗口望到对面房屋的轮廓。头一天福尔摩斯忙于为他那册巨大的参考书编制索引，第二天和第三天他耐心地把时间消磨在他最近才喜好的一个课题上——中世纪的音乐。但是到了第四天，等我们吃过早饭，把椅子推回到桌下后，看着窗外那湿漉漉的雾气依旧不散，玻璃上都凝结成串串油状的水珠，我的同伴再也忍受不了。他耐着性子，在起居室里不停地走动，一会儿咬咬指甲，一会儿又敲敲家具，对这种死气沉沉、无趣透顶的生活甚是恼火。

　　"华生，报上有什么有趣的新闻吗？"他问道。

　　我知道，福尔摩斯所指的有趣的事，就是犯罪方面的离奇案件。报纸上铺天盖地的都是有关爆发革命的新闻，可能要打仗的新闻，还有内阁即将改组的新闻。可是对于这些，我的同伴都没有兴趣。而我看到的犯罪报道，都是一些碌碌无为之辈干得平淡无奇的小案子。福尔摩斯叹了口气，继续在房间里来回踱步。

　　"伦敦的罪犯们实在是平庸之极，案子做得没有一点创意。"他发着奇怪的牢骚，好像是一个在比赛中没有尽全力就已经获胜的失意的运动员。"华生，你看看窗外，人影绰绰地出没在浓雾之中。这样的天气可是那些盗贼和杀人犯的天堂，他们可以在市内随意游逛，不用考虑苏格兰场的那些动作缓慢的警察。就像老虎进入了茂密的丛林，谁也看不见，除非他向受害者主动攻击，那时只有受害者才能看清楚他的真面目。"

　　"小偷会增加很多。"我说。

　　福尔摩斯轻蔑地一哼。"这个阴沉的舞台是为比简单的偷盗更为重大的事情设置的，"他说，"我没有成为罪犯，真是这个社会的万幸。"

"我完全赞同！"我真心地说。

"如果我是布鲁克斯或伍德豪斯，以及是那些有充足的理由想要取我性命的五十个顶级人物当中的任何一个，在我自己的追踪下，我能活多久？在这样的雾气中，一张假冒的传票，一次设下埋伏的约会，来一个杀一个。幸亏那些以暗杀闻名的国度没有像这样的大雾天气。哈哈！总算有事情做了，和单调沉闷的日子说再见吧。"

女仆送来一封电报，福尔摩斯迫不及待地拆开电报，看后大笑起来。

"好哇，还有什么比这更出人意料的事呢？"他说，"我哥哥迈克罗夫特要来。"

"是啊，他这个当兄长的怎么很少来看望你？"我问道。

"他为什么要来？这简直就像是在乡下一条罕有人烟的小土路上遇见了隆隆驶来的满载乘客的电车。迈克罗夫特有他的生活轨道，他只会在那些轨道上奔驰。蓓尔美尔街的寓所，第欧根尼俱乐部，还有白厅——那都是他的活动圈子。他到这儿只来过一次，只有一次。这一次又是什么事惊动了他的大驾呢？"

"他没有透露一些吗？"

福尔摩斯把他哥哥的电报递给我。

为卡多甘·韦斯特的事，急需面谈。即到。

迈克罗夫特

"卡多甘·韦斯特？是什么人物？很生的名字。"

"我对这名字也是一点印象都没有，不过在这样的天气里迈克罗夫特突然来访，实在是有些反常！他此时应该是在俱乐部里和那些大佬们在悠闲地消磨时光才对，看来行星也会有脱离轨道的时候。对了，你知道迈克罗夫特的职业吗？"

我对福尔摩斯的哥哥不算熟，以前在侦破"希腊译员"一案时听说过他的工作。"你对我说过，他在为政府做事。"

福尔摩斯笑了起来。"那时候，我和你还不很熟。事关一些机密的国家大事，我难免会谨慎一些。你说他在英国政府工作，这没错。如果你说他有时候就是英国政府，从某种意义上说也是对的。"

"上帝保佑他，亲爱的福尔摩斯！"

"我知道你会吃惊的，迈克罗夫特年薪只有四百五十英镑，仅仅是一个小职员，没有任何野心，生活也很简单，但他却是我们这个国家里最不可或缺的人。"

"那是什么意思？我越听越糊涂。"

"唔，他的地位很不同寻常，这都是靠他自己的努力争取到的。这种事是前无古人，后无来者。他的头脑精细，逻辑性很强，记忆能力也很好，谁都比不了。我和他都有同样的才能，但我是用来侦查破案，而他则使用到他那特殊的工作上去。每天，政府各个部门做出的各种结论都送到他那里，他就是个中心交换站，这些事务都要由他加以平衡。别人都是各类问题的专家，而他的专长是了解所有的情况。假定一位部长需要有关海军、印度、加拿大以及金本位制问题方面的情报，他就需要从不同部门分别取得各自独立的意见，而只有迈克罗夫特才能把这些意见综合起来，并可以立即分析出各种因素是如何互相影响的。刚开始，政府的头头脑脑门把他当一种高效的手段进行利用，逐渐地，他已成为政府事务链条中关键的一个环节。他的脑子里装着各类军国大事，而且都分类留存着，想用的时候可以马上拿出来。我可以说，他的意见一次又一次地左右着国家的政策，他就生活在这样的环境里面。除了我有时会因为一两个小问题去请教他，他才有机会接触一些民间的智力问题，并借机松弛一下，别的事他是一概不想，也一概不管。他今天到我这里来，肯定是无事不登三宝殿的。卡多甘·韦斯特是谁？他同迈克罗夫特是什么关系？"

"我想起来了，"我大声叫着，一下子抓起沙发上的一堆报纸。"对，找到了，就在这儿，是他！卡多甘·韦斯特是个青年，星期二早上有人发现他死在地下铁道上。"

福尔摩斯坐直了身子，神情肃穆，放到嘴边的长把烟斗停住了，烟气袅袅，屋子里的空气凝固住了。

"事情一定很严重，华生。我哥哥竟然会为一个人的身亡而改变了习惯，看来绝对不同一般。迈克罗夫特和他有什么关系呢？从现在了解到的情况看，事情没有一点进展。那个小伙子是摔死的，没有遭到抢劫，是自杀？还是一种暴力行为，比如说有人把他推下了火车，是这样吗？"

"已经验过尸了，"我说，"这案子有很多疑点，我敢说这是一个离奇的案件。"

"从这件事对我哥哥的影响来判断，这个年轻人确实极不寻常。"福尔摩斯舒适地蜷伏在他的扶手椅中，十分享受这个案子给他带来的思索。"华生，让我们把事情的整个经过分析一遍吧。"

"死者叫阿瑟·卡多甘·韦斯特，二十七岁，未婚，在乌尔威奇兵工厂工作，是个职员。"

"是政府职员，你看，这样一来就和迈克罗夫特兄长联系上啦！"

"他是在星期一的晚上突然离开乌尔威奇，最后见到他的是他的未婚妻维奥蕾特·韦斯特伯莉小姐。那天晚上的七点半钟，在大雾弥漫之中，他突然从她身边告辞而去，他们两人之间没发生什么不愉快的吵架，他未婚妻也不清楚究竟是什么事情让他如此匆忙。关于他的第二个消息就是，一个名叫梅森的铁路工人发现了他的尸体，就在伦敦地下铁道的阿尔盖特站外。"

"那是在什么时候？"

"是在星期二早上六点发现的，尸体躺在铁道向东去方向铁轨的左侧，是在离车站很近的地方，铁路在那里刚从隧道中穿出来。死者的头颅已经碎裂，法医说是因为伤势过重而亡。我想他很可能是从火车上摔下来致死的。铁路应该是死者的死亡现场，因为如果要把尸体从附近某一条街抬过来，一定要路过站台，而站台口总是有检查人员站在那里。所以先杀人再抛尸在铁路边的可能性似乎是不存在的。"

"很好，情况很明确。这个年轻人，不论是死了还是活着的时候，也就是说不论是从火车上被抛下来的还是他自己摔下去的，我已经清楚了，往下说吧。"

"尸体旁的铁轨是由西往东开的列车，是市区火车，有的来自威尔斯登和邻近的车站。可以判断，死者在当天很晚的时候乘车向这个方向去的。但是他是在哪个站上的车，还无法确定。"

"车票呢，看他的车票就知道了。"

"在他口袋里没有发现车票。"

"没有车票？华生，这就奇怪了。据我所知，不出示车票是进不了站台的。如果他有车票，那么，现在发现车票不见了，难道是为了掩盖他上车的车站吗？有可能。或许车票被不慎丢在车厢里？也有可能。这一点很有意思，我想应该没有发现死者被盗的迹象吧？"

"没有，这里有一张他的遗留物品的清单，钱包里有两镑十五先令，还有一本首都州郡银行乌尔威奇分行的支票。根据这些东西，可以确认他的身份。还有乌尔威奇剧院的两张特等戏票，日期是当天晚上，再有就是一小捆技术文件。"

福尔摩斯带着满足的声调喊道："华生，我好像明白一些了！英国政府，乌尔威奇，兵工厂，技术文件，迈克罗夫特，所有的环节似乎都凑齐了。如果我没有听错，迈克罗夫特已经到了，还是让他自己来说吧。"

很快，迈克罗夫特·福尔摩斯高大的身躯被引进房间。他的外形和夏洛克有很大不同，人长得结实高大，看上去有点不太灵活，但在他稍显笨重的身躯上长着的脑袋，眉宇之间显出的是一种十分威严的神色，铁灰色的眼睛充满了深沉和机警，嘴唇很有棱角，一看就是个坚毅果敢的人，他的表情沉着、敏锐，不管是谁看过他第一眼，就会忘掉那粗壮的身躯，而只记住他那出众的气度。

跟在他身后进房间的，是我们的老朋友，苏格兰场的雷斯垂德——他显得又瘦又严肃，他们二人阴沉的面孔预示着问题十分严重。雷斯垂德在握手时一语不发，迈克罗夫特·福尔摩斯脱下外衣，在一把靠椅里坐了下来。

　　"这件事很麻烦，夏洛克，"他说，"我最讨厌改变我已有的习惯，可是当局一再催促，我迫不得已才离开办公室的。这次的事件是一个真正的危机，我从来没有见过首相这样不安过。至于海军部，已经像开了锅的粥。你看到这案子的报道了吗？"

　　"刚看过，里面说的技术文件是什么？"

　　"对，所有的症结就出在这里！幸亏没有公开，要是一公开，舆论界会闹得一塌糊涂。这个倒霉的青年口袋里装的文件是布鲁斯—帕廷顿潜水艇计划。"

　　迈克罗夫特·福尔摩斯说这话时的严肃神情表明了这个问题的重要性，他的弟弟和我则坐在一旁等他继续说下去。

　　"你们肯定听说过吧？我想大家都应该听说过这个计划。"

　　"只听过这个名称，具体内容不清楚。"

　　"这个计划是政府的最高机密之一，知道具体内容的人只有核心的几个。我可以告诉你们，在布鲁斯—帕廷顿的效力范围以内，海战是不可能爆发的，所以它对于我们这个岛国的国土安全是至关重要的。两年前，内阁从政府预算中秘密地拨出一大笔款项，用在这项专利发明上。期间，采取了一切可以想到的措施进行保密。这项庞大的计划包括30多个单项专利，每一个都是不可缺少的重要组成部分。整个计划的文件都保存在和乌尔威奇兵工厂毗邻的机密办公室内一个精密结实的保险柜里，办公室装有防盗门窗。无论在什么情况下，都无法把计划从这个办公室取走。即使是海军的总技术顾问要查阅计划，也必须亲自到乌尔威奇的办公室来。然而，我们现在却在伦敦繁华街区，从一个死因不明的小职员的口袋里发现了这些计划。官方认为，这个事件的严重程度简直不亚于英国的海岸线被敌人攻破。"

"你们不是已经找到那份技术文件了吗？"

"没有，夏洛克，麻烦就在这儿。我们还没有完全找回来，从乌尔威奇失窃的是十份计划，卡多甘·韦斯特口袋里只有七份，重要的三份不见了。夏洛克，你得把一切其他的事情都放下来，别像往常那样为那些鸡毛蒜皮的小事动脑筋了。你现在要解决的是一个重大的事关国家安全的国际问题：卡多甘·韦斯特为什么拿走了文件？是受谁的指使吗？有没有他国的间谍插手此事？丢失的文件在哪里？他是怎么死的？尸体怎么会在那儿？怎样挽回这场灾难？只要解决这些问题并找回丢失的文件，夏洛克，你就为这个国家做了件最有意义的事。"

"那你为什么不自己来解决，迈克罗夫特？我能干的，相信你也能做到。"

"有可能，夏洛克，但现在最紧急的是要查明所有的细节。只有你把细节告诉我，我才可以坐在靠椅里把一位专家的真知灼见据实相告。而四处调查，询问路人，拿着放大镜去现场，这些不是我的路数，我干不了。相信你是能够查明真相的，如果你希望看见自己的名字出现在下一次的政府颁发的光荣名册上。"

我的朋友微笑着。

"不，我会干的，但不是为了什么光荣名册。"他说，"不过问题确是相当棘手，也很有趣，我很乐意为它做一个专项的研究，能不能再提供一些情况和细节？"

"我在这张纸上记下了一些与此事件相关的比较重要的情况，还有几处地址，这对你以后的调查是有用的。其中管理这些秘密文件的负责人是著名专家詹姆斯·瓦尔特爵士，他多年为帝国工作所获得的荣誉和头衔，在人名录里占了两行的位置。他在业务上是个老手，也是一位绅士，更是一位出入上流社会的受人欢迎的贵宾。此外，他是个纯粹的爱国主义者。放文件的保险柜的钥匙有两把，其中一把就在他手里。另外，文件在星期一肯定是在办公室里的。詹姆斯爵士在当天下午三点钟左右出发去伦敦，把他那把钥匙也带走了，出事的整个晚上，他都在巴克莱广场的辛克莱海军上将家里。"

"这一点有人作证吗？"

"有，他的弟弟法伦廷·瓦尔特上校证实他离开了乌尔威奇；辛克莱海军上将证实他在伦敦，所以詹姆斯爵士不是我们关注的重点。"

"另外一把钥匙在谁手里？"

"西得尼·约翰逊先生，他是正科员，也是绘图员，四十岁，已婚，有五个孩子。他这人平时话不多，但总的来说，他在公事方面表现得很出色。他和同僚来往也很少，但这并不影响他在工作上非常努力。据他讲，他星期一下班后整个晚上都在家里，那把钥匙一直都没离身，但他说的这些仅从他妻子那里得到证实。"

"那卡多甘·韦斯特的情况呢。"

"他已为政府服务了十年，工作表现一向很好。但他性情有些急躁，容易冲动，好在忠厚直率，我们对他本人并无意见。在办公室里，他是副科员，级别上仅次于西得尼·约翰逊。他的工作使他每天都能接触到计划。除了这三个人，就再没有别的人能够随意接触这些计划了。"

　　"那天晚上是谁把计划锁进保险柜的？"

　　"西得尼·约翰逊先生。"

　　"从表面上看，谁把计划从保险柜中拿走的完全清楚了。实际上，计划就是在副科员卡多甘·韦斯特身上发现的，事实是这样吧？"

　　"是这样，夏洛克，但还有许多情况我们要搞清楚。比如，他为什么要把计划拿走？"

　　"我想是因为计划值钱吧？"

　　"那当然，他很容易就可以得到几千镑。"

　　"除了拿到伦敦去卖，他还可能有什么别的动机吗？"

　　"我现在无法判断。"

　　"好的，那么我们就得把这一点视为这个案子的突破口。年轻的韦斯特把文件拿走了，他要有一把仿造的钥匙才能办到。"

　　"要有好几把仿造的钥匙才行，除了保险柜，他还得打开大楼和房门。"

　　"那么，他有了几把仿造的钥匙后，从保险柜中偷出计划，再拿到伦敦去出卖秘密。无疑，他肯定是想在人们发现这计划丢失之前，在第二天早上把计划放回保险柜里。但是，事与愿违，当他在伦敦实施这一卖国行径的时候却送了命。"

"他是怎么送命的呢？"

"我们假定，他是在回乌尔威奇的路上被杀，然后从车厢里被扔出去的。"

"尸首是在阿尔盖特站发现的，这地方距离伦敦桥的车站很远，他是不是想从这条路去乌尔威奇？"

"我们可以设想一下，他在经过伦敦桥时的状况有多种可能。比如，按照事先约定，他在车厢里同某人秘密见面，但是争吵起来，并发展到动武，结果他被对方杀死。也可能是他想离开车厢，结果不小心掉到车外的铁路上而死的。那个和他联络的人关上车门，外面雾很大，什么也看不见。"

"从目前了解的情况来分析，不可能有更合理的解释了。但是，夏洛克，你要考虑充分，这中间还有多少细节我们并没有想到。我们在这里可以做这样的假设，就是卡多甘·韦斯特已经和外国特务约好了，早打算好在这天把文件带到伦敦。为了不引起别人的怀疑，他特地买了两张戏票。可是实际情况并非如此，他那晚是陪同未婚妻去看戏，但是在半路上突然独自离去，这实在是匪夷所思。"

"这不合逻辑，"雷斯垂德说，他一直在听他们谈话，已经有些不耐烦了。

"我刚才说的是很特别的一种想法，或者是无法说通的第一点。那第二点会不会是这样：假定他拿着文件到了伦敦，也见到了那个外国特务。为了不露马脚，他必须在早晨上班前把文件放回保险柜。他取走了十份，死的时候口袋里只有七份，其余的三份呢？他丢掉那三份肯定不是故意的。那么，他卖掉情报换来的钱又在哪里呢？我们在他口袋里也没发现这一大笔钱吧，难道钱又被特务拿走了？"

"我看这件事非常清楚，"雷斯垂德忍不住说，"而且我对此非常确信，他偷走文件去卖，等见到了那个特务，价钱却谈不拢，他就想回去。但特务一直悄悄跟踪他，并设计在火车上杀了他，并抢走了重要的文件，最后把他的尸体扔到车外。这是很容易推测出来的。"

"那为什么在他身上没发现车票呢？"

"车票代表着韦斯特下车的地方，也就是在接头地点的附近，和特务的住处也不会远。特务怕暴露自己，所以他把车票从被害者的口袋里拿走了。"

"非常好，雷斯垂德，"福尔摩斯说，"你的观点很有代表性，也有说服力。不过，如果真是你说的这样，这案子其实就不用调查了。你想，在伦敦，叛国者已经罪有应得地死去；同时，国家的最高军事机密布鲁斯—帕廷顿潜水艇计划大概已经被某国特务带到了欧洲大陆，计划已彻底泄密。这种结果是谁也弥补不了的，不论我们采取什么行动。"

"夏洛克，不能坐以待毙，我们必须做些什么。"迈克罗夫特边喊边跳了起来，"我的本能告诉我，这事情还没到雷斯垂德推测的那种程度。拿出你的手段来！赶紧到案发现场去！调查所有和这事有关的人！采取一切可能的行动！去阻止阴谋的得逞，在你的一生里，这样为国效劳的机会是十分难得的。"

"好的，迈克罗夫特。"福尔摩斯耸了耸肩，"华生！还有雷斯垂德，你们能不能陪我去一两个小时？我们先从阿尔盖特车站开始调查，再见，迈克罗夫特。我会在傍晚以前给你一

个答复，不过我有话在先，你先别抱太大的希望。"

一个小时之后，福尔摩斯、雷斯垂德和我已经来到穿过隧道与阿尔盖特车站相交的地下铁路旁，一位态度谦恭的老先生代表铁路公司在现场迎候我们。

"那个年轻人的尸体就躺在这儿，"他指着离铁轨大约三英尺的一处地方说，"他只能是从列车上掉下来，而绝不可能从上面摔下

>>>

『那个年轻人的尸体就躺在这儿，』他指着离铁轨大约三英尺的一处地方说。

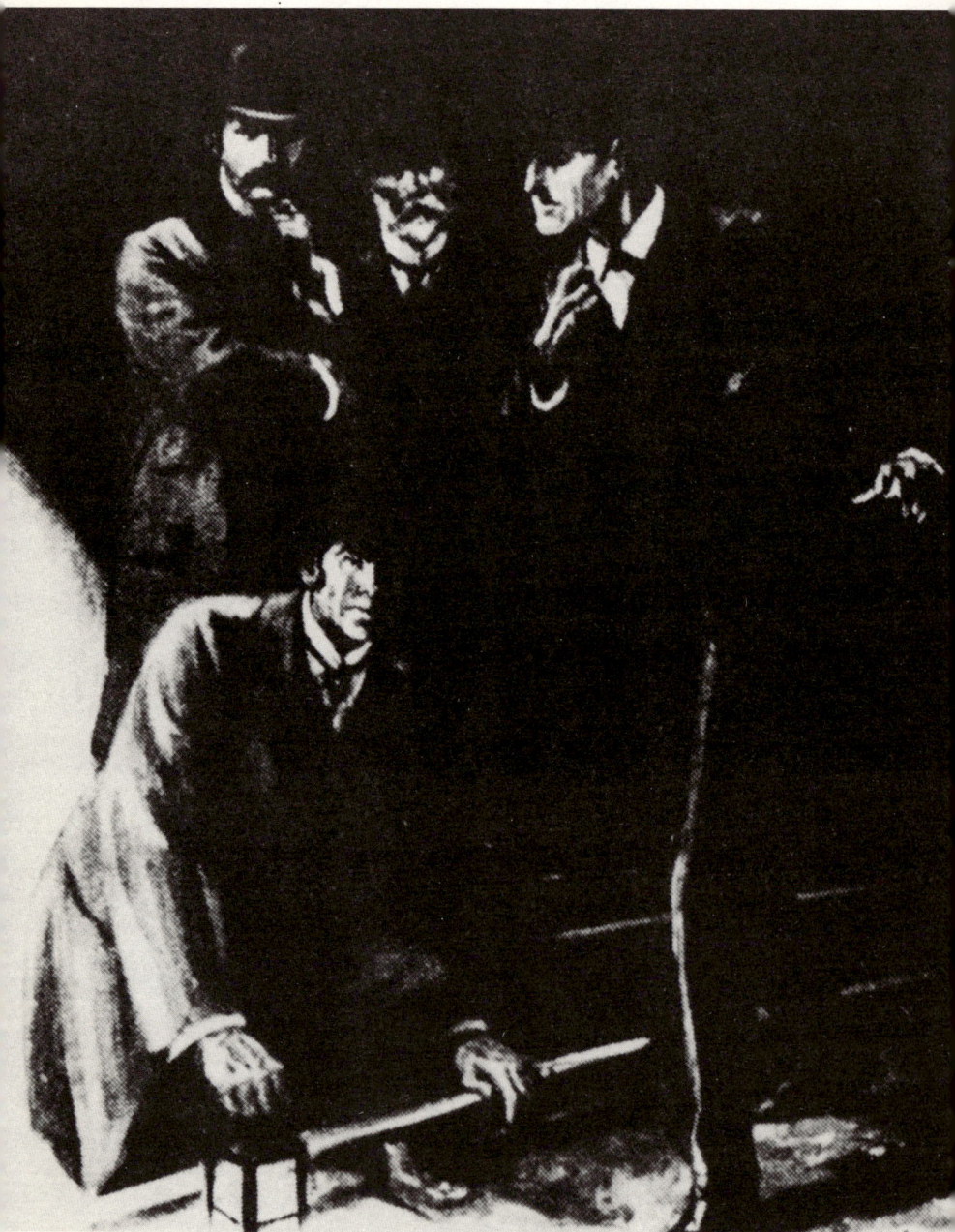

>>> 我的朋友站在那里，眉头紧皱，两眼盯着从隧道里蜿蜒而出的铁轨。

来，你们从这儿看，这儿全是没有门窗的墙。死者乘坐的这趟列车应该是在星期一午夜前后通过的。"

"对车厢进行检查了吗？有没有发现动过武的痕迹？"

"没有，车厢里也没有发现车票。"

"车门是开着的吗？"

"不是。"

"今天早上我们曾得到一个新的证据，"雷斯垂德说，"有一个旅客反映，他在星期一晚上乘坐十一点四十分的普通地铁列车，在途经阿尔盖特车站时，就在列车到站前不久，他听见"咚"的一声，好像是人摔在铁路上的声音。但当时雾很大，什么也看不见，他就没有报告。咦！福尔摩斯先生，你在看什么？"

我的朋友站在那里，眉头紧皱，两眼盯着从隧道里蜿蜒而出的铁轨。阿尔盖特是个枢纽站，有一个路闸网。他注视着路闸，脸上满是狐疑。我从他的脸上发现他的嘴唇紧闭，鼻孔颤动，眼中放出警觉的光芒，这些都是我所熟悉的一种特定的表情。

"路闸，"他喃喃地自言自语着，"路闸。"

"路闸怎么啦？你发现什么了吗？"

"我想别的路线上不会有这么多路闸吧？"

"是没有，很少。"

"还有，看那铁轨的弯曲度，路闸，弯曲度。哦，如果真像我设想得这么简单就好啦。"

"是什么，福尔摩斯？你又有什么新颖的思路了？"

"我只是有一个想法，或者说是一个念头而已。不过，这案情真是让人迷惑，不同寻常，完全是超出想象。对了，我怎么看不出这里有任何血迹？"

"没有什么血迹。"

"可是我知道那年轻人伤得很重。"

"头骨摔碎了，但外伤不重。"

"应当会发现血迹的，那个在大雾中听见落地碰撞声的旅客，他乘坐的哪列火车？我能去查看一下吗？"

"恐怕不行，福尔摩斯先生。那次列车已经分散开，各个车厢都又重新分挂到其他列车上去了。"

"我向你保证，福尔摩斯先生，"雷斯垂德说，"死者坐过的列车的每一节车厢我都已经仔细检查过，是我亲自带人干的，没有什么有价值的线索。"

我的朋友对于那些警觉程度不如他灵敏、智力不如他的人总是很不耐烦，这也是他性格中最明显的弱点之一。

"可能是吧，"他说着转身走开，"其实，我想查看的并不是车厢。华生，我们在这里把该做的都已经做了。雷斯垂德先生，谢谢你的陪伴。下一个调查的地方应该是乌尔威奇。"

等到了伦敦桥，福尔摩斯给他哥哥写了一封电报。发出之前，他很友善地将电报给我，上面写着：

黑云密布，隐约可见一束光亮，但随时可能熄灭。请把已知的在伦敦及附近活动的全部外国间谍或国际特务的姓名及详细住址列明，派通讯员送到贝克街。

夏洛克

"这应该算充实的一天，华生，"福尔摩斯幽幽地说，这时我们已经在开往乌尔威奇列车的座位上了。"在这么阴霾的一天，我的哥哥迈克罗夫特把一件非常稀奇的案子交托给我们，我们当然应该感激他。"

他的神情虽然急切，但话语中依然显得精力充沛，这说明，在他的头脑中，已经有某些线索给他以启示，并为他开辟了一条令人兴奋的思路。就像一只猎狐犬，当它无所事事地趴在窝里时，耳朵是耷拉的，尾巴下垂。而现同是这只猎犬，却目光闪烁，四腿紧绷，正紧紧地跟踪着气味独特的猎物追索前进，这就是今天上午以来在福尔摩斯身上发生的变化。几个小时之前在贝克街的房间里，他还有气无力，穿着灰色睡衣烦闷地来回踱步，了无生趣。对比现在，像是变了一个人。

"刚开始，我也被现场的一些情况蒙蔽了，"他说，"我真笨，竟没有看出其中的蹊跷。"

"直到现在，我还是看不出来。"

"结局是什么，我现在也说不清，不过我已经有了一个判断，根据这一判断进行调查，可以使我们继续前行，而不是被重重表象纠缠不前。这个判断就是：那个年轻人是在其他地方死去的，他的尸体别有用心地被放在了一节车厢的顶上。"

"在车顶上！"

"很奇怪吧，是不是？你想一想，发现尸体的现场正好是列车开过路闸时发生颠簸摇晃的地方，有这么巧合的事吗？车顶上的东西会不会就是在这个地方掉下来的？车厢里面的东西是不会受到路闸影响的，尸体如果不是从车顶上掉下来的，那就是非常奇妙的巧合。华生，这个世界巧合固然很多，但是我不相信会发生在我们这个案子里。现在，再让我们来想想血迹的问题，如果身体里的血都在别的什么地方，比如杀人的第一现场流光了，铁轨上当然就不会有血。每件事的背后都有启发点，汇集在一起，对我们的判断就有帮助了。"

"车票的问题也是出于同样的原因？"我惊问道。

"当然，我们刚开始分析不出为什么没有车票。现在，如果我们肯定那年轻人死之前并未上火车，就可以得到解释了。你看，现在每件事情仿佛都产生了奇妙的关联性。"

"不过，福尔摩斯，即便如此，我们仍然没有找到他的死亡之谜。事情没有变得更简单，反而是有些复杂了。"

"也许吧，"福尔摩斯若有所思地说，"或许是这样的。"他默默地陷入沉思之中，我也不再打扰他，直到这列慢车最后抵达乌尔威奇车站。我们上了一辆马车，福尔摩斯从口袋里掏出了迈克罗夫特的字条。

"今天下午，我们还得抓紧些，有好几处地方需要拜访，"他说，"我想，首先应该是詹姆斯·瓦尔特爵士吧。"

爵士的住宅是一栋漂亮的别墅，房前有一片绿茵茵的草地，一直延伸到泰晤士河岸。我们到达的时候，浓雾已经散去，天空中射来一道微弱、带有水气的阳光。管事听见铃声，出来开门。

"詹姆斯爵士，先生！"他表情严肃地说，"詹姆斯爵士今天早上去世了。"

"天哪！"福尔摩斯惊呼道，"他是怎么死的？"

"先生，您也许愿意进来见见他的弟弟法伦廷上校？"

"好，非常愿意。"

我们被管事带进一个光线暗淡的客厅，没过一会儿，一个五十岁年纪的高大男子来到我们面前，他外表端正，稍微有点胡子，眼神有些散乱，面颊没有洗净，头发也乱蓬蓬的。看来，他哥哥的死让这家人遭受的打击很大。当他谈起这件事，声调显得很模糊。

"这是一件丑闻，对于我哥哥来说。他是清白的，太可怕了。"他说，"我哥哥是一个很注重声誉的人，他经受不住外界的风言风语，他以前总是为他主管的那个部门而自豪，可是这次出了这样的事，对他绝对是一个致命的打击。"

"我们本来以为他能够提供一些有价值的线索，好帮助我们查明这件案子的起因和真相。"

"我敢向你们担保，这件事对他来说，就像对你们二位以及对我们大家一样，是一个彻头彻尾的迷局。我哥哥已经把他知道的所有情况都报告给了警方，卡多甘·韦斯特有罪，这是毋庸置疑的。可是，其余的一切还是在重重的迷雾中。"

"你能对这件事提出一些新的看法吗？"

"除了我已经看到的和听到的之外，我本人也是被蒙在鼓里。我不想失礼，可是你能看得出来，福尔摩斯先生，目前我们是非常狼狈。所以，我只好请你们赶快结束这次访问。"

"真没料到会发生这样的事，"当我们重新回到马车上，我的朋友说道。"我有些怀疑詹姆斯爵士是否真是由于无法承受打击而自然死亡的，还是这个老家伙自杀而亡？如果是后者的话，是因为失职而自责的一种表示吗？这个问题暂且留到以后再说，现在让我们去卡多甘·韦斯特的家里。"

韦斯特家坐落在郊区，那是一座小巧而维护得很好的房子，死者生前和他的母亲同住，这位老夫人已经悲痛得神志不清，对我们没有什么帮助。幸好还有一位脸色苍白的少妇，自称是维奥蕾特·韦斯特伯莉小姐，是死者的未婚妻，她就是那天晚上最后一个见过他的人。

"我说不出什么所以然，福尔摩斯先生，"她说。"我得到消息后，就没有闭过眼，白天想，晚上想，想

>>>

这到底是怎么一回事。阿瑟可以说是这个国家头脑最单纯、最侠义、最爱国的人，他绝对干不出盗卖国家机密这样的勾当。凡是了解他的人，都认为这简直就是荒谬的结局，是不可能的。"

"可是事实是怎样的呢，韦斯特伯莉小姐？"

"是的，我承认我无法解释。"

"他是需要钱吗？"

"不，他的需求很简单，他的薪水很高，已经积攒了几百英镑，我们本来准备在新年结婚的。"

"他最近有没有什么受过比如类似精神刺激的迹象？韦斯特伯莉小姐，可以对我们直说吗。"

福尔摩斯敏锐的眼睛注意到她的态度有了一些变化，她听了福尔摩斯的这句话后，脸色变了，有点犹豫不决。

"是的，"她终于说了，"我觉得他心里有事。"

"是不久前的事吗？"

"就是最近这个星期前后，他显得有些忧虑，脾气也很急躁，这和他平时的样子大不一样。有一次我忍不住追问他，他承认是有事，和他的公务有关。'这个问题对我来说太严重了，抱歉我不能说，即使对你也不能说，'他说。我听后尽管很为他担心，但也没再追问。"

福尔摩斯的脸色变得凝重起来。

"说下去，韦斯特伯莉小姐。即使事情可能对他不利，也要说下去，我们需要真相。"

"我没有什么别的可说了，有一两次，他好像在告诉我什么。有一天晚上，他谈到那个秘密的重要性，我还记得他说过，外国间谍无疑是会付出惨重代价的。"

我朋友的脸色更加阴沉了。

"还有呢？"

"他说我们的人对这种事很马虎——叛国者要取得计划是很容易的。"

"这些话他是在什么时候说的？"

"就在最近。"

"现在谈谈那个最后的夜晚吧。"

"那天，我们去剧院看戏，雾太大，没法乘坐马车。我们就步行前去，刚走到办公室附近，他突然不打招呼地窜进雾里去了。"

"他说什么没有？"

"他只是惊叫了一声，就跑远了。我在原地等他，可是他再也没有回来，后来我回家了。第二天早上，他们办公室的人就来查询此事。中午十二点左右我听到了关于韦斯特的可怕消息，啊，福尔摩斯先生，请你务必要相信他，为他挽回名誉！名誉对他可是头等的大事。"

福尔摩斯无奈地摇摇头。"走吧，华生，"他说，"到别处去找找线索，我们的下一站应该是文件被盗的办公室。"

等上了马车，福尔摩斯说："最初掌握的情况对这个年轻人就已经够不利的了，可是我们的查询使得案情的阴暗面都指向了他。有人会说，要举办花费巨大的婚事，这促使他起了犯罪的念头。他需要钱，于是理智被蒙蔽掉了。他还把他的打算告诉了她，差一点使她也成了他叛国的同谋，这一切真是糟透啦。"

"但是，福尔摩斯，韦斯特的为人处世似乎和犯罪扯不到一块儿吧，再说了，他为什么要把这个姑娘突然撂在大街上，独自跑去实施一项犯罪呢？这说不通。"

"有道理，是有些悖于常理，那晚韦斯特遇到的可能是难以对付的情况。"

在办公室里，高级办事员西得尼·约翰逊先生会见了我们，从礼节上他非常恭敬，这很可能是我同伴的名片所带来的效果。他是个身材很瘦的中年人，脸上长着斑，面容憔悴，不知为什么，他看上去很紧张，两只手一直在抖动着。

"真是糟透了，福尔摩斯先生，太糟啦！刚出了被盗的事，今天我们这个部门的主管又死了，你听说了吗？"

"我们刚从爵士的家里来。"

"这地方简直是一团混乱，爵士死了，卡多甘·韦斯特死了，机密文件被盗。可是，星期一晚上我们锁门的时候，这个办公室和政府的任何一个其他的办公室一样都保持着高效。上帝呀，想起来真可怕！在这些彬彬有礼、才华横溢的同事中，这个韦斯特怎么会干出这种事来！"

"这么说，你肯定他是盗窃文件的人？"

"没有什么铁证可以为他洗脱罪责，我是曾经像信任我自己一样信任他的。"

"你们这个办公室在星期一是几点钟关门的？"

"下午五点钟。"

"是你关的吗？"

"是的，我总是最后一个出来。"

"计划放在哪里？"

"保险柜里，是我亲自放进去的。"

"这屋子没有看守人吗？"

"有，不过他还负责看守另外几个部门。看守人是个老兵，为人十分诚实可信。那天晚上，他没有发现什么异常情况，当然那天雾很大。"

"也许卡多甘·韦斯特是在下班以后再溜进办公室行窃，他要配齐三把钥匙才能拿到文件，对吗？"

"对，三把。外屋大门一把，办公室门一把，保险柜一把。"

"只有詹姆斯·瓦尔特爵士和你才有这些钥匙吗？"

"我只有保险柜的，其他的我没有。"

"詹姆斯爵士在平日的工作中，是一个有条理的人吗？"

"是的，我肯定。他把三把钥匙都拴在同一个小环上，我经常看见钥匙挂在小环上面。"

"那天下午他到伦敦去，是带着这个小环去的？"

"他是这样说的。"

"你的钥匙曾经离开过你手边吗？"

"没有。"

"如果韦斯特偷走了计划，他一定有三把仿造的钥匙，可是我们在他身上并没有找到。另外，如果这个办公室里有一名职员想要干同样的事，复制一份计划会不会比偷走正本更来得简单些呢？"

"复制计划可不是件简单的事，需要具备相当水准的技术知识才行。"

"不过，我想詹姆斯爵士、你和韦斯特，应该都是有这种技术知识的吧？"

"那当然，我们都懂。可是，你最好不要把我往这件事上拉，福尔摩斯先生。事实上，计划原件已经在韦斯特身上发现了，我们这样做假设有什么用处吗？"

"唔，如果韦斯特是盗贼，他本来是有条件也有能力复制这

>>> "是否可以这样理解，如果有谁掌握了这三份文件，不需要另外七份文件也可以建造一艘布鲁斯－帕廷顿潜水艇？"

些文件的，复制的文件也能卖出好价钱，为什么他偏偏要去冒险偷盗原件呢，真是奇怪。"

"是很奇怪，这里面不会有问题，因为他就是选择了盗取原件。"

"约翰逊先生，我们每进行一次调查，都会发现案情有一些令人费解的地方。现在仍有三份文件丢失在外，据我所知，这三份都是极其重要的文件。"

"是的，你说的没错，福尔摩斯先生。"

"是否可以这样理解，如果有谁掌握了这三份文件，不需要另外七份文件也可以建造一艘布鲁斯—帕廷顿潜水艇？"

"这一点我已向海军部作了报告，不过，我今天又仔细翻阅了一下图纸，是不是能够做到像你说得这样，我也不能打保票。但是双阀门自动调节孔的图样是画在已经找回的一张文件上的，外国人目前还研制不出这种调节孔技术的，当然，他们也有可能很快就克服掉这方面的困难。"

　　"好吧，我想，如果你允许，我现在要在这屋子里走一走。我本来想问的一些问题，现在一个也想不起来了。"

　　福尔摩斯先后检查了保险柜的锁、房门和窗户上的铁制窗叶。当我们来到外面的草地上时，他仔细地做了一番检查。之后，福尔摩斯停在窗外的一株月桂树下，树上有几根树枝看上去曾被攀折过。他用放大镜仔细检查了那些树枝，接着又查看了树下地面上的几个模糊不清的印记。最后，他要那位约翰逊先生关上了铁百叶窗。他让我看，我发现百叶窗正中间关得并不严丝合缝，如果在窗外偷看，可以看得见室内的情形。

　　"耽误了三天时间，有些印迹被破坏了。印迹也许能说明一些问题，也许说明不了什么问题。好吧，华生，我想乌尔威奇的调查就到此结束。我们的收获并不大，让我们回伦敦去，看看能不能干得更好一点。"

　　然而，在离开乌尔威奇车站之前，我们又有一点收获。售票员很有把握地说，他看见过卡多甘·韦斯特，他清楚地记得这个年轻人，就在星期一晚上。韦斯特是坐八点一刻开往伦敦桥的那趟车。他当时是一个人，买了一张三等单程车票。他当时的举动很是惊慌失措，表情也很反常，这让售票员感到很吃惊。当时，他抖得很厉害，售票员找给他的钱都拿不牢，还是售票员帮他拿的。我们同时查了列车时刻表，韦斯特在七点半钟左右离开那个可怜的姑娘之后，八点一刻这趟车确实是他可能赶上的第一趟车。

"让我们再从头分析一下，华生，"等我们上了返回伦敦的车，福尔摩斯沉默了半小时之后说，"在我们两人共同进行的侦查中，我想不出还有什么比这个更棘手的案子了。今天一整天，我们的调查每向前一步，就发现前面又出现一个新的障碍。不过，也伴随着一些可喜的进展。

"我们在乌尔威奇进行调查后得知的结果，大多数是对年轻的卡多甘·韦斯特不利的。可是窗下的印迹给我们提供了一个还说得通的假没。我们假定他跟某一个外国特务接触过，并就这件事达成了某些约定，那特务不许他张扬出去，但这事情本身在他的思想上还是产生了影响，他对未婚妻说过的话就很好地印证了这一点。很好，我们接着假设，当他同那位年轻姑娘一起步行去剧院时，他在雾中突然看见那个特务向办公室方向走去。他性情急躁，为了阻止那个特务，别的他都不顾了，于是他抛下未婚妻跟着那个特务来到办公室的窗前，看见有人盗窃文件，就去阻止。这样一来，对复制一份比偷盗原件更保险的说法就可以解释通了。"

"然后呢？"

"然后，我们就遇到困难了。在这种情况下，按说年轻的卡多甘·韦斯特首先得去制止那个特务，同时发出警报。但他当时没那样做，为什么呢？拿文件的会不会是一名上级官员？那样就可以解释韦斯特的怪异行为了，会不会是这个人甩掉了韦斯特，韦斯特没有犹豫，一路追到伦敦，想赶到他住的地方去拦截他，假定韦斯特知道他在伦敦的住址的话。当时的情况一定很紧急，因为他撂下未婚妻就跑，让她一直站在雾里，根本没有告诉她什么，线索到这里就没有了。我们现在假设的情形和放置在地铁火车顶上、口袋里放着七份文件的韦斯特的尸体这两者之间，差距很大。直觉和经验告诉我，现在应该从事情的另一头入手了。如果迈克罗夫特能把名单给我们，我们也许能找出我们需要的人，这样就可以两个方向同时进行，而不是单线作战。"

果然，等我们回到贝克街时，一封信正在等候着我们，是一位政府通信员加急送来的。福尔摩斯看了一眼，把它扔给了我，信写得很简单：

你所要的这个特定人群中无名小卒甚多，能有胆量做此等大事者寥寥。能进入我们视线的只有阿道尔夫·梅耶，住威斯敏斯特，乔治大街13号；路易斯·拉罗塞，住诺丁希尔，坎普敦大厦；雨果·奥伯斯坦，住肯辛顿，考菲尔德花园13号。据情报，后者星期一在城里，现已离去。很高兴你已初获进展，内阁十分期盼你的最后报告。最高当局的查询急件已到，如有需要，全国警察都是你的后盾。

迈克罗夫特

"看来内阁大臣们真是急了，全国的警察？恐怕，"福尔摩斯微笑着说，"王后的皇家卫队来了也无济于事。"他摊开伦敦市区的大地图，俯着身躯急切地查看着。"太好啦，真是太好啦，"不一会儿，就听到他得意地呼喊声，"上帝之手终于把事情扭转到我们的方向来了。华生，我坚信，我们最后是会胜利的。"他兴奋地拍了拍我的肩膀。"我现在要出去一趟，只是去侦察一番。没有我忠实的伙伴兼传记作者在身边，我是不会去干危险的事的。你就留下来休息休息。过一两个小时我应该就能回来，万一由于我过分沉迷于细节而不慎耽搁了些时间，你就拿出纸笔来，先起草一下这个案子的提纲，主题就写我们是如何从重重危难中拯救这个国家的。"

他的欢快心情在无形中感染了我，我很清楚，他平日里的严肃态度绝不会导致这样的表现，除非那高兴的劲头确有根源。11月的黄昏显得格外漫长，我心绪不宁，一边猜想我的朋友正在进行的调查具体指向了哪里，一边在焦急地盼望他回来。终于，晚上九点钟刚过，信差送来一封信：

我在肯辛顿的格劳塞斯特路，哥尔多尼饭店。速来，并携带铁撬、提灯、凿刀、手枪等物。

夏·福

对于一个体面的大英帝国公民来说，带着这些装备穿过昏暗的、雾气笼罩的街道，那感觉真是妙不可言。我谨慎地把自己以及那些凶悍的工具都裹在大衣内，小心地穿过街道，坐马车直奔约会地点。在这家豪华的意大利饭店里，我的朋友正端坐在门口旁的一张小圆桌边上。

"吃过东西没有？和我一起喝杯咖啡和柑橘酒，尝尝饭店老板自制的雪茄，这种雪茄不含人们常说的那种毒素。那些工具带来了吗？"

"带了，都在我的大衣里。"

"好极啦，让我把今天下午我刚做过的事和根据种种迹象、线索决定我们将要做的事先和你交个底。华生，我们现在已经明白了，那个青年的尸体是放在车顶上的。当我肯定尸体是从车顶上摔下去的，而不是从车厢里这一事实时，结论就已经清楚了。"

"难道不可能是从桥上掉下去的吗？"

"我想不可能，如果你有机会爬上车顶观看，你会发现车顶略微有点拱起，四周也没有栏杆。因此，我可以肯定卡多甘·韦斯特是被害之后被放到车顶上的。"

"怎么能把一具尸体放列车顶上呢？"

"这正是我要告诉你的，只有一种办法，你知道地铁在伦敦的西区❶某几处是没有隧道的。我记得，有一次我坐地铁，碰巧看见外面民宅的窗口就在我头顶上面。假定有一列火车恰好停在这样的窗口下面，从窗口把一个人放到列车顶上就不会太难了。"

"我还是觉得有些不可信。"

"那好，我的朋友，我们只好相信那句古老的格言了：当别的一切可能性都已被推翻，剩下的一定就是真的，不管我的推敲是多么的离奇。但是到现在为止，别的一切有可能的道路都被封死了，而那个刚刚离开伦敦的著名的国际特务就住在紧靠地铁的一个房子里，当我发现这一点的时候，我郁闷了一整天的心境突然拨云见日，对我那突如其来的轻浮举动你肯定感到有点惊讶。"

"有这样的巧合？"

---

❶ 伦敦西区，富人聚居地。

"对，就是这么巧，住在考菲尔德花园13号的雨果·奥伯斯坦先生已经成为我的头号目标。我从格劳塞斯特路车站开始进行调查，站上有一位公务员给了我很大帮助。他陪我沿着铁轨一路走下去，使我最终搞清楚了考菲尔德花园的后楼窗户正是朝向铁路的，而且更重要的是，由于那里是主干线的交叉点，地铁列车经常要在那个地点停上几分钟。"

"太伟大了，福尔摩斯！你那了不起的思考力在关键的时候发挥威力了！"

"只能说到目前为止，到目前为止，华生，我们迈出了扎实的一步，但是目的地距离我们还很遥远。我查看了考菲尔德花园的后面，接着又看了前面，发现那个狡猾的家伙已经溜掉了。这是一座相当大的住宅，里面没有什么家具，据我判断，他是住楼上的房间里。有一个随从同奥伯斯坦住在一起，此人可能是他的心腹加同伙。我们得知，奥伯斯坦是到欧洲大陆去了，并没有逃走，因为他没有理由害怕，他也根本不会想到，有两个业余侦探会去搜查他的住宅。"

"我们能不能从法院申请一张传票，按照正常手续来办？"

"根据我们现在掌握的证据，法院不会给我们的。"

"我们进去要搜查什么东西呢？"

"我想知道他屋里有没有什么机密的信件。"

"老实说，我不喜欢这样，福尔摩斯。"

"华生，你只需要负责在街上放哨。犯法的事由我来干，现在考虑的应该是大事。想一想迈克罗夫特，还有海军部、内阁，以及那些在等待我们消息的国家首脑们吧，我们责无旁贷。"

听了他的这番话，我从桌边忽地站了起来。

"你说得对，福尔摩斯，我们是得去。"

他跳起来握住我的手。

"我没看错，你作为一个老军官，是不会退缩的。"他说。在这一瞬间，我看见他眼里闪耀着近乎温柔的目光，过了一会儿，他又

>>>

福尔摩斯把灯照向窗台。只见窗台上有厚厚的一层煤灰，可是有几处的煤灰已被抹去。

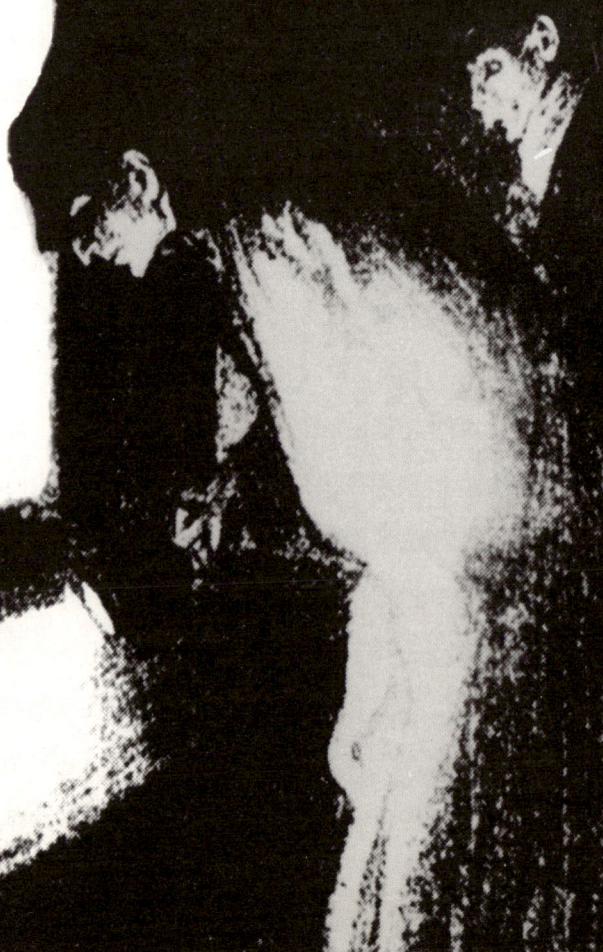

恢复了原来的样子，严肃练达，讲究实际。

"从这里去那所宅子有将近半英里路，但是我们不必着急，走着去好了，"他说，"不过可千万别让工具掉出来，这些玩意儿对苏格兰场的警察们来说，是最刺激他们脑部神经的。"

考菲尔德花园坐落在伦敦西区，每座房子都有扁平的柱子和门廊，属于维多利亚中期的出色建筑。那个间谍的隔壁一家像是有儿童在联欢，夜色中传来孩子们快乐的呼喊声和叮咚的钢琴声，这声音仿佛是天籁之音，象征着和平与美好，和我们要调查的凶险奇案是那样的遥远。房子四周的一片浓雾第一次用一种友好的阴影把我们很好地遮蔽起来，福尔摩斯点燃了提灯，灯光直射在那扇厚实的大门上。

"这会是一件力气活，"他说，"门是锁上的，也上了闩，如果我们在这里动手，万一闯进来一位热心的警察，就麻烦了。我们到地下室去要好办一些，你帮我一下，华生。我再来帮你。"

我们两人来到地下室门前，这时我们清楚地听见雾中有警察的脚步声从我们头顶上传来。等到轻轻的有节奏的脚步声远去之后，福尔摩斯开始撬地下室的门。只见他弯着腰使劲一撬，咔嚓一声，门被打开了。我们跳进黑洞洞的走道，迅速回身把门掩上。黑暗中，福尔摩斯举灯在前面引路，我跟着他左一拐右一弯，踏上一段没有铺地毯的楼梯。他手中的小灯照向一个低矮的窗子。

"到了，华生，肯定是这一个。"他打开窗子，这时远处传来低沉的闷响，逐渐变成轰轰巨响，一列火车在黑暗中快速通过，把烟尘抛洒在半空中。福尔摩斯把灯照向窗台。只见窗台上有厚厚的一层煤灰，可是有几处的煤灰已被抹去。

"你明白他们是怎么放尸体了吧，华生，这是什么？没错，是血迹。"他指着窗框上的一片痕迹。"证据已经找到，我们在这儿看看列车停在哪里。"

没等多久，一趟列车穿过隧道呼啸而来，等出了隧道，列车速度降了下来，最后吱吱地刹住车，正好停在这间屋子的下面。列车顶部距离窗台不到四英尺，福尔摩斯轻轻关上窗子。

"我们的看法被证实了，"他说，"你有何感想，华生？"

"这是你的又一个了不起的成就。"

"亲爱的华生，你太过奖了。我当初认为尸体是放在车顶上，这一想法其实并不太深奥，当我产生这一想法的时候，其余的一切就是顺理成章了。我们面前还有很多困难，不过，也许我们还可以在这房子里发现一些有利于我们的证据。"

我们顺着厨房的楼梯，走进了二楼的一套房间。一间是餐室，布置得很简单，没有特别的东西。第二间是卧室，里面也是空空如也。最后一间到处是书本和报纸，显然是当书房使用的，看来比较有希望，于是我的同伴停下来开始有顺序地查找。福尔摩斯快速地打开每个抽屉和每只小橱，把里面的东西逐一翻查，但是一直没发现有价值的东西，他的脸紧绷着。过了一个小时，他的工作仍然不见收获。

"这只狡猾的老狐狸把他的踪迹掩盖起来了，"他说，"凡是能让他落入法网的东西一件都没有留下来，有价值的信不是被销毁了，就是被转移了。让我看看这个，这可能是今晚最后一个机会了。"

那是一个放在书桌上的用于装现金的小铁匣子，福尔摩斯用力把它撬开，里面有几卷纸，上面都是些图案和计算数字，"水压"、"每平方英寸压力"等字眼反复地出现，这些同潜水艇可能有些关系，但福尔摩斯看也不看，不耐烦地把它扔在一边，匣子里只剩下一个信封和几张报纸的碎片。他马上把它们取出来放在桌上，我一看他那急切的神色，就立刻知道有些眉目了。

"这是什么，华生？一张报纸登载的几则代邮。从印刷和纸张看，好像是报纸《每日电讯》的寻人广告栏，报纸右上角没有日期——但是代邮本身自有编排。这一段是开头：

希望尽早得到答复，条件确认，按名片地址详告。

皮罗特

第二则：

情况复杂，需作详尽报告，交货时即给东西。

皮罗特

接着是：

情况紧急，须收回要价，除非合同已定，望函约，广告为盼。

皮罗特

最后一则：

星期一晚九时敲门两声，都是自己人，不必猜疑。交货后即付硬币。

皮罗特

"你瞧瞧，这项交易的过程记载得很完整，华生！如果我们能找到这个人就好了！"他说完就坐着陷入了沉思，手指不由自主地轻敲着桌子，不一会儿他跳了起来。

"也许这并不算难，我们今晚的辛苦工作就到这里。华生，我想我们还是去请《每日电讯》的主编帮帮忙吧。"

第二天早饭后，迈克罗夫特·福尔摩斯和雷斯垂德按时前来，夏洛克·福尔摩斯把我们昨天一整天的行动讲给他们听，雷斯垂德听了我们坦诚相告的夜间入室行为后，不禁连连摇头。

"我们苏格兰场的警察是不允许这样做的，福尔摩斯先生，"他说，"怪不得你取得了如此辉煌的而对于我们来讲却是不可能完成的成就呢，将来不论你是否会走得更远，有一天你会发现你自己和你的朋友是在自找苦吃。"

"为了这个国家，为了每一个普通家庭生活的美好，我和华生愿意成为这一代价的牺牲者。迈克罗夫特，你又是怎么看的呢？"

"干得漂亮，夏洛克！你的勇气和缜密令人钦佩！不过，你打算怎样加以利用眼下取得的这些线索呢？"

福尔摩斯有些得意地把桌上的《每日电讯》拿起来。

"你看见皮罗特今天的广告了吗？"

"什么？怎么又有广告了？"

"对，在这儿：

今晚，同一时间，同一地点。敲两下。非常重要。与你本人的安全和性命息息相关。

皮罗特"

"很好。"雷斯垂德叫了起来，"他要是按约前往，我们就能逮住他了！"

"我也是这样想的，如果你们二位方便的话，请跟我们一起到考菲尔德花园去一趟，晚上八点钟左右，我们也许能找到这个案件的最终答案。"

夏洛克·福尔摩斯有一个很了不起的特点，他可以使自己的大脑在激烈运转后暂停下来，并在他认为工作陷入困境和停顿的时候，把一切心思都转移到一些令人轻松愉悦的活动上去。我至今仍清楚地记得，整个一个白天，他忙于撰写关于拉苏斯[1]的和音赞美诗的专题文章。至于我自己，我没有他那种超凡脱俗的本事，所以那一天过得像没有尽头。这个事件对我们国家关系之重大、最高当局的关切程度以及我们准备进行的大胆尝试的可能结果——都统统在我的脑子里高速运转，不时地刺激着我的神经。直到吃了一顿轻松的晚饭后，我才彻底放松下来。之后，我们终于出发去探险了。雷斯垂德和迈克罗夫特按约在格劳塞斯特路车站外面等着我们，前一天晚上我们虽然已经把奥伯斯坦的地下室门撬开，但由于体型庞大的迈克罗夫特·福尔摩斯不愿爬栏杆，

---

[1] Lassus (1530—1594)，比利时作曲家。

我只好先从地下室进去打开大厅正门放他们三人进去。晚上九点钟左右，我们已经稳坐在书房里等候我们的客人了。

过了一个钟头，又过了一个钟头，十一点的钟声敲过了，大教堂的有节奏的钟声好像在为我们的周密计划唱着结束曲。雷斯垂德和迈克罗夫特坐在那里焦躁不安，一分钟能看两次表。福尔摩斯则默默地坐着，仿佛老僧入定，眼睛微睁，但又保持着十分的警觉，突然，他猛然起身。

"客人来了。"他说。

一阵轻轻的脚步声来到门前，门环在门上重重地敲了两下。福尔摩斯站起来，做个手势，叫我们坐在原处别动。厅里的煤气灯只发出一点火花，他打开房门，一个黑影悄然走过他身旁，他关上门，又把门闩上。"这边来！"我们听见他说。过了一会儿，我们的客人站在了我们面前，福尔摩斯紧跟在他身后。当这个人一声惊叫想要转身跑掉时，福尔摩斯一把抓住他的衣领，把他重重地扔进屋里，还没有等他从惊慌中清醒过来，门关上了，福尔摩斯背靠门站着。这个人四下张望，身子摇摇晃晃，最后倒在了地上，他的宽边帽随即从头上掉了下来，领带

>>>

当这个人一声惊叫想要转身跑掉时，福尔摩斯一把抓住他的衣领，把他重重地扔进屋里，还没有等他从惊慌中清醒过来，门关上了，福尔摩斯背靠门站着。

也咧开了，露出的是法伦廷·瓦尔特上校的那张英俊的脸。

福尔摩斯惊奇地嘘了一声。

"我万万没想到是他，华生，"他说，"我们最初要找的可不是这个家伙。"

"这是谁？"迈克罗夫特急忙问。

"潜水艇局局长，已故的詹姆斯·瓦尔特爵士的弟弟。对，我看见底牌了，他会来的。你们最好让我来审问。"

我们把这个已经瘫软成一团的家伙抬到沙发上，不一会儿，他坐了起来，满脸惊慌地向四周望着，又用手摸摸自己的额头，好像不相信他自己的眼睛似的。

"这是怎么回事？"他问道，"我想我是来拜访奥伯斯坦先生的。"

"真相大白了，瓦尔特上校，"福尔摩斯说，"一位为政府服务的英国绅士竟干出这种事来，真是始料不及。我们已经完全掌握了你同奥伯斯坦的肮脏交易，也知道了年轻的卡多甘·韦斯特英勇殉难的有关情况。我劝你不要辜负我们给予你的信任，把事情的前后经过都讲出来吧。"

这个家伙叹了口气，把头深深地埋了下去。我们等了半天，可是他就是不吭声。

"我和你摊牌吧，"福尔摩斯说，"这个案件的每一个重大情节都已经查清了，我们知道你急等钱用，你仿造了你哥哥掌管的钥匙，然后与奥伯斯坦接上了头，他通过《每日电讯》的广告栏和你联络。我们知道你是在星期一晚上在大雾的掩护下去办公室的。但是，你的叛国行为被勇敢的卡多甘·韦斯特无意中发现，他一路跟踪着你。因为他对你早有怀疑。他看见你盗窃文件，但他无法报警，因为你可能借口是把文件拿到伦敦去给你哥哥的。韦斯特抛开自己的私事，大义凛然，正如一个正义的公民所做的那样，在充满未知危险的浓雾中尾随在你身后，一直跟你到了这个地方。他本想制止你们，瓦尔特上校，你除了叛国之外，还背上了谋杀政府职员韦斯特的罪则。"

"我没有！我没有杀他！我向上帝发誓，我没有！"这个又可怜又可悲的罪犯嚷道。

"说，在你们把卡多甘·韦斯特的尸体放到车厢顶上之前，韦斯特是怎么被杀的？"

"我发誓，其余的事都是我干的，我坦白，你刚才说得都对，股票交易所逼我还债，我急需要钱，奥伯斯坦出价五千英镑，让我免遭毁灭。至于谋杀，不是我干的。"

"接着说！"

"韦斯特对我早有怀疑，那天晚上他一直跟着我，就像你说的那样。当我到了这个门口，才知道他在后面，当时雾很大，三码以外就什么也看不见。我敲了两下门，奥伯斯坦刚打开门，韦斯特就冲了上来，质问我们为什么拿文件。奥伯斯坦随身带着一件护身武器，当韦斯特跟着我们冲进屋来时，奥伯斯坦用它猛击韦斯特的头部，一下子就把他打倒了。他很快就死了，就躺在大厅的地板上，我们很惊慌。奥伯斯坦想到了一个好主意，就是停在后窗下面的列车。他首先查看了我带来的文件，他说其中有三份重要，要我交给他，'不能给你，'我说，'明早要是不送回去，乌尔威奇会闹翻天的。''一定得

"所以我们很轻松地把韦斯特的尸体放到了车上。和我有关的事，就这么多。"

给我，'他说，'因为这文件技术性很强，复制是来不及的。'我说：'今天晚上我一定要全部送回去。'他想了一会儿，说有办法了。'我只拿三份，'他说，'其余的塞进这个死人的口袋里。等他被人发现，这事就都算到他的头上了。'当时没有其他更好的办法，我就照他的办法做了。我们在窗前等了半个钟头，列车停下后，雾大，什么也看不见，所以我们很轻松地把韦斯特的尸体放到了车上。和我有关的事，就这么多。"

"你哥哥呢？"

"他是无辜的，我拿他钥匙去仿造时，他看见了。我想，他肯定对我产生了怀疑，我从他眼神里看得出来。等这件事发生后，他知道这事和我有关。正如你所知，他没有举报我，但是内心的自责让他再也抬不起头了，只有选择自杀。"

听完瓦尔特上校的供述，房间里一片寂静，迈克罗夫特·福尔摩斯醇厚的声音穿过了夜色。"你难道不能想些办法做些补救吗？一来可以减轻你内心的谴责，二来也能让法官从轻惩罚你。"

年轻的柯南·道尔。

"我想，但怎么补救？"

"奥伯斯坦带着文件到哪儿去了？"

"不知道。"

"他给你留联系地址了吗？"

"他说我要有事，可以把信寄到巴黎洛雷饭店，他就可以收到。"

"现在完全取决于你。"福尔摩斯说。

"只要是我能做的，我都愿意做。我对这个家伙没什么好感，他毁了我，让我身败名裂，也害了我的哥哥。"

"坐到桌边去，拿着这笔和纸，我说你写。把地址写上，对，现在就写：

亲爱的先生：

关于我们的交易，你现在是否已经发现，还缺少一份重要分图。我有一份复制图样可使你手中的更加完整，但此事已给我招来很多麻烦和不便，你必须再支付五百英镑。邮汇不可靠，我只要黄金或英镑现金，别的不要。本想去法国和你面谈，但此刻出国会引起无端怀疑。故希望本周六中午在查理十字饭店吸烟室见面，只要黄金或英镑现款。切记。

这样写很好，这一回要是抓不到那个老特务，那才怪呢。"

福尔摩斯估计得不错，这一段历史，事关一个国家海上安全的秘史。事件本身的曲折程度要远比这个国家在公开大事记载的不知要详尽、有趣多少倍。奥伯斯坦在收到那封福尔摩斯口授的信后，急于做成他间谍生涯中最大的一笔生意，中了福尔摩斯的圈套，自投罗网，在约定地点束手被擒，最后被判在英国坐牢十五年。抓住他的时候，从他的皮箱里找到了价值连城的布鲁斯—帕廷顿计划的三份原始图纸，奥伯斯坦曾带着这些图纸在欧洲各国海军公开贩卖，因时间和价钱关系，所幸没有被出售。瓦尔特上校在判决终身监禁的第二年年底死于狱中。

此案过后，福尔摩斯把兴趣转向对拉苏斯的和音赞美诗的研究工作上。他的上一篇文章出版之后，据说在一些私人圈子里颇为流传，专家们说，福尔摩斯的著作是这方面的权威作品之一。又过了几个星期，我在偶然的机会里听说我的朋友去温莎度过了一天，回来时在衣领上戴着一枚非常漂亮的绿宝石领带别针。我问他是从哪里买的，他说是某位好客的贵妇送给他的礼物，因为他曾有幸替这位夫人尽了些绵薄之力。至于再详细的情况，他神秘地闭口不谈。不过，就我们在布鲁斯—帕廷顿计划一案中的出色表现和力挽狂澜的结局，我能够很轻松地猜出这位贵妇姓字名谁。我同时也毫不怀疑，这枚宝石别针将让我的朋友时常回想起布鲁斯—帕廷顿计划的这一段惊险故事。

五、病危中的福尔摩斯

SHERLOCK
HOLMES

夏洛克·福尔摩斯的女房东赫德森太太，自从把房子租给这位知名的侦探，长期以来不知吃了多少苦头。不仅因为她的二楼成天有形色各异并且居多是不受人欢迎的客人光临，而且她的那位著名房客的生活也是以怪癖且没有节制闻名，这让她的耐心和神经受到了严重的考验和挑战。他有时邋遢得令人难以忍受，同时喜欢在奇怪的时间比如深夜听音乐，还不时在室内练习一些枪法和击剑，最糟糕的是他经常沉溺于一些古怪的时常发出恶臭或浓烟的科学实验，以及充斥在他身边的暴力和诡异的气氛，这些因素加在一起足以使他当选为全伦敦表现最差的房客。可是，他在房租问题上对房东太太却异常的慷慨，我和福尔摩斯在贝克街一起住的那几年，他所付的租金足可以购买整栋住宅了。

　　房东太太对福尔摩斯十分敬畏，不论他的举动多么让人难以容忍，也从来不敢去干涉他什么。她也尊敬他，因为他对待妇女历来是温文尔雅、谦恭有礼。但他在工作中不喜欢也不信任女性，虽然他是一个传统骑士做派的反对者。我很清楚赫德森太太在生活中是真心地关心他，所以在我婚后的第二年，当房东太太急匆匆地来到我家，告诉我福尔摩斯目前的悲惨处境时，我不禁为之动容。

　　"他病得快要死了，华生医生，"她说，"这个可怜人已经卧床三天不起了，我担心他熬不过今天了，他病重的时候也很固执，不准我请医生。今天早上，我看他两边的颧骨都凸出来了，两只大眼睛看着我，完全失去了以往的精气神，我再也受不了了，'你肯也好，不肯也好，福尔摩斯先生，我这就去叫医生来。'我说。'那就叫华生来吧。'他说。华生先生，去救救他吧，可不能再浪费时间了，趁他还有一口气在的时候，否则你就见不到他了。"

我吓了一跳，我不敢想象那么一副好身板怎么会突然病入膏肓，我没再说什么，赶忙穿上衣服和赫德森太太跳上了马车。一路上，我让她介绍了我可怜的朋友得病前后的详细情况。

　　"我知道的情况也不多，先生。他一直在罗塞海特研究一种什么怪病，那是在河边的一条小胡同里。等他回来时，谁知他自己已经被这种可怕的病传染了。他从星期三下午就躺到了床上，到现在一直就没有走动过。三天了，他都没吃没喝。"

　　"天哪！怎么不请个医生给他看看？"

　　"他不允许我请，先生。他那个专横劲儿，你是知道的。我不敢不听他的，我感觉他在这世上不会长了。你一看到他就会明白的。"

　　等我赶到贝克街他的房间，尽管我之前有了一些心理准备，但是福尔摩斯凄惨的模样还是吓了我一大跳。当时正是十一月，天气有雾，在昏暗的灯光下，小小的病房显得无比阴沉。但是真正使我浑身寒战的，是病床上那张眼巴巴望着我的被病魔耗尽元神的干瘪的脸。因为发烧的缘故，他的眼睛发红，两颊也一片绯红，嘴唇上结了一层可怕的黑皮。他的两只手在不停地抽搐，声音显得沙哑无力。我走进房时，他一看到我，眼里闪露出一丝自嘲的表情。

>>>

等我赶到贝克街他的房间，尽管我之前有了一些心理准备，但是福尔摩斯的凄惨模样还是吓了我一大跳。

"你瞧，华生，这回我可遇上了不吉利的日子了。"他说话的声音很微弱，但还是有点平日里那种满不在意的味道。

"我亲爱的朋友！"我喊道，向病床急步走去。

"站开些！华生，求你，快站开！"他急切地说，那种紧张的神态只能使我联想到危险就在眼前。"你要是再走近，华生，我就不得不让你出去。"

"为什么？"

"因为，我需要这样。这个理由还不够吗？"

是的，赫德森太太说得没错，重病的福尔摩斯比以往任何时候都更加专横。可是眼看着他如此羸弱，又让人怜悯不已。

"我只是想帮你。"我解释着。

"那就好，你按照我的命令做，就是对我最好的帮助。"

"当然行，福尔摩斯。"

瞬间，他那严厉的态度有所缓和了。

"你没生气吧？我的朋友。"他喘着气问我。

可怜的人，躺在床上被无情的疾病如此折磨着，我怎么会生气呢？

"这样做是为了你好，华生，"他的声音低沉嘶哑。

"为了我？"

"我知道我现在的状况，我被传染了一种从苏门答腊来的苦力病。这种病，荷兰人比我们更清楚，他们至今对这种病都束手无策。只有一点是肯定的，这是一种致命的疾病，很容易传染。"

他讲话有气无力，那是高热给身体带来的极度疲惫，两只大手一边抽搐一边挥动，那意思很明白，是叫我走开些。

"接触了会传染的，对，接触，你站远些就没事了。"

"天哪，福尔摩斯！你以为这样说就能拦住我吗？即使是不认识的人我见了也不能袖手旁观，你以为这样就可以让我放弃作为老朋友的职责吗？"

我又想往前走去，但是他喝住了我，显然是发火了。

"如果你站在原地不动，我就据实相告。否则，你就离开这儿吧。"

我平日里对福尔摩斯极为尊重，我总是按照他的话去做，即使有时我并不能完全理解其中的含义。可是，作为一名老军医的职业本能激发了我，别的事，可以由他支配，在这病房里，他得听我的建议。

"福尔摩斯，"我说，"你病得很重，病人就应当像孩子一样听话。我来给你看病，不管你是否愿意，我都要看看你的症状，好对症下药。"

他的眼睛恶狠狠地盯着我。

"如果我非要有医生不可，那至少也得是一个我信得过的人。"他说。

"你信不过我？"

"你的友情，我当然信得过，也深以为荣。但是，事实是，华生，你到底只是一名普通的医师，对这种恶性传染病的经验有限，资格不够。说出这些话会使人不愉快，可是你逼得我别无他法。"

福尔摩斯的话重重地刺伤了我，虽然我认为他在病中的尖刻并不代表平时的习惯。

"这话与你的身份是不相称的，福尔摩斯。你的话已经非常清楚地表明了你现在的精神状态。你要是信不过我，那好，我也不勉强你。我去请贾斯帕·密克爵士或者彭罗斯·费舍，或者是其他一些伦敦的最好的医生。不管怎么说，你总得有个医生为你诊治。如果你认为，我可以站在这儿眼睁睁看着你衰弱下去，也不去请别的专业医生来帮助你，那你就把你最亲密的朋友看错啦。"

"我知道，你是出于一片至诚，华生，"病人说着话，那声调似呜咽，又像呻吟。"难道要我来指出你自己的无知吗？请问，你懂得塔巴奴里❶热病吗？你知道福摩萨❷黑色败血症吗？"

"我承认我没有听说过这两种病。"

"华生，在东方有许多神秘的疾病，也有许多奇怪的病理学现象。"他说一句，停一下，似乎是在积聚他那微弱的力气。"我最近做过一些有关医学犯罪方面的研究，从中开阔了不少眼界。我的病就是在研究的过程中得的，你是没办法医治的。"

"也许是这样，不过，我正好知道爱因斯特里博士目前就在伦敦，他是现在还健在的热带病权威之一。不要再固执了，福尔摩斯，我这就去把他请来。"我下定了决心，转身向门口走去。

❶ 塔巴奴里 Tapanuli，印尼地名。

❷ 某些外国人沿用的16世纪葡萄牙殖民主义者对中国台湾的称呼。

>>>

福尔摩斯就像只老虎从床上一跃而起，越过我扑向门口。我听
见钥匙在锁孔里咔嗒一响，然后他又摇摇晃晃地回到床上。

但是我从来没有这么吃惊过！我刚刚向门口迈出了一步，病人就像只老虎从床上一跃而起，越过我扑向门口。我听见钥匙在锁孔里咔嗒一响，然后病人又摇摇晃晃地回到床上，他经过这一番折腾，已是苟延残喘，像片初冬的落叶躺在床上。

　　"你不会硬把钥匙从我手里夺去吧，华生，我要把你留住，我的朋友。我不让你走，你就别想走。可是，我早晚会听你的。"（这些话都是边喘息边说，每说完几个字，他就需要使劲地吸气。）"你是在为我着想，这一点我当然很清楚。你可以去做，但你要给我时间，让我恢复体力。现在，华生，现在不行，现在是四点钟。到六点钟，我再让你走。"

　　"你真是疯了，福尔摩斯。"

　　"就两个钟头，华生，我答应让你六点钟走，你能同意等吗?"

　　"好吧，我也没有别的办法。"

　　"华生，谢谢你，不需要你帮我整理被褥，请你离得再远一点。华生，我还有一个条件，你可以去找人来帮我看病，但不是你说的那几个人，而是从我挑选的人那里去寻求帮助。"

　　"当然可以。"

　　"亲爱的华生，从你进房间以来，'当然可以'这四个字是你说出来的第一句通情达理的话，华生，对此我可以向上帝保证。那儿有书，我没劲了，当一组电池的电量都被输入一个非导电体，我不知道这组电池会有何感觉，被抽空的感觉。六点钟，华生，我们再谈。"

　　但是，在六点钟远未到来之前发生的情况使我几乎和他跳到门前那一次一样大吃一惊。当时，我按照福尔摩斯的交代想用书来打发这两个小时，但是朋友的现状让我心乱得无法阅读。我就从椅子上站了起来，望着病床上那沉默的身影，被子把他的脸几乎全部遮住了，他好像已经入睡。我在屋里慢慢踱步，不时瞅瞅贴在四周墙上的那些著名罪犯的照片。我毫无方向地来回走着，最后来到壁炉台前。台上凌乱地放着烟斗、烟丝袋、注射器、小刀、手枪子弹以及其他一些乱七八糟的东西。这当中有一个黑白两色的象牙小盒，盒上有一活动的小盖。这个做工精致的小玩意儿引起了我的兴趣，于是我伸出手去，想拿过来仔细看看，这时一个突发事件发生了。

本来已经入睡的福尔摩斯突然发出一声狂叫，那喊叫的音量足以让街上的行人听见。这一可怕的叫声顿时让我浑身冰凉，惊恐万状，差点跌坐在

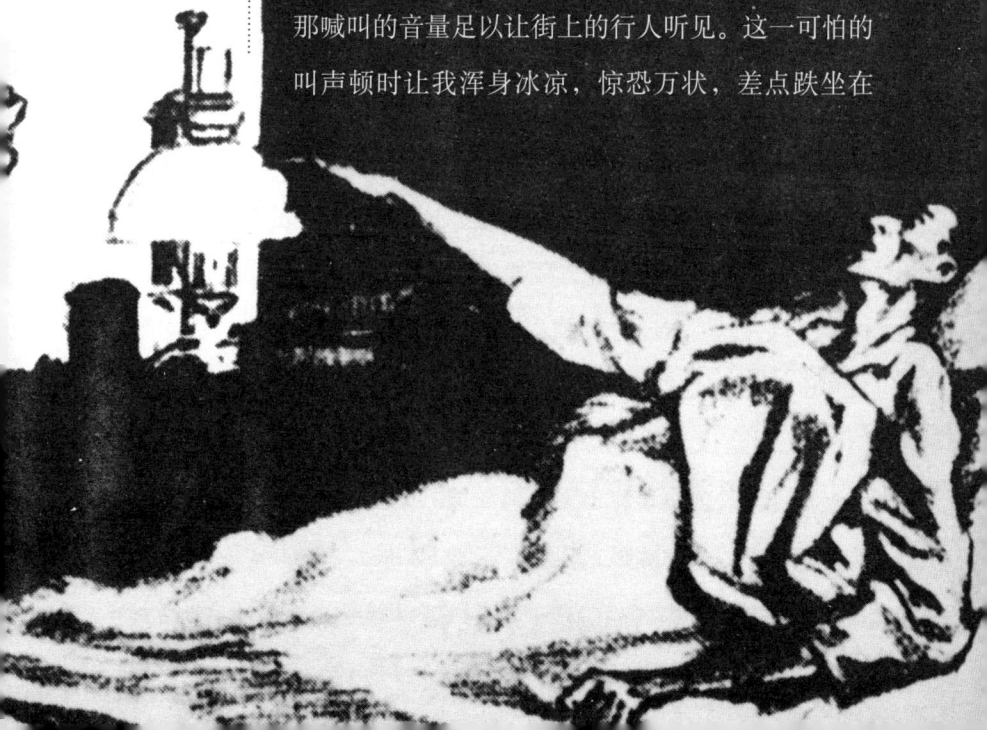

我回过头来，只见福尔摩斯脸部夸张地抽搐着，眼睛里放出惊恐的目光，我手拿着小盒站在那里一动也不敢动了。

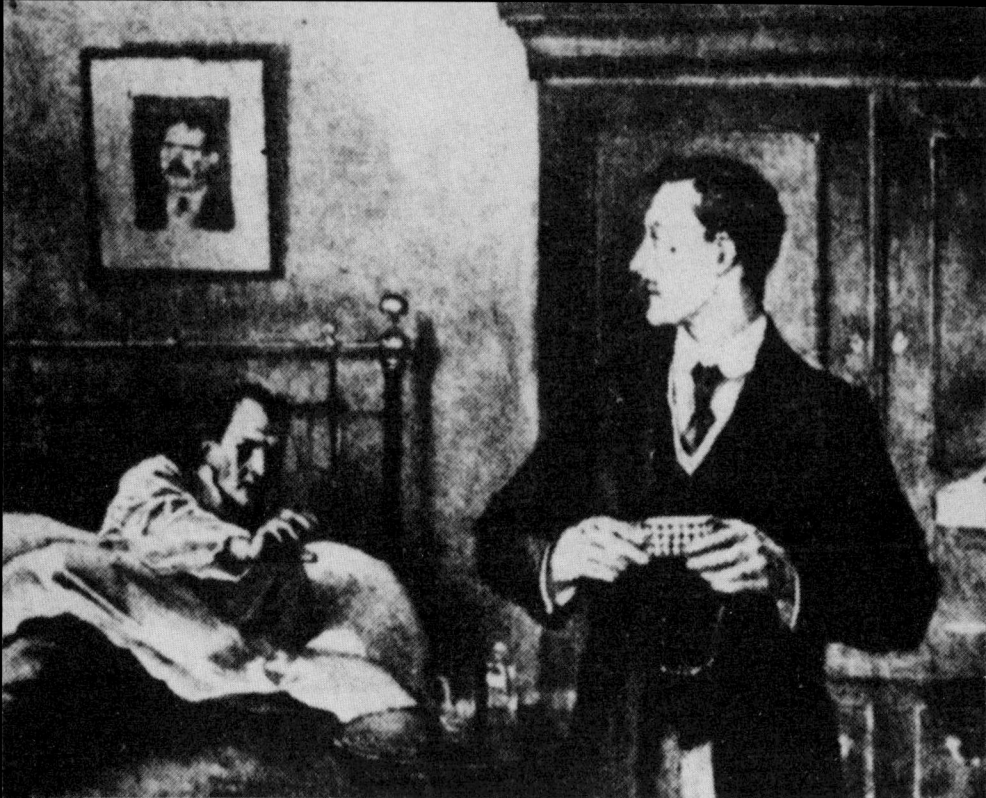

>>> "华生，这太不幸了，虽然只有五个……但这样一来，就可以使你在站立的时候保持左右平衡了。"

地。我回过头来，只见福尔摩斯脸部夸张地抽搐着，眼睛里放出惊恐的目光，我手拿着小盒站在那里一动也不敢动了。

"放下！快放下，华生，叫你马上放下！"他的头躺回到枕头上，嘴里还粗暴地嚷着。我把小盒放回壁炉台上，他才深深地松了一口气。"我最讨厌别人动我的东西，华生，我讨厌，这你是知道的。你让我真得无法忍受。你这个医生，简直要把病人逼疯了。坐下，老兄，让我安静地休息！"

这件意外的事让我感觉很不舒畅，我本是好意而来，刚进门就被无缘无故地一顿指责和批评，他生病后，说话也变得相当粗野，这与他平时的和蔼态度相差多远啊。这表明疾病已经让他的头脑产生了混乱。在一切人为的灾难中，一个高贵、聪慧的头脑被毁是最令人惋惜的了。我没有和昔日的亲密伙伴过多地计较，而是默默地、沮丧地坐等，直到规定的时间。我一直看着钟，他似乎也一直关注着时间，因为刚过六点，他就开始说话了，同以前一样有精神。

"华生，"他说，"你口袋里有零钱吗？"

"有。"

"银币？"

"有很多。"

"半个克朗的有多少？"

"五个。"

"啊，太少啦！太少啦！华生，这太不幸了，虽然只有五个，我建议你把它们放到表袋里去，其余的零钱放到你左边的裤子口袋里。这样一来，就可以使你在站立的时候保持左右平衡了。"

简直是乱七八糟的言论，我担心他混乱的思维还会做出什么怪异的举动来。他因为发热身体颤抖起来，喉咙里发出了既像咳嗽又像呜咽的声音。

"你现在把煤气灯点亮，华生，但要小心，只能点上一半。谢谢，这太好了。不，你不用拉开百叶窗，劳驾把信和报纸放在这张桌子上，让我够得着就行。谢谢你，再把壁炉台上的东西拿一点过来，好极了，华生！那里有一个方糖夹子，用夹子把那个象牙小盒夹起来，放到这儿的报纸里面。好了，这里的事情结束了，现在，你可以到下伯克大街13号去请柯弗顿·司密斯了。"

说实话，我已经不怎么想去请位专业医生了，因为可怜的福尔摩斯神智如此昏迷，我要是离开，担心他突然出现危险症状。然而，他现在却要请个陌生人来给他看病，那心情之迫切，就像他刚才不准我干这不准我干那的态度一样执拗。

"我从来没听说过这个人，"我说。

"你是可能没有听说过此人，我的华生。等我告诉你有关他的在医学方面的造诣，也许你会感到吃惊的，治我这种病的内行并不是一位医生，而是这个叫柯弗顿·司密斯的种植园主，他是一个长期居住在苏门答腊的知名人士，目前正在伦敦做访问。以前在他的种植园里，曾经蔓延了一种疫病，由于得不到医药的及时有效救护，他不得不自己着手进行研究，并且取得了很明显的效果。他这个人做研究工作非常讲究条理和系统，我叫你六点钟之前不要去，是因为我清楚六点前他并不是待在书房里。如果你能把他请来，以他治疗这种病的独一无二的经验，解决我的困难是迎刃而解，他调查这种病已经成为他的研究工作，我毫不怀疑，他会乐于帮助我的。"

福尔摩斯刚才的这段话是连贯的、完整的，因为我不想形容他说话时怎样不断被喘息所打断，也不想形容病痛怎样使他双手又抓又捏。在我和他相处的这几个小时里，他的病情是每况愈下：热病斑点更加明显，眼窝深陷，目光更加灼人，额头上冷汗直冒。但是，他说话时的那种自由烂漫的风度依然如故，即使是到了奄奄一息的时候，他仍然是一个生活的支配者。

"把我的状况详细地告诉他，"他说，"你要把你心里的印象表达出来，病入膏肓，神志不清。真的，我想不出，华生，为什么那片海滩不是一整块丰产的牡蛎呢。啊，我脑子里乱极了！多奇怪，脑子需要脑子来控制！我刚才和你说的什么，华生？"

"你让我去请柯弗顿·司密斯先生。"

"对，我想起来了，我的命全靠他了，去恳求他，华生。我和他之间有些小误会，他有个侄子，华生——我曾怀疑这里面和司密斯有关，他看到了我对他的怀疑，这孩子死得很惨。司密斯为此恨透了我，你要去说动他的心，华生。请他，求他，想尽办法把他请过来，只有他能救我，只有他！"

"要是这样，那我就直接把他拉进马车。"

"这可不行，你要把他说服，让他自己愿意来。然后你在他之前先回到这里，你用什么借口都可以，只要不和他一起来。别忘了，华生，你不会使我失望的。你从来没有使我失望过。我认为肯定有天敌限制了生物的繁殖。华生，你和我都已经尽力了，那么，这个世界会不会被繁殖过多的牡蛎覆盖呢？不会，不会的，可怕呀！你一定要把他请来。"

我完全听任他像个大脑被高烧毁掉的傻瓜似的胡言乱语，喋喋不休。他把钥匙交给了我，我高兴极了，赶快接过钥匙，要不然他会糊涂地把自己锁在屋里的。赫德森太太在过道里等待着，颤抖着，无声地哭泣着。我下楼时，后面还传来福尔摩斯在床上胡叫瞎唱的尖细嗓音。到了楼下，当我正在叫马车时，一个人从雾中走过来。

"先生，福尔摩斯先生怎么样啦？"他问道。

原来是老相识，苏格兰场的莫顿警长，他身穿花呢便衣。"他病得很厉害。"我回答。

他以一种非常奇怪的神色看着我，要不是这样想显得太恶毒，我倒觉得他在车灯的映照下竟然有些满面欢欣。

"我听到一些关于他生病的谣传。"他说。

马车走动了，我离开了这个令人生厌的警察。

下伯克街原来是在诺廷希尔和肯辛顿交界的地方，这一带的房子档次都很高，界限却不很清楚。马车在一座住宅前面停下，这座房子的老式铁栅栏，双扇的大门以及闪亮的铜件都透出一种体面而严肃的高贵气派。我敲门后，一个打扮得体的管事出现了，身后射来淡红色的灯光，这里的一切和他倒很协调。

"柯弗顿·司密斯先生在里面，华生医生！很好，先生，我把你的名片交给他。"

我是无名之辈，想必不会引起柯弗顿·司密斯先生的注意。通过半开着的房门，我听见一个嗓门很高、尖厉刺耳的声音。

"这个人是干什么的？他见我想干什么？斯泰帕尔，我对你说过多少次了，不要让人来打扰我，尤其是我做研究的时候！"

>>>

管事态度卑微地作了一些安慰性的解释。

"我不见他，斯泰帕尔。我的工作不能停止，就说我不在家，如果非要见我，叫他早上来好了。"

我想到福尔摩斯正在病床上辗转不安，生命已经开始以分钟倒数，只有我能帮助他。现在不是讲绅士风度和礼节的时候，他的生命需要我的迅速和及时。那个管事还没来得及传达主人的口信，我已经越过他身边闯进了屋里。

一个人从壁炉边的一把靠椅上站起来，发出愤怒的吼叫。只见那人长着一张淡黄的面孔，横肉遍布，脸上油光四射。一个肥大的双下巴，毛茸茸的茶色眉毛下，有一对阴沉吓人的灰眼睛，光秃秃的脑门上很赶时髦地斜压着一顶天鹅绒的吸烟小帽，帽子边露出红色的卷发。他脑袋很大，更显得本人的矮小猥琐。等我低头细看，发现这个人的双肩和后背驼得很厉害，好像在小时候害过佝偻病。

"怎么回事？你是谁？"他高声尖叫道，"你这样闯进来想干什么？我不是传话给你，让你明天早上再来吗？"

· "怎么回事？你是谁？"他高声尖叫道，"你这样闯进来想干什么？我不是传话给你，让你明天早上再来吗？"

"对不起，"我说，"因为事情紧急，不能耽搁，夏洛克·福尔摩斯先生——"

当我提到我朋友的名字，立刻对这个矮小人物产生了不寻常的效果，他脸上的愤愤不平顿时消失了，神色瞬间变得紧张而警惕。

"你从福尔摩斯那儿来的？"他问道。

"我刚刚从他贝克街的寓所来。"

"福尔摩斯怎么样？他还好吗？"

"他病得快死啦，我就是为这事来找你的。"

他让我坐在一把椅子上，他自己则在靠椅上坐下。就在这时候，我从壁炉墙上的一面镜子里看见了他的脸，那张脸上正露出恶毒而狡诈的笑容。不过我自己又想，也许是我不小心让他神经紧张了，因为等他转过身来看着我的时候，脸上显露的是一副真诚的、关怀备至的表情。

"听到这个消息，我感到很不安。"他说，"我不过是通过几笔生意才有幸认识的福尔摩斯先生，我很看重他的才华。他研究犯罪学，而我则研究病理学。他抓坏人，我灭病菌。这就是我的监狱。"说着他用手指向一个小桌子上的一排瓶瓶罐罐。"在这里培养的胶质中，就有世界上最凶恶的犯罪分子。"

"正是因为你所具备的特殊知识，福尔摩斯才想到你。他对你的评价极高，他认为在伦敦，现在只有你才能帮助他。"

这个矮人吃了一惊，身子一抖，那顶时髦的吸烟帽滑到了地上。

"为什么？"他问道，"为什么福尔摩斯认为我可以帮他？"

"因为你是医治东方疾病的专家。"

"为什么他认为他染上的病是东方疾病呢？"

"因为，在他开展的职业方面的调查工作中，他在码头上和中国水手近距离接触过。"

柯弗顿·司密斯先生高兴地笑了，随手拾起了他的吸烟帽。

"哦，是这样，呃？"他说，"我想也许他的病并不像你想的那么严重，他病了多久啦？"

"差不多三天了。"

"神志昏迷吗？"

"有时候昏迷。"

"啧！啧！这么说很严重，如果不答应他的要求，那肯定是不人道的。可叫我中断工作，我又非常不情愿，华生医生。不过，这件事是来自福尔摩斯先生的请求，那就又当别论，我马上就跟你去。"

我想起福尔摩斯的嘱咐。

"我另外还有约会，得先走一步。"我说。

"那好，我一个人也行，我这里有福尔摩斯先生的住址。我最迟在半小时内就到。"

等我提心吊胆地赶回到福尔摩斯的卧室，我真怕当我不在的时候他会出什么事。我出门的这一会儿，他似乎好多了，于是我稍微放心了一些。他的脸色虽然惨白，但已无神志昏迷的症状。他说话的声音很虚弱，但比往常更显得清醒。

"见到他了吗，华生？"

"见到了，他答应马上赶过来。"

"好极了，华生！好极了！你是最好的信差。"

"他想同我一起来。"

"那绝对不行，华生。那显然是不行的。我生的什么病，他问了吗？"

"我告诉他关于东区❶中国人的事情。"

"对！非常对，华生，你已经尽了责任，也帮了我一个大忙，现在你可以离开了。"

"我得在这儿等，我想听听他的治疗意见，福尔摩斯。"

"那当然。不过，如果他认为这里只剩下我和他两个人，我想他的意见会更加率直，也更有价值。我的床头后面刚巧有个地方，华生。"

"我亲爱的福尔摩斯！这样妥当吗？"

"我看没有更好的选择，华生。这地方虽然不适于躲人，可也不容易引人怀疑。就躲在那儿吧，华生，我看行。"他突然忽地坐起，憔悴的脸上显得严肃而专注。"听见车轮声了吗，快，华生，如果你想帮我，别管出什么事，我不叫你出来，你就千万别动，听见了吗？别说话！别动！听着就行了。"转眼间，他那突如其来的精力消失殆尽，机敏果断的话音又变成神志迷糊的微弱的咕噜声。

我赶忙按照他的指示躲藏起来，这时传来

一阵上楼的脚步声，接着是卧室的开门声和关门声。再后来，房间里半天鸦雀无声，这让我非常惊讶，只剩下病人急促的呼吸和喘气声。我可以想象，我们的来客是站在病床边仔细地观察病人。后来，可怕的寂静终于被那个司密斯的说话声打破了。

"福尔摩斯！"他喊道，"福尔摩斯！"声音就像是要唤醒一位沉睡着的朋友那样迫切。"我说话，你能听见吗，福尔摩斯？"随后传来沙沙的声音，好像是他在摇晃病人的肩膀。

"是司密斯先生吗？"福尔摩斯小声地问道，"我真不敢想，你真的会来。"

那个人笑了。

"我可不这样认为，"他说，"你看，你让我来，我就来了。这叫以德报怨，福尔摩斯，以德报怨啊！"

"你是个好公民，也是个高尚的人，我欣赏你的特殊知识。"

我们的来客轻蔑地笑了一声。"你是欣赏，可悲的是，你是伦敦对我唯一表示欣赏的人。你得了什么病，你知道吗？"

"是那种病。"福尔摩斯虚弱地说。

"啊！你认得出症状？"

"太清楚了。"

"对此我是不会感到奇怪的，福尔摩斯。如果是那种同样的病，你似乎已身处险境。还记得可怜的维克托吗，他在得病的第四天就痛苦地死去了，他可是个身强力壮、活泼好动的年轻小伙子。你当时说过，他竟然在伦敦中心区染上了这种罕见的亚洲病，真是出乎人的想象。而对于这种可怕的疾病，我进行过专门的研究。奇怪的巧合啊，福尔摩斯。这件事你都注意到了，你真行。不过我还得给你指出，凡事有因必有果。"

"我知道维克托的事是你下的手。"

"哦，你知道，是吗？可是你没法证实，所以你到处造我的谣言，现在你自己却得了同样一种病，反过来想求得我的帮助，事到如今，你自己作何感想啊？"

我听见病人急促的喘息声。"给我水！"他气喘吁吁地说。

"你快完蛋了，我的朋友。不过，我得把话说完，然后再让你死。所以我把水给你，拿着，别洒出来！你明白我说的话吗？"

福尔摩斯呻吟起来。"请你务必帮帮我，过去的事就让它过去吧，"他低声说，"我会把我的话忘掉的，我发誓，我一定忘掉。

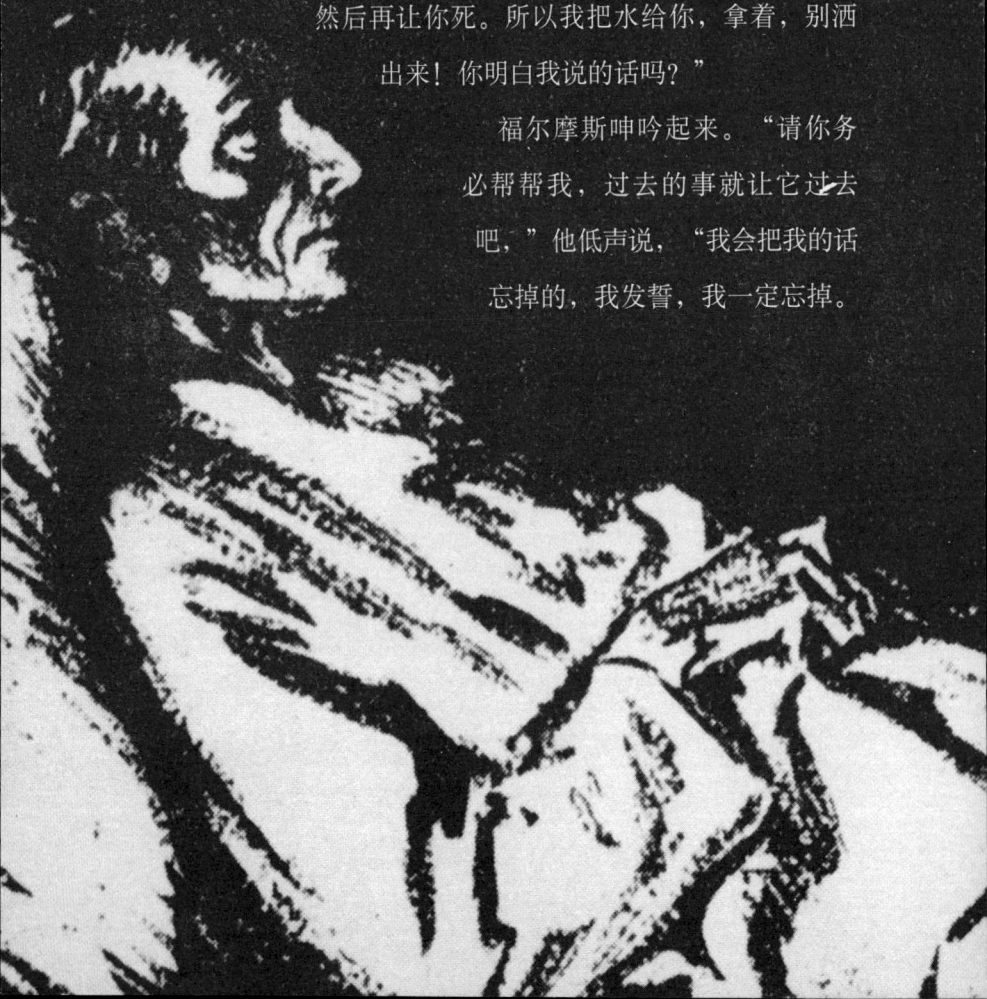

只是求你把我的病治好，我就忘掉它。"

"忘掉什么？"

"忘掉维克托·萨维奇是怎么死的，刚才
你承认了，是你干的。我一定忘掉它。"

"你忘掉也罢，不忘掉也罢，随你的便。总之我
再也不会在什么证人席上见到你了，我的福尔摩斯，要见到
你，也是在另外一个很不一样的席位上啦。就算你知道我侄子是
怎么死的，又能奈我何？别忘了，我们现在谈的不是他的死而是
你的命。"

"对，对。"

"刚才来找我的那个什么什么医生——他的名字我忘了——
对我说，你是在东区水手当中染上这病的。"

"我只能作这样的解释。"

"你以为你很聪明吗，福尔摩斯？你以为你很高明吗？这一
回，你遇到了比你还高明的人。你好好回忆一下吧，福尔摩斯，
你得这个病会不会另有起因呢？"

"我没法思考了，我的脑子坏了。求你了，帮帮我！"

"我会帮你的，我要帮你弄明白你现在的处境以及你是怎样
搞成这个倒霉样的。在你死之前，我会告诉你的。"

"给我点什么药物，好减轻我的痛苦吧。"

‹‹‹

"总之我再也不会在什么证人席上见到你了，我的福尔摩斯，要见到你，也是在另
外一个很不一样的席位上啦。"

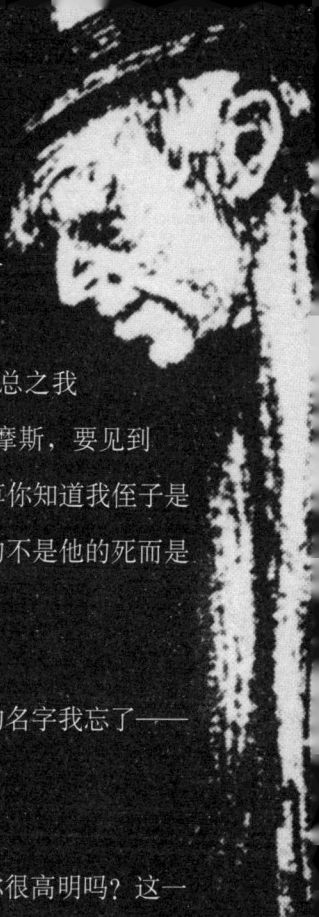

"痛苦？是的，苦力们在临死前总是要发出几声痛苦的嚎叫的，我看你大概是抽筋了吧。"

"是的，是的，抽筋了。"

"不过你还能听出我在说什么。听着！你记不记得，就在你这种病状开始的时候，你遇到过什么不同寻常的事情没有？"

"没有，不可能有。"

"再想想。"

"我病得太重，什么都想不起来啦。"

"好吧，看在你可怜的分上，让我来帮助你回忆一下，你最近收到过什么包裹没有？"

"包裹？"

"对，比如一个小盒子？"

"我的头晕死了——我要死了！"

"听着，福尔摩斯！"床头发出一阵响声，好像是那矮子在摇晃快要死去的福尔摩斯，我心急如焚，但只能按照福尔摩斯的吩咐躲在暗处一声不吭。"你得听我说，你一定得听我说。你还记得一个象牙盒子吗？星期三送来的，你把它打开了，是不是？"

"对，有个盒子，我把它打开了，里面蹦出来个很尖的弹簧，肯定是个恶作剧——"

"不是恶作剧，你上当了，傻瓜，你这是自作自受。谁让你来管我的闲事？如果你不来找我的麻烦，我也不会这样害你。"

"我想起来了，"福尔摩斯气喘吁吁地说，"那个弹簧！它把我的手指刺出血来啦。这个盒子，就是桌子上这个。"

"就是这个，不错！还是放进我口袋带走的好。你连最后的一点证据也没有了，现在你知道真相了，福尔摩斯。你清楚了，是我害死你的，你现在可以死了。你对维克托·萨维奇的命运了如指掌，所以我让你来亲身体验一下他死的时候的那种无助的感觉。你已经接近死亡了，福尔摩斯，我要坐在这里，看着你死去，让撒旦接收你吧。"

福尔摩斯细微的声音小得几乎听不见。

"你说什么？"司密斯问，"把煤气灯扭大些？啊，是的，夜色降临了，就像那死亡的黑幕，看在你要死的份上，我来给你扭亮，这样我也能看得更清楚些。"不一会，屋内灯火通明。

"还有什么要我替你做的吗，朋友？"

"火柴和香烟。"

我一阵惊喜，差一点就叫了出来，那是福尔摩斯平时的声音，他突然恢复了他那惯常使用的音调，只是还有点虚弱，但那正是我熟悉的，充满着自信和力量。屋内长时间的停顿后，我能感觉到柯弗顿·司密斯哑口无言、惊讶万分地站在那里看着我的同伴。

"你这是什么意思？"我终于听见司密斯开口了，声音焦躁而愤怒。

"扮演角色的最成功的方法就是亲身体验这个角色。"福尔摩斯说道，"我对你说了，三天来，我没吃没喝，多亏你的好意，给我倒了一杯水。但是，我觉得最叫人难以忍受的还是烟草。啊，这儿有香烟。"我听见划火柴的声音。"这样就好多了，听，我好像听到一位朋友的脚步声了。"

外面响起脚步声，门打开了，莫顿警长走了进来。

"警长，这就是你要找的那个人。"福尔摩斯说。

莫顿警长向司密斯投去轻蔑的微笑。"我以你谋害维克托·萨维奇的罪名正式逮捕你。"他说。

"警长，你可以再给他加一条罪状，他还试图谋害一个名叫夏洛克·福尔摩斯的正直的公民，"我的朋友笑着说，"为了满足一个病人临终的要求，警长，柯弗顿·司密斯先生真够意思，他扭大了灯光，发出了我们约定的信号。对了，犯人上衣右边口袋里有个小盒子。对，你还是把他的外衣脱下来好些。谢谢你，如果我是你，我会十分小心地拿着它。这盒子在审讯中可能用得着。"

突然屋内传来一阵哄乱和扭打声，接着那矮子发出一声惨叫。

"先生，你的挣扎只能是自讨苦吃，"警长说道，"站着别动，听见没有？"手铐咔的一声锁上了。

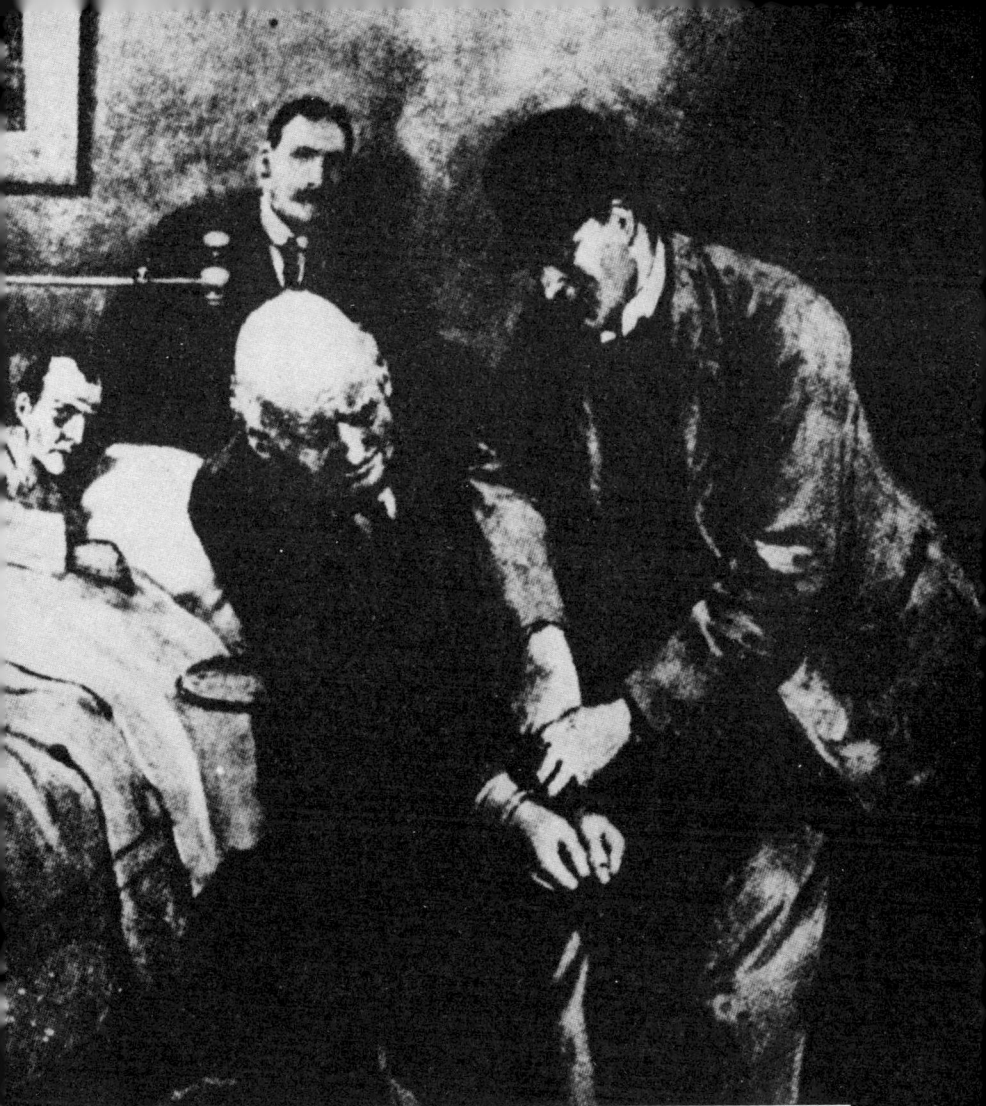

"先生，你的挣扎只能是自讨苦吃，"警长说道，"站着别动，听见没有？"手铐咔的一声锁上了。

>>> 这就是"营养美味"的辛普森饭店在现实生活中的掠影。

"你的圈套设得真是用心良苦啊！"司密斯咆哮着，"上被告席的应该是福尔摩斯，不是我。警官，他叫我来给他治病，我为他担心，我就来了。他当然会把罪名指向我，他怎么撒谎都可以，但是怎么证明哪些话是我说的？"

"天哪！"福尔摩斯叫了起来，"我完全忘了，亲爱的华生，你现在可以出来了，真是抱歉，我竟然把你这个证人忘啦！不用向你介绍柯弗顿·司密斯先生了，你们不久之前刚见过面。外面有马车吗？我换好衣服就跟你一起走，我亲自跑一趟警察局可能还有些用处。"

"我想我不需要这副打扮了。"福尔摩斯说。他在梳洗的间隙喝了一杯葡萄酒，吃了一些饼干，精神变得好多了。"你知道，华生，我的生活习惯很不规律，连续的不吃不喝对我没有什么，但对一般人可能就不行了。最重要的是要使赫德森太太对我的病情信以为真，因为这事得由她转告你，再由你转告司密斯。你不会埋怨我吧，华生？你要知道，如果让你清楚了我的秘密和计划，你绝不可能心急如焚地去把他找来，因为你的表演技巧还需要深造，而这是整个计划的关键部分。我知道他是处心积虑地想害死我，所以我确信他肯定要来欣赏自己的杰作。"

"福尔摩斯，你那张惨白得可怕的脸呢？还有你那些病态的仪容。"

"禁食三天的结果，华生。另外，只要一块海绵就可以解决问题了。额头上抹凡士林，眼睛里滴点颠茄，颧骨上涂点口红，嘴唇上涂点蜡，可以产生非同一般的效果。乔装改扮这个题目是我闲暇的时候想写的文章之一，为了产生神志不清的效果，就要时而说说半个克朗啦，牡蛎啦，以及一些互相之间毫无关联的话题。"

"既然没有被传染，你为什么不准我靠近你呢？"

"我亲爱的华生，你以为我真得看不起你的医道吗？不论我这个奄奄一息的病人多么虚弱，但我的脉搏不快，温度不高，这无法逃得过你那行医多年的专业判断力。我只有和你相隔四码，才能把你骗住。我要是做不到这一点，谁又能去把司密斯带进我这个圈套中来呢？没有谁，华生。另外，我大声制止你去碰那个盒子，因为如果你打开盒子，从盒子旁边看时，你就会看见那个带尖的弹簧像一颗毒蛇的牙齿般伸出来，上面沾着致命的病菌。维克托·萨维奇妨碍了这个魔鬼独吞财产，我敢说，司密斯就是用这种邪恶的道具把可怜的小伙子害死的。你知道，我平时收到的邮件形形色色，但我有个好习惯，凡是送到我手上的包裹，我都会严加提防，毕竟我在外面结下的冤仇不在少数。所以我假装他的诡计已经得逞，这样才能攻其不备，让他在得意忘形时自己招认。我是以真正艺术家的牺牲精神来实施这一次装病计划的，谢谢你，华生，你还得帮我穿上衣服。等我在警察局办完了事，我想，你陪我到辛普森饭店去吃顿营养美味的晚餐是完全有益健康的吧。"

六、弗朗西丝·卡法克斯女士失踪案

SHERLOCK
HOLMES

"怎么是土耳其式的？"夏洛克·福尔摩斯没头没脑地问道，眼睛盯着我的靴子。这时我正躺在一把藤制的靠背椅上，伸出去的两只脚引起了他的极大兴趣。

"英国式的，"我郑重地回答说，"这在牛津大街拉梯默鞋店买的。"

福尔摩斯微笑着显出不耐烦的神情。

"我是说澡堂！"他说，"为什么很多人更愿意去洗使人松弛无力而又昂贵的土耳其浴，而不洗个本国式的淋浴来提提精神呢？"

"最近我的风湿病犯了，有一种衰老的感觉。从医学角度讲土耳其浴是一种祛风湿的可取疗法，也是躯体的一种清洁剂。"

"噢，对了，福尔摩斯，"我接着说，"我不怀疑，对于你那精密的头脑来说，靴子和土耳其浴之间的关系是不言自明的。不过，要是你能为我进一步解释清楚，我将十分感激。"

"这番道理并不太深奥，华生，"福尔摩斯说，同时他顽皮地一眨眼。"我还是要用那套推论法，我来问你，你今天早上坐马车回来，有谁和你同车？"

"我并不认为你用马车举出的新颖的例证就可以成为一种解释。"我稍带挖苦地说。

"好一个义正词严的抗议，好的，华生，让我来展示给你看看问题出在哪里？把最后的拿到最前来说吧——马车。你看，你的左衣袖上和肩上溅有泥浆。如果你坐在马车的当中，就不会被泥浆这样溅到了。因为如果你坐在当中，要有泥浆当然是两边都会有。所以，你是坐在车子的一边，这很清楚。这也意味着你有同伴和你同乘一辆马车，这自然也很明了。"

"这是很明显的。"

"很平淡无奇，是吗？"

"但是和靴子、洗澡的关系呢？"

"同样很简单，你平日穿靴子有你自己习惯的穿法。我现在看到的是，靴子系的是双结，打得很仔细，这不是你平时的系法。这说明你脱过靴子，是谁系的呢？鞋匠？还是澡堂的男仆。不可能是鞋匠，因为你的靴子差不多是新的。那还剩下什么选择呢？洗澡！太荒唐了，是不是？说真的，华生，你想不想再换一种方式？"

"什么方式？"

"你说你已经洗过土耳其浴，因为你要治疗风湿病，所以我建议你换一个治疗方式吧。我亲爱的华生，去一趟洛桑怎么样？头等车票，一切开销都会是有气派的。"

"好！但是，事从何来呢？"

福尔摩斯靠回安乐椅里，从口袋中取出笔记本。

"世界上最危险的一种人，"他说，"就是独自旅行自以为洒脱的女人，她本身无害，而且往往是很有用的人，但是她们却总会引起别人的犯罪欲念。她无牵无挂，四海为家。她有足够的钱供她从一个国家旅行到另一个国家，从一家旅馆到另一家旅馆。于是，她往往会轻易失落在某个偏僻的公寓和寄宿客栈里，就像迷失在狐狸王国里的一只小母鸡。一旦她不幸被吞没，也很少有人想起她。所以，我很担心弗朗西丝·卡法克斯女士已经遭遇到了某种不幸。"

这样突然从抽象的推理转到具体的案件，使我感到无比欣慰，福尔摩斯专心致志地查阅着他的笔记。

"弗朗西丝女士，"他接着说，"华生，请允许我对她做一个简单的介绍，是已故拉福顿伯爵直系亲属中唯一的幸存者。你可能记得，伯爵的不动产都给了男性亲属，留给她的只是一些非常稀奇的古老西班牙的银饰首饰和巧夺天工的钻石。她由衷地喜爱这份遗产，到了爱不释手的地步，所以不肯存放在银行家那里，总是随身携带。她是一个多愁善感的人，也是个美貌的女人，正处在精力依旧旺盛的中年，可是，她很有可能因为一次意外的遭遇，成为二十年前还是一支庞大家族队伍的最后一只沉没的轻舟。"

"那么她出了什么事吗？"

"是的，弗朗西丝女士究竟出了什么事？是死是活？这就是我们要弄清楚的问题。四年来，她每隔一个星期就写一封信给她的家庭女教师杜布妮小姐，这已成为雷打不动的习惯，从不改变。杜布妮小姐早已退休，现住在坎伯韦尔。日前来求助于我的就是这位杜布妮小姐，她说五个星期过去了，弗朗西丝女士杳无音讯，最后一封信是从洛桑的国家饭店寄出的。弗朗西丝女士似乎早已经离开了那里，也没有留下任何联系方式。她的家人都很着急，他们非常有钱，如果我们能够弄清事情的真相，他们将不惜重金酬谢。"

"杜布妮小姐是唯一能提供有关弗朗西丝女士情况的人吗？这位女士肯定也会给别人人写信吧？"

"有一个通讯者是肯定的，华生，那就是银行。单身女人也得活，她们的存折就是生活记录的缩影。她的钱存在西尔维斯特银行，我看过她的户头。她取款的最后一张支票，是为了付清在洛桑的账目，但是数目却很大，剩下的现款可能还留在她手上，从那以后只开过一张支票。"

"开给谁的？开到什么地方？"

"开给玛丽·黛汶小姐，开到什么地方不清楚。三个星期前，这张支票在蒙彼利埃的里纳银行兑现，总数是五十英镑。"

"那么这个玛丽·黛汶小姐是谁呢？"

"这个嘛，我查出来了，玛丽·黛汶小姐过去是弗朗西丝·卡法克斯女士的女仆，为什么把这张支票给她，我们还无法断定。但是毫无疑问，你的研究工作将会很快弄清这个问题。"

"我的研究工作？"

"为此才需要到洛桑去做一番恢复健康的探险，你知道，我不能离开伦敦，要是没有我，苏格兰场会感到寂寞的，而且一旦我出国，这消息也会在罪犯们当中引起不健康的躁动来。亲爱的华生，去跑一趟吧。如果我的愚见每个字能值两个便士的高价，那就让它在大陆电报局的另一头日夜听候你的吩咐吧。"

两天后，我来到洛桑的国家饭店，受到那位在业内十分有名的经理莫塞先生的殷勤接待。据他说，弗朗西丝女士曾在国家饭店住过几次，见到她的人都很喜欢她。她的年龄不超过四十岁，风韵犹存，可以想象得出她年轻时是怎样的一位美貌佳人。莫塞并不知道有任何珍贵珠宝，但是茶房说起，那位女士卧室里有只沉甸甸的皮箱总是小心地锁着。女仆玛丽·黛汶同她的女主人一样，与众人关系甚好。她已同饭店里的一个茶房领班订了婚，打听她的地址并不费事，那是在蒙彼利埃的特拉扬路十一号。这些我都一一记下了，我觉得即使是福尔摩斯本人，收集情况的本领也不过如此罢了。

只有一处遗憾，就是这位女士突然离去的原因何在，还尚未查清。她本来在洛桑过得很愉快，有理由相信她本想在这能俯瞰美丽湖面的豪华房间里度过整个季节的。但是，她却在预订之后一天就离开了，白付了一周的房钱。只有女仆的情人茹勒·维巴提出了一些看法，他把弗朗西丝女士的突然离去和一两天前一个又高又黑、留着胡子的人的拜访联系起来。"野蛮人——彻头彻尾的野蛮人！"茹勒·维巴嚷道。此人住在城里，有人见过他在湖边的游廊上和这位女士认真交谈过，随后他又来拜访，但她拒不相见。他是英国人，但是没有留下姓名，这位女士也随即离开了饭店。茹勒·维巴，以及更为重要的是茹勒·维巴的情人女仆，都认为那个陌生英国人的拜访造成了弗朗西丝女士的提早离去。唯有一件事，茹勒不能谈，这就是玛丽为何要离开女主人的原因。关于这一点，他不能说也不愿说什么，如果我想知道真正的原因，就必须到蒙彼利埃去问女仆本人。

我查询的第一部分内容就此结束，第二部分要谈的是弗朗西丝·卡法克斯女士离开洛桑后要去的那个地方。关于这一点，似乎有某种理由使人确信，她离开洛桑前往某地是为了甩开某一个人，否则，她的行李上为什么不公开贴上去巴登的标签？她本人和她的行李都是绕道来到莱茵河游览区的，这些情况都是我辗转从列车公司的经理那里打听到的。我发电报给福尔摩斯，把我调查的进展告诉了他，并且收到他的回电，他半诙谐地赞许了我一番。然后，我就前往巴登了。

博士白天一般在游廊的躺椅上度过，专心绘制一幅专门说明米迪安天国圣地的地图，并在撰写一篇这方面的论文。

>>>

　　在巴登追查线索并不困难，弗朗西丝女士在英国饭店住了半个月，她在那里认识了来自南美的传教士施莱辛格博士和他的妻子。弗朗西丝女士和大多数单身女子一样，从宗教中获得了很多启示和慰藉。施莱辛格博士的伟大人格和全心全意的献身精神，以及他为传教事业积劳成疾不得不遵医嘱养病的事实，深深打动了她，她自愿帮助施莱辛格太太照料这位逐渐恢复健康的圣者。饭店的经理告诉我，博士白天一般在游廊的躺椅上度过，专心绘制一幅专门说明米迪安天国圣地的地图，并在撰写一篇这方面的论文。在完全康复后，他带着妻子去了伦敦，弗朗西丝女士也和他们一同前往。这是三个星期以前的事情，此后，这位经理就再没有听到什么了。至于女仆玛丽，她对别的女仆说永远不会再干这行了，她早先几天痛哭了一场就走了。施莱辛格博士动身之前，给他的那一帮人都付了账。

"哦，对了，"经理最后说，"后来打听弗朗西斯·卡法克斯女士的人不止你一位，一个星期之前，也有人到这儿来打听过她。"

"他留下姓名没有？"我问。

"没有，不过他是英国人，样子很特别。"

"一个蛮子？"我说，照我那位大名鼎鼎的朋友的工作方法，我很快就把以前的事情和眼下的线索联系起来了。

"对，说他是蛮子倒很贴切。这家伙块头很大，留着胡子，皮肤晒得黝黑，看样子，他更习惯住农村的客栈，而不是城市里的高级饭店。这个人凶神恶煞一般，我可不敢惹他。"

事情的真相开始显露，云雾在逐渐散去，原先稍显模糊的人物变得清晰可见。很显然，有一个穷凶极恶的家伙在追逐这位善良而虔诚的女士，她到一处，他就追到一处。她对他感到恐惧，否则她不会急匆匆地逃离洛桑。他仍在紧追不放，我相信凭借着他的蛮劲他早晚会追上她的。他是不是现在已经追上她了？跟她相伴而行的那些善良的人会不会加以掩护，使她免遭暴力或讹诈之害？在这长途追逐的后面隐藏着什么可怕的目的，什么不可告人的企图呢？这就是我眼下急需解决的问题。

我写信给福尔摩斯，告诉他我已经迅速而确凿地查清了案子的根由。我收到的回电却是要我搞清楚施莱辛格博士的左耳是什么样子。福尔摩斯的幽默想法真是奇怪，偶尔也显得有些冒失，开玩笑也不该选择这个时候，所以我就没有加以理会。在他来电报之前，为了追上女仆玛丽，我已经到了蒙彼利埃。

寻找这位被辞退的女仆并获得她所了解的情况并不困难，她很忠诚。她之所以离开她的女主人，只是因为她确信她的主人有了更可靠的人的照料，同时由于她的婚期已近，早晚要离开主人的。同时，她也痛苦地承认，她们在巴登的时候，女主人曾对她发过脾气。有一次甚至追问过她什么，女主人对她的忠诚已经发生了怀疑。这时候选择分开反倒好办，否则更会难舍难分。离开的时候，弗朗西丝女士送给她五十英镑作为结婚礼物，和我一样，玛丽也非常怀疑那个迫使女主人离开洛桑的陌生人。她亲眼看见他竟敢公然在湖滨游廊上恶狠狠地抓住女主人的手腕，实在是一个凶狠可怕的家伙。玛丽认为，弗朗西丝女士愿意和施莱辛格夫妇同去伦敦，就是因为害怕这个人的骚扰。这件事，弗朗西丝女士从来没有向玛丽提过，但是许多细小的迹象都使这位女仆深信，她的女主人一直生活在精神忧虑中。刚说到这里，她突然从椅子上跳起来，脸色惊恐。"看！"她叫喊起来，"那个恶棍跟到这儿来啦！这就是我说的那个人。"

透过客厅敞开着的窗子，我看见一个留着黑胡子的黑大汉缓慢地踱向街中心，急切地在查看门牌号码。显然，他和我一样在追查女仆的下落。我一时冲动，起身跑到街上，上前去问他。

"你是英国人？"我问。

"是又怎么样？"他反问我，怒目而视。

"我可以请教一下你的尊姓大名吗？"

"不，你不可以，"他断然地回绝。

这种处境真是尴尬，可是，最直截了当的方式常常是最好的方式。

<<<

这个家伙怒吼一声，像一只猛兽似的向我猛扑过来。

"弗朗西丝·卡法克斯女士在什么地方？"我问道。

他惊讶地看着我。

"你把她怎么样了？你为什么要追踪她？我要你回答！"我严肃地说。

这个家伙怒吼一声，像一只猛兽似的向我猛扑过来。我经历过不少格斗，都能顶得住。但是这个人两手硬得像铁钳，张牙舞爪的样子就像个魔鬼。他用手死死卡住我的喉咙，几乎让我失去知觉。这时从街对面的一家酒馆里冲出一个满脸胡须身穿蓝色工作服的工人，手拿短棒，一棒打在那黑大汉的小臂上，使得他松了手。这家伙站在原地，怒不可遏，不知是否应该就此罢休。然后，他怒吼一声，离开了我，走进我刚才走出来的那家小别墅。我转身向我的保护人致谢，他就站在路上，向我微微一笑。

"嗨，亲爱的华生，"他说，"你把事情搞乱啦！我看你最好还是和我坐今晚的快车一起回伦敦去。"

一个小时后，夏洛克·福尔摩斯坐在我的饭店房间里，他穿着平时的服装，完全恢复了原来的风采。他解释说，他之所以突然出现，道理极其简单，因为他认为他可以离开伦敦了，于是就决定赶到我旅程的下一站把我截住，而下一站再明显不过。所以他化装成一个工人坐在酒馆里等我露面。

"亲爱的华生，你做调查工作时脚踏实地、始终如一，令人钦佩，"他说，"我一时还想不出你可能有什么疏忽之处，你行动的全部效果就是到处发警报，但是核心的要点却没有发现。"

"就是你亲自来，大概也比我强不到哪里。"我有些不服气。

"不是'大概'，我已经取得了一些关键进展。尊敬的菲利普·格林就在这里，他和你住在同一个饭店。我可以肯定，要进行卓有成效的调查，他就是起点。"

这时，一张名片放在托盘上送了进来，随即进来一个人，就是刚才在街上打我的那个歹徒。他看见我时，也吃了一惊。

"这是怎么回事，福尔摩斯先生？"他问道，"我得到你的通知，就来了，可是这个人怎么会和你在一起？"

"这是我的老朋友兼同行华生医生，他正在协助我破案。"

这个叫菲利普的大个子伸出一只晒得很黑的大手，连声向我道歉。

"但愿没有伤着你，你说我伤害了她，我就火了。说实在的，这几天我是有些过于敏感，我的神经就像带着电一样。福尔摩斯先生，我首先想知道的就是你们是怎么打听到我的？"

"我和弗朗西丝女士的家庭教师杜布妮小姐取得了联系。"

"就是戴一顶头巾式女帽的老苏姗·杜布妮吗？我记得她。"

"她也记得你，那是在几年前——当时你认为最好是到南美去发展。"

"是的，我的事你全都清楚。我也用不着向你隐瞒什么了，我向你发誓，福尔摩斯先生，世界上从来没有哪个男人像我这样真心真意地爱着弗朗西丝女士，不是为了她的地位，更不是为了她的钱。我是个野小子，我很清楚——但我并不比别的年轻人坏多少。她太完美了，她的人品就像雪一样洁白，她不能忍受丝毫的粗鲁。所以，当她听说我干过的那些事，她就不愿意理睬我了。但是她却爱我——怪就怪在这儿了——她的内心并不像表面上那样冰冷，她爱我爱得很深，就是为了我，她在过去的年月里一直保持独身。这几年，我找了正经事做，上帝眷顾我，让我在巴伯顿发了财。这时候，我想我或许有资格去找她，重新打动她。我听说她至今没有结婚，于是我在洛桑找到了她，并且尽了一切努力。我没能说服她，也许是她变衰弱了，可她的意志仍坚强如初，等我第二次去找她，她已经离开洛桑。后来，我又追到了巴登，我听说她的女仆在这里，就来这里向她询问有关她主人的情况。我是一个粗野的人，在粗野的环境中生活得太久了，当华生医生那样质问我的时候，我一下子就控制不住了。看在上帝的份上，告诉我，弗朗西丝女士现在怎么样了？"

"我们还要进行调查，"福尔摩斯用十分严肃的声调说，"格林先生，你在伦敦的住址呢？"

"到兰姆饭店就可以找到我。"

"我劝你回到那里去，不要轻易离开，这样的话我们万一有事就能随时找到你，好不好？格林先生，我不想让你空抱希望，但是请你相信，为了弗朗西丝女士的安全，凡是能做到的，我们一定会去做，不惜任何代价。现在没有别的事，这里有我的一张名片，请和我们保持联系。华生，你整理一下行装，我去发个电报给赫德森太太，请她明天七点半钟为两个饥肠辘辘的旅客准备一顿美餐。"

　　当我们回到贝克街的寓所时，已有一封电报在等着我们。福尔摩斯看了电报又惊又喜。他把电报扔给我，上面写着"有缺口或被撕裂过"。拍电报的地点是巴登。

　　"这是什么？"我问道。

　　"这是一切，"福尔摩斯回答说，"你应当记得，我曾问过你一个似乎与本案无关的问题——那位传教士的左耳，但你没有答复我。"

　　"那时我已离开巴登，无法查清这个问题。"

　　"对，正因为如此，我把一封内容相同的信寄给了英国饭店的经理，这就是他的答复。"

　　"这能说明什么呢？"

　　"说明我们要对付的是一个阴险狡诈、非常危险的惯犯。亲爱的华生，牧师施莱辛格博士自称是南美的传教士，其实他的真实身份就是亨利·彼特斯，是澳大利亚迄今为止最无耻的流氓之一——在这个年轻的国家里，已经出现了一些道貌岸然的人物在大肆地欺名盗世。他的拿手本领就是诱骗独行的妇女，利用她们的宗教感情榨取她们的信任和钱财。他那个所谓的妻子是个英国人，叫弗蕾塞，是他的得力帮手。我从他带有明显特点的做法上识破了他的身份，当然还有他身体上的无可辩驳的特征——1889年在阿德莱德的一家沙龙里发生过一次械斗，他在那次格斗中被打残了耳朵——这证明了我的怀疑。可怜的弗朗西丝女士竟落到了这么一对无恶不作的恶魔夫妻手里，华生，说她已经死了，我也会相信。即使没有死，也肯定被软禁起来了，所以才无法写信给杜布妮小姐和别的朋友，她根本就没有到达伦敦，这一点是可能的，要不然就是已经经过了伦敦。不过第一种可能未必能成立，因为欧洲大陆有一套登记制度，外籍旅客对大陆警察要花招是不容易的。第二种情况也不可能，因为这帮流氓不大可能找到一个地方能轻易地把一个有着体面身份和相貌出众的大活人扣押起来。我的直觉告诉我，她就在伦敦，不过我无法说出她在什么地方。所以现在我们的工作很简单，吃我们的饭，养好精力，耐心等待时机。晚上，我将顺便到苏格兰场去找我们的老朋友雷斯垂德谈一谈。"

我们尝试由正规警察出面，以及福尔摩斯雇佣的高效率的侦查小组，但都没能让案情有所突破。在伦敦数百万的茫茫人海中，我们要找的这三个人似乎已经上天入地，无踪无影。寻人广告也登过了，没有回音，其他的线索也查过了，一无所获。我们甚至对施莱辛格可能常去作案的地方也作了假设和推断，无济于事，把他的老同伙监视起来，可是他们不去找他。就这样，一个星期在无所适从中过去了，这时，在漫天的乌云中忽然闪出一丝光线。在威斯敏斯特路的波汶顿当铺里，有人典当了一个西班牙的老式银耳环。典当人个子高大，脸刮得很光，一副教士模样。

据了解，他用的是假姓名和假地址，没有注意到他的耳朵，但从所说情况看，肯定是施莱辛格。

格林先生为了打听消息，曾来了贝克街三次。第三次来的时候，离这一新的发现还不到一个小时。在他那魁梧的身上，衣服显得越来越肥大了。他似乎因为过度焦虑而在迅速地衰弱下去，他经常哀求说："是不是让我干点什么啊！"最后，福尔摩斯最后答应了他的请求。

"他开始当首饰了，现在我们应当把他抓起来。"

"这是不是说弗朗西丝女士已经遭遇到了什么不测？"

福尔摩斯非常严肃地摇摇头。

"现在也许是把她看管起来了，很清楚，放走了她，他们就会自取灭亡。我们要作好准备，可能会出现最坏的情况。"

"我能干点什么？"

"那些人认不出你吧？"

"认不出。"

"以后他有可能会去找别的当铺，在那种情况下，我们就又必须从头开始了。另一方面，他上次在波汶顿得到的价钱很公道，也没有向他追问什么，所以如果他还急需现钱，他或许还会到波汶顿当铺去。我写张条子，你去交给守候在那里的警察，他们就会让你在店里等候。如果这个家伙来了，你就盯住他，跟到他住的地方。切记，绝不能鲁莽行事，尤其不准动武。你要向我保证，没有我的通知和许可，不许你随意行动。"

两天来，尊敬的菲利普·格林（我这里需要提示一下，他是一位著名海军上将的儿子。这位海军上将在克里米亚战争中曾指挥过阿佐夫海军舰队）没有给我们带来任何消息。第三天晚上，他风一般冲进我们的客厅，脸色苍白，浑身发抖，高大的躯体上的每一块肌肉都兴奋得直颤动。

"我们找到他了！我们找到他了！"他喊道。他非常激动，说话都无法连贯。

福尔摩斯说了几句安慰他的话，强迫他坐在椅子上。"来吧，现在从头到尾告诉我们，"他说。

"她是一个钟头以前来的，我敢肯定是他的老婆，她拿来的耳环是一对耳环中的另外一只。她是个脸色苍白的高个子女人，长着一对老鼠眼睛。"

"正是那个女帮手。"福尔摩斯说。

"她离开商店时，我盯着她，看她向肯辛顿路走去。我一直悄悄地跟在她后面，看她走进了一家店铺。福尔摩斯先生，那是一家承办丧殡的店铺。"

我的同伴愣住了。"是吗？"他问话的语音有些颤抖，表明在那冷静苍白的面孔后面满是焦虑。

"我进去时，她正在和柜台里的一个女人在说话。我仿佛听见她说'已经晚了'之类的话，店里的女人解释说：'早就该送去的，不过时间得长一些，因为和一般的不一样。'后来，她们停止说话，注视着我，我只好随便问了几句就离开了商店。"

"干得漂亮！后来呢？"

"我们找到他了！我们找到他了！"他喊道。他非常激动，说话都无法连贯。

"我盯着她出了商店，也许她的警惕性提高了，她不断地向四周张望。随后她叫来一辆马车坐了进去，幸亏我也叫到一辆马车跟在她后面。她在布里斯顿的波特尼广场三十六号下了车。我让马车驶过门口，把车停在广场的拐弯处，监视这所房子。"

"你看见什么了吗？"

"除了一楼的一个窗户，其余都是一片漆黑。百叶窗拉下了，看不见里面的情形。我站在那儿正不知道该怎么办，这时候来了一辆有篷的货车，车里有两个人下来，从货车里抬出一件东西放到三十六号大门口的台阶上。福尔摩斯先生，那是一口棺材。"

"啊！"

"是的，我当时差点冲出去。这时，门被打开了，那两个人抬着棺材进去了。开门的就是那个女人，她向外张望，不巧正好看到了我。我看她明显吃了一惊，回身就把门关上了。我记起你对我的嘱咐，所以就马上到这儿来了。"

"你的工作完成得很出色，"福尔摩斯边说边在一张小纸条上信手写了几个字。"没有搜查证，我们的行动就不合法。这种事情你去做最好，你把这张便条送到警察局，去拿一份搜查证来。可能会有些困难，不过我想有出售珠宝这一点就已经足够了，雷斯垂德会考虑到相关细节的。"

"他们是不是已经杀害她了？否则要棺材干什么呢？如果不是给她，还会是给谁呢？"

"我们会采取行动的，格林先生。一刻都不能耽搁了。把这件事交给我们吧，现在，华生，"当格林先生匆匆走后，福尔摩斯接着说，"雷斯垂德将会调动官方的警力，而我们呢，和往常一样，是非官方的。我们必须采取一些行动去阻止事情的进一步恶化。情况很紧急，看来我不得不使用一些最极端的手段，对于那位高贵善良的女士来讲，任何手段都是是名正言顺的，更是非常必要的。我们马上去波特尼广场，立刻。"

"让我们再来分析一下情况，"他说，这时我们的马车正飞驰过议会大厦和威斯敏斯特大桥。"这伙狡猾的歹徒首先挑拨弗朗西丝女士和她那忠实的女仆的关系，并把这位善良但是头脑有些简单的女士骗到伦敦来。如果她写过什么信，也都被他们扣下了。他们通过同伙，租到一所有家具的房子。他们一住进去就把她软禁起来，而且控制了那批贵重的珠宝首饰，并已经卖掉了其中一部分。这是他们一开始就垂涎三尺的东西。在他们看来这里足够安全，因为他们不会想到还会有如此多的正义人士在关心着弗朗西丝女士的命运。如果放了她，他们肯定会遭到告发。所以他们绝不会放她走的，又不能永远软禁她，所以只有用谋杀的办法。"

"看来这很清楚了。"

"现在我们从另外一条线索来思考一下，当你顺着两条各不相干的思路考虑问题的时候，华生，你会发现，这两条思路的某一交错点将会非常接近事实真相。我们现在就是要从棺材入手来论证一下。当棺材突然出现，我担心这位女士已经死了，同时还说明罪犯是要按照惯例来进行安葬，有正式的医生证明，经过正式的批准手续。如果这位女士明显是被害死的，他们就会把她草草埋在后花园的坑里之类的地方。但是，现在这一切似乎在以公开而正规的方式进行的。这是什么意思？不用说，他们是用某种别的办法把她害死了，并成功地欺骗了医生，比如伪装成是因病自然死亡。但是，这也非常奇怪，他们怎么能让医生接近她，除非医生就是他们的同伙。"

　　"他们会不会伪造一份医生证明呢？"

　　"有道理，所以，华生，现在已到了命悬一线的时候了。马车夫，停车！我们已经过了那家当铺，这里显然就是承办丧葬的那家店了。你能进去一下吗，华生？你出面会比较靠得住。问一问波特尼广场那家人的葬礼在明天几点钟举行。"

　　店里的女人毫不迟疑地告诉我是在早晨八点钟举行。"你瞧，华生，这并不神秘，一切都是公开的！他们无疑弄到了合法的证明，所以并不惧怕，这是一群诡计多端的家伙。好吧，现在没有别的办法，只能选择从正面直接进攻了，你武装好了吗？"

　　"我有手杖！"

　　"好，我们够强大的了，绝不能在这里坐等警察来帮忙，也不能让法律的条条框框限制住我们。马车夫，你可以走了，华生，我预感到我们会有好运的，就像我们两人以往经常合作的那样。"

福尔摩斯用劲按着波特尼广场中心的一栋黑暗房子的门铃，门打开了，一个高个子女人出现在过道暗淡的灯光下。

"你们找谁？"她厉声问道，狡黠的眼光穿过黑暗注视着我们。

"我想找施莱辛格博士谈谈。"福尔摩斯说。

"这儿没这个人。"她说完就要关门，福尔摩斯用脚使劲把门顶住。

"那我就见见住在这里的人，不管他自称什么。"福尔摩斯坚定地说。

她犹豫了一下，然后把门敞开。"好啊，那就进来吧！"她说。"我丈夫是不怕见世界上任何人的。"她关上身后的门，把我们带进大厅右边的一个起居室里，扭亮了煤气灯后就走了。

"彼特斯先生马上就来。"她说。

她的话果然不假，我们还没来得及仔细打量这间满是灰尘、脏乱不堪的屋子，一个高大的、脸刮得很光的秃了头的人走了进来。他有一张大红脸，腮帮子下垂，一副道貌岸然、凶残险恶的模样。

"这里面恐怕有点误会，先生们，"他用一种悠然自得的声调说道，"我看你们找错地方啦，如果你们到街对面去问问或许——"

福尔摩斯从口袋里把手枪掏出一半。"在正式的搜查证没有到来之前，这就是搜查证。"

"那倒是可以，不过时间不允许我们，"我的同伴坚定地说，"你是阿德莱德的亨利·彼特斯，后来又自称是从南美来的牧师施莱辛格博士。我敢肯定这一点，就像肯定我的姓名叫夏洛克·福尔摩斯一样。"

彼特斯吃了一惊，死死盯住眼前这个不好对付的来访者。"你的名字吓不倒我，福尔摩斯先生，"他满不在乎地说，"只要一个人心平气和，你就没法使他生气，你到我家里来有何贵干？"

"我要知道，你把弗朗西丝·卡法克斯女士怎么样了，是你把她从巴登带到这里来的。"

"要是你能告诉我，这位女士现在何处，我倒非常高兴，"彼特斯满不在乎地回答说，"她还欠我一笔账，将近一百英镑，除了一对虚有其表的耳环以外，她什么都没留给我。这对耳环，商家是不屑一顾的。她在巴登和我们在一起时——当时我另用姓名，这是事实——她舍不得离开我们，于是跟随我们来到伦敦。

206

是我替她付了账，也付了车票。可是一到伦敦，她就溜之大吉，只留下这些过时的首饰抵债。如果你能找到她，福尔摩斯先生，我会感恩不尽得的。"

"我是想找她，"夏洛克·福尔摩斯说道，"让我来搜查搜查这屋子，就能找到她。"

"你的搜查证呢？"

福尔摩斯从口袋里把手枪掏出一半。"在正式的搜查证没有到来之前，这就是搜查证。"

"你这是强盗行径！"

"你可以这样称呼我，"福尔摩斯愉快地说道，"我的伙伴也是一个危险的暴徒，我们要一起搜查你的住宅。"

我们的对手打开了门。

"去叫一个警察来，安妮！"他说，过道里立刻响起一阵奔跑声，大厅的门打开了，接着又关上。

"我们的时间有限，华生，"福尔摩斯说，"如果你想阻拦我们，彼特斯，你肯定要吃苦头的，棺材在哪儿？"

"你要棺材干什么？那里面可有尸体。"

"我必须查看尸体。"

"不经我同意，绝对不行。"

"不需要你同意。"福尔摩斯动作敏捷，用手把这个家伙推到一边，走进了大厅。一扇半开着的门近在我们眼前。我们进去了，这是餐室，棺材就停放在一张桌子上，上面有一盏半亮的吊灯。福尔摩斯把灯扭大，打开棺盖。棺内深处躺着一具瘦小的尸体，头顶上的灯光射下来，照见的是一张干瘪的老年人的面孔，即使是受尽虐待、饥饿和疾病的摧残，这个枯瘦不堪的人体也不可能是美丽丰润的弗朗西丝女士，福尔摩斯显得又惊又喜。

"谢天谢天！"他说，"这是另外一个人。"

"啊，你犯了一个大错误，夏洛克·福尔摩斯先生。"彼特斯说道，他已经跟随我们进屋来了。

"这个死了的女人是谁？"

"唔，如果你真想知道，她是我妻子的老保姆，她叫罗丝·斯彭德，是我们在布里克斯顿救济院附属诊所里发现的。我们把她请到这里来照料，并让费班克别墅十三号的霍森医生——福尔摩斯先生，这个地址，你可听清喽——细心为她诊治，以尽基督教友应尽之责。可是第三天她就死了——医生证明书上说是年老体衰而死——这是医生的看法，你当然会明白。我们叫肯辛顿路的斯梯姆森公司办理后事，明天早上八点钟安葬。对此，你认为有什么问题吗，福尔摩斯先生？你犯了一个可笑的错误，这一点你还是老实承认的好。你打开棺盖，本想看见弗朗西丝·卡法克斯女士，结果却发现一个九十岁的老太婆。要是能把你那种目瞪口呆的惊讶神态用相机拍下来，我倒是很欣赏。"

在对手的嘲笑下，福尔摩斯像往常一样冷静，可是他那紧握的双手表露出他怒火中烧。

"我要搜查你的房子。"他说。

"你还要搜！"彼特斯喊道。这时，传来一个女人的声音和过道上沉重的脚步声。"我们马上就可以明白谁是谁非了，请到这边来，警官们。这两个人闯进我家里，我无法叫他们离开，帮我把他们赶出去吧。"

一名警官和一名警察站在过道上，福尔摩斯出示了名片。

"这是我的姓名和地址，这是我的朋友，华生医生。"

"哎呀，先生，久仰了，"警官说，"可是没有搜捕证，你不能待在这儿。"

"当然不能，这个，我很清楚。"

"把这两个擅闯民宅的家伙抓起来！"彼特斯嚷道。

"如果需要，我们知道怎么做，"警官威严地说，"抱歉，你得离开这儿，福尔摩斯先生。"

"对，华生，我们是得离开这儿啦。"

我们回到了街上，福尔摩斯一如既往，满不在乎，而我却憋了一肚子火，警官跟在我们后面。

"对不起，福尔摩斯先生，这是法律规定。"

"对，警长，你也没有别的办法。"

"我想你到这儿来，一定有道理。如果有什么事我可以——"

"是一位失踪的女士，警长。我们认为她就在这个房子里，我在等待搜查证，马上就到。"

"那么我来监视他们，福尔摩斯先生。有什么动静，我一定告诉你。"

这时刚到九点，我们立刻出发全力去追查线索。我们先去了布里克斯顿救济院，在那里我们得知，前几天确有一对慈善夫妇来过。他们声称一个呆头呆脑的老太婆是他们以前的仆人，希望把她领走。救济院的人在听到她去了三天就死了的消息时，没有表示任何惊异。

第二个目标是那位医生，他确实曾被邀请前往，发现那个女人极度衰老，并且确实亲眼看见她死去，因此在正式的诊断书上签了字。"我向你们保证，一切正常，在这件事上，是钻不了空子的。"他说，屋子里也没有什么让他怀疑的，只是像他们那样的人家竟然没有佣人，这倒是值得注意的。医生提供的情况也就这么多，再没有别的了。

最后，我们去了苏格兰场，开搜查证的手续有些问题，不得不耽搁了一些，治安官的签字要在第二天才能取到。这一天就这样过去了，我们的那位警长朋友在快到半夜的时候来告诉我们，他看见那座黑暗的大住宅的窗口里，忽明忽暗有灯光闪烁，但是没有人从里面出来，也没有人进去，我们只好耐着性子等待天亮。

夏洛克·福尔摩斯十分焦虑，他一言不发，只是猛吸着烟斗，双眉紧皱，修长的手指在椅臂上不停地敲打着。整个晚上，我听见他在屋里来回踱步。最后，在清晨我刚刚醒来时，他穿着睡衣冲进了我的房间，那苍白的脸色和深陷的眼窝告诉我他整夜没合眼。

"华生，什么时间安葬？八点钟，是不是？"他急切地问，"唔，现在七点半。天哪，华生，上帝赐给我的头脑是怎么啦？快，老兄，快！现在是生死攸关——九死一生。要是去晚了，我永远也不会饶恕自己的，永远！"

五分钟后，我们已经坐上马车离开贝克街飞驰而去。即使这样，我们经过毕格本钟楼时已是七点三十五分了，等赶到布里克斯顿路，正好八点钟。不过，我们的敌人和我们一样，也晚了。

>>> 在我们的马车还没停稳的时候，有三个人抬着棺材出现在门口，福尔摩斯跳下车一个箭步冲上前拦住了他们的去路。

八点过十分了，灵柩车仍然停靠在门边。在我们的马车还没停稳的时候，有三个人抬着棺材出现在门口，福尔摩斯跳下车一个箭步冲上前拦住了他们的去路。

"抬回去！"他一边大声命令着，一边用一只手推着最前面抬棺材的人的胸口。"马上抬回去！"

"你他妈想干什么？我再问你一回，你的搜查证在哪儿？"彼特斯气势汹汹地直嚷，那张大红脸向着棺材的那一头瞧着。

"苏格兰场的搜查证马上就到，棺材抬到屋里去，等搜查证来。"

福尔摩斯的威严声调对抬棺材的人起了作用，彼特斯也溜回屋里去了，他们就遵从了这个新的命令。"快，华生，快！这是螺丝刀！"当棺材刚放到桌上，他喊道，"老兄，这一把给你！一分钟之内打开棺盖，赏金币一英镑！别问啦——快干！很好！另一个！再一个！现在一起使劲！快开了！唔，开了。"

我们一起用力打开了棺盖，掀开棺盖的瞬间，里面冲出一股强烈的能致人昏迷的乙醚气味。棺内躺着一个躯体，头部缠着浸过麻药的纱布。福尔摩斯除掉纱布，立刻露出一个中年妇女的脸庞，美丽而高贵，像塑像一般。他立即伸臂把她扶着坐了起来。

"她死了没有，华生？还有气息吗？我们来得还不算晚！"

由于窒息和有毒性的乙醚，弗朗西丝女士似乎已经完全不省人事。最后，我们进行了人工呼吸，注射强心类药物，用尽了各种科学办法。突然，她出现了一丝生命的颤动，眼睑抽搐了，眼睛露出了一点微弱的光泽，这说明生命在慢慢恢复。这时，一辆马车赶到了，福尔摩斯推开百叶窗向外望去。"雷斯垂德带着搜查证来了，"他说，"他会发现他要抓的人已经逃走了，不过，还有一个人来了，"当过道上传来沉重而急促的脚步声时，他接着说，"这个人比我们更有权利照顾这位女士，早上好，格林先生，我看我们必须把弗朗西丝女士送到医院去，越快越好。同时葬礼可以举行了，那个仍然躺在棺材里的可怜的老太婆可以独自到她最后安息的地方去了。"

"亲爱的华生，如果你愿意把这件案子也写进你的记录本里去，"当天晚上，福尔摩斯安逸地抽着烟斗说，"也只能把它看作一个暂时受蒙蔽的例子，那是即使最善于思考的头脑也在所难免的。这种过失一般人都会犯，难得的是能够及时醒悟并加以补救。对于这次我还算及时的挽救措施，我还想再作些解释。那天晚上，我被一种想法死死地纠缠住了。我想，我曾经想起在什么地方发现过的一点线索，一句奇怪的话或者一种可疑的现象，可是都被我轻易地放过了。后来，天刚亮的时候，我突然想起这几句话来，就是格林向我报告过的丧葬店女老板说的话，她说过：'早就该送去的，时间得长一些，和一般的不一样。'她说的就是棺材。它和一般的不一样，这只能是指，这是个特殊的棺材。可是为什么？为什么呢？我一下想起来了，昨天我们打开棺材时，发现棺材很深，装的却只是一个身材瘦小的老年妇女。为什么要用那么大的棺材去装那么小的尸体呢？肯定为的是腾出地方来再放上一具尸体，利用同一张证明书埋葬两具尸体，亏他彼特斯想得出来。如果我的视野不是被假象遮盖了，这一切都该是很清楚的。八点钟就要安葬弗朗西丝女士，我们唯一的机会就是在棺材搬走之前把他们截住。

也许这是一次机会渺茫的尝试，但结果表明，我们力挽狂澜。据我所知，这些大骗子善于炫耀口才和智谋，从来不轻易杀人，直到最后关头，他们也避免使用真正的暴力。把她活埋了，可以不露出她死因的任何痕迹。即使将来有一天她被人从地里挖出来，他们也还是有机会逃脱的，这也正是他们的狡猾之处。你再好好回想一下彼特斯放棺材的那处房子，楼上的那间小屋，你肯定注意到了，那位可怜的女士一到伦敦就被关在那里面。今天早上，他们冲进去用乙醚药包捂住她的口鼻，把她抬进棺材，又把乙醚倒进棺材，好让她长眠不醒，然后钉上棺盖。这个办法倒很实用，华生，在犯罪史上我还是头一次见到这大埋活人的把戏。如果我们的这位传教士朋友能够从雷斯垂德手里成功逃脱，那么，他们今后还会编导出更精彩的节目来的。"

七、魔鬼之足

SHERLOCK
HOLMES

在记录我和夏洛克·福尔摩斯一起经历的那些恐怖和奇异的案件和往事的过程中，由于其中有些案子涉及隐私和国家机密，他不愿过多地将案情公示与人，甚至长期尘封在卷宗中，这让我经常为此感到可惜和为难。他为人性情孤僻，不喜欢社交和艳俗，也不爱应承别人的一切赞誉。一旦案件圆满结束，最让他感到无奈的就是把破案的报告交给苏格兰场等官方人员，并不得不装出一副笑脸去倾听那套不伦不类的感谢和祝贺。就我这位令人尊敬的朋友而言，他的态度就代表着他的生活方式。我曾有幸参加过他的几次冒险活动，这是我拥有的得天独厚的条件，但考虑到福尔摩斯的习惯和不容违抗的特殊原则，就需要我必须慎重考虑，对一些案件的细节和内容保持缄默，除非福尔摩斯能够发出特赦令。

在上星期二，我就十分意外地收到他的一封这样的电报——只要有地方发电报，他是从来不愿意动笔写信的——电文如下：

为何不将我所承办的最奇特的科尼什恐怖事件告诉读者？

在兴奋之余，我真不知道是什么样的回忆和往昔的思绪使他重新想起了这件案子，或者是一种什么样的奇怪念头促使他要我叙述此事。在他也许会发来另一封取消这一要求的电报之前，我赶紧翻出笔记本，上面记载了此案的确切内容，在此谨向读者披露如下。

那是1897年春天，福尔摩斯由于日夜操劳，他那铁打的身体渐渐地难以支持下去了，加上他自己平时不够注意保养和调理，健康情况迅速恶化。那年的3月，住在哈利街的穆尔·阿加医生——关于成功地把他介绍给福尔摩斯的戏剧化的情节会改日再谈——明确命令我们这位私家侦探放下他的所有案件，彻底休息，如果他不想完全垮掉的话。历来固执己见的福尔摩斯担心自己以后无法从事这种充满乐趣的挑战性工作，终于秉承了一个病患者应有的态度听从了劝告，决心换个环境。于是，就在那年初春，我们一起来到康沃尔的科尼什半岛尽头、波尔都海湾附近的一所小别墅里疗养。

这是个十分奇妙的地方，很适合我们这位病人的恶劣心情。我们居住的这座外墙涂抹白粉的住宅坐落在一处绿草如茵的海岬上，从窗口眺望，整个芒茨湾的险要的半圆形地势一览无余。这是个充满矛盾和冲突的海湾，四周都是黝黑的悬崖和被海浪扑打的礁石，造成很多海船触礁沉没，使无数海员饮恨别世，和家人永远天各一方。当北风徐徐吹起，海湾里风平浪静，又招引着遭受风浪颠簸的船只前来停歇避风；如果风向突变，西南风凶猛袭来时，拖曳着铁锚的船舶都在滔滔白浪中作最后挣扎，任何一个聪明的海员，都会在这时远远逃遁。

在陆地上，我们的四周和脚下的海域一样拥有变化多端的环境。这一带有连绵起伏的沼泽地，沼泽里孤寂阴暗、人烟罕见，偶尔可见一个教堂的钟楼，表明这是一处古老乡村的遗址。沼泽地上，到处是早已湮没消失的某一古老民族留下的遗迹。这些遗迹的表现形式有很多，有奇异的石碑，有埋死者骨灰的零乱的土堆，以及表明在史前时期用来战斗的土制武器。这处神奇而引发无限遐思的地方，以及那种被人遗忘的史前民族的不祥气氛，对我朋友的想象都产生了奇妙的感染力。他时常在沼泽地做长距离的散步，独自沉思。古代的科尼什语也引起了他的注意，他曾推断科尼什语和迦太基语相似，大概是曾来此地兜揽生意的腓尼基商人传来的。他已经收到了一批语言学方面的书籍，正在安心地研究这一论题。然而，在这种与世隔绝的半封闭生活中，我们发觉我们自己在这梦幻般的疗养静地，陷入了一个就发生在我们家门口的疑难事件之中。这件事情和把我们从伦敦赶到这里来的那些问题中的任何一个相比，都更紧张，更吸引人，也更恐怖。我们简朴的生活和宁静养生的规律遭到了严重干扰，我们被牵连进一系列不仅震惊了康沃尔，也震惊了整个英格兰西部的重大事件之中。许多读者可能还依稀记得一些当时被称为"科尼什恐怖事件"的情况，尽管当时发给伦敦报界的报道是极不完整的。现在，时隔十三年，我再把这一不可思议的事情的真相还原于世。

我曾经说过，教堂钟楼表明康沃尔这一带地方有零落的村庄，其中距离我们最近的就是特里丹尼克·沃拉斯村，在那里，几百户村民的小屋环绕着一个长满青苔的古老教堂。教区牧师朗德黑先生是个考古学家，福尔摩斯就是因为经常同他探讨一些考古学上的问题而同他认识并成为朋友的。他是个仪表不凡、和蔼可亲的中年人，富有学识并且熟悉当地的情况。他曾热忱地邀请我们到他的教区住宅里喝茶，并在那里认识了莫梯墨·特雷根尼斯先生，一位自食其力的绅士。他租用了牧师那座面积很大但结构很分散的住宅里的几个房间，成为牧师那份十分微薄的收入之外的有益补充。特雷根尼斯先生又瘦又黑，戴着副眼镜，腰总是驼着，使人感到他的身体有些畸形。我记得，在我们那次短暂的

福尔摩斯时常在沼泽地做长距离的散步，独自沉思。

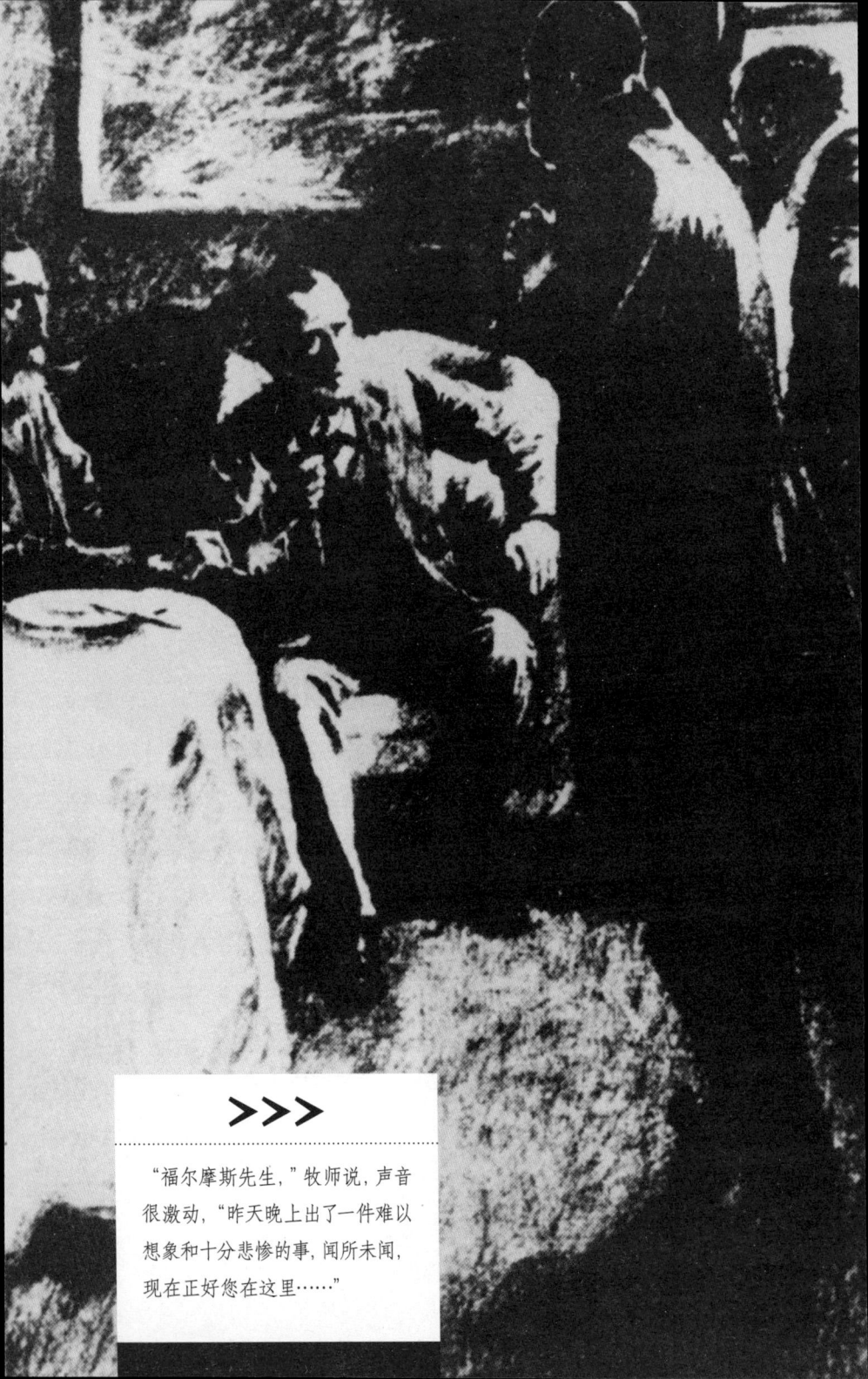

>>>

"福尔摩斯先生，"牧师说，声音很激动，"昨天晚上出了一件难以想象和十分悲惨的事，闻所未闻，现在正好您在这里……"

拜访过程中，牧师的谈兴很浓，而他的房客却十分沉默，他满脸愁容地坐在椅子上，眼睛转向一边，显得心事重重。

3月16日，星期二，早餐刚过，我和福尔摩斯正在一起抽烟，并准备到沼泽地做一次每日例行的散步时，这两个人突然走进了我们小小的起居室。

"福尔摩斯先生，"牧师说，声音很激动，"昨天晚上出了一件难以想象和十分悲惨的事，闻所未闻，现在正好您在这里，我们把这视为上天的安排，在整个英格兰，现在只有您是我们最需要的人。"

我以不大友好的眼光看着这位不请自来的牧师，福尔摩斯从嘴边抽出烟斗，在椅子上坐起身，好像一只老练的猎犬闻到了猎物的气味。他用手指指沙发，心惊肉跳的牧师和他那焦虑不安的同伴紧挨着在沙发上坐下来，特雷根尼斯先生比牧师更能够控制自己一些，不过他那双瘦削的双手在不停地抽搐，这说明他们二人的情绪是一样的。

"我说，还是你说？"特雷根尼斯问牧师。

"不管是什么事，看来是你发现的，牧师也是从你这里知道的，最好还是你说。"福尔摩斯说道。

我看看牧师，发现他的衣服是匆匆穿上的。他旁边坐着他的房客，衣冠端正。福尔摩斯几句简单的推论使他们面带惊奇，让我看了很觉得好笑。

"还是我先说几句吧，"牧师说道，"然后您再看是不是要听特雷根尼斯先生讲详细的情况，或者我们是否立刻到发生这桩怪事的现场去。事情是这样的，特雷根尼斯先生昨天晚上同他的两个兄弟欧文和乔治以及妹妹布伦达在特里丹尼克瓦萨的房子里聚会，这个房子在沼地上的一个石头十字架附近。他们在晚餐后在餐桌上玩牌，每个人都身体健康，兴致也很高。刚过十点钟，他就离开了回到我那里，因为他总是很早起床，必须要早睡。今天早上吃早餐之前，他朝着那个方向散步，碰到理查德医生的马车，理查德医生说刚才有人请他快到特里丹尼克瓦萨去看急诊。特雷根尼斯先生担心自己的家人，自然与他同行。等他们到了特里丹尼克瓦萨，看到了怪事。他的两个兄弟和妹妹仍像他昨晚离开他们时那样同坐在桌边，纸牌仍然散放在他们面前，蜡烛已烧到了烛架底端。但妹妹僵死在椅子上，两个兄弟分坐在她的两边又叫又唱，明显是已经疯了。三个人——一个死了的女人和两个发了疯的男人——他们的脸上都呈现出一种十分惊恐的表情，那样子简直叫人不敢正视。除了老厨师兼管家波特太太以外，没有别人去过那所房子。波特太太说她昨晚睡得很熟，没有听到有什么动静。房间内没有东西被偷，也没有东西被翻过。是什么样的恐怖能悄无声息地把一个女人吓死，把两个身强力壮的男子吓疯，真是没法解释。简单的情况就是这样，福尔摩斯先生，如果您能帮我们破案，那可就是干了一件大好事了。”

本来我满心希望可以用某种方式把我的同伴的注意力引开，回到我们以旅行和疗养为目的的那种平静节奏中，可是我一看见他满脸兴奋、双眉紧锁的样子，就明白我的希望落空了。福尔摩斯默默地坐着，专心思考这桩打破我们平静的怪案。

“让我研究一下，”他开口说道，“从表面看，这件案子的性质很不一般。事情发生后，你本人去过那里吗，朗德黑先生？”

222

"没有，福尔摩斯先生。特雷根尼斯先生回到我那里一说完这个情形，我就立刻和他赶到这儿来了。"

"发生这个奇怪悲剧的房屋离这里多远？"

"往沼泽里面走，大概一英里。"

"那么让我们一起步行去现场吧，不过在出发之前，莫梯墨·特雷根尼斯先生，我必须问你几个问题。"

特雷根尼斯一直没有说话，不过，我看出他在竭力压抑着激动的情绪，甚至比牧师的那种莽撞情感还要强烈。他面色苍白，愁眉不展，不安的目光注视着福尔摩斯，两只干瘦的手紧握在一起。当他在一旁听牧师叙述他的家人遭遇的这一可怕事件时，他的嘴唇在颤动，眼睛里似乎反映出对当时情景的某种恐惧。

"你要问什么，就问吧，福尔摩斯先生，"他主动地说，"这是件非常不幸的事，不过我会如实回答的。"

"把昨天晚上的事谈谈吧。"

"好吧，福尔摩斯先生。我在那里吃过晚饭，正如牧师所说的，我哥哥乔治提议玩一局惠斯特❶。九点钟左右，我们坐下来打牌，我离开的时候是十点一刻。我走的时候，他们都围坐桌边，兴致盎然。"

"谁送你出门的？"

"波特太太已经睡了，我自己开的门，然后把大门关上。他们那间屋子的窗户是关着的，百叶窗没有放下来。今天早上去

❶ 类似桥牌的一种牌戏。

看，门窗照旧，没有理由认为有外人进去过。然而，他们还都坐在那里，被吓疯了，布伦达死了，脑袋耷拉在椅臂上。只要我活着，我永远也无法把那间屋里的景象从我头脑里去除掉。"

"你说的情况当然是非常奇怪的，"福尔摩斯说，"我想，你本人也说不出什么能够解释这种现象的道理吧?

"是魔鬼，福尔摩斯先生，是魔鬼!"莫特雷根尼斯叫喊道，"这不是这个世界上应该有的事，肯定有一样东西进了那个房间，扑灭了他们的理性之光。人类能有什么力量办到这一点呢?"

"我担心，"福尔摩斯说，"如果这件事是人力所不能及的，也就是我所力不能及的。不过，在不得不相信这种假设之前，我们必须努力运用一切合乎自然的解释。至于你自己，特雷根尼斯先生，我看你和他们是分家了吧，既然他们三兄妹是住在一起，你自己却另有住处?"

"是这样，福尔摩斯先生，这件事情已经过去，了结了。我们一家本来是一座锡矿矿主，住在雷德鲁斯，不过，我们后来把这件冒险的企业转卖给了一家公司，不干这一行了，所以手头上还过得去。我不否认，为了分钱，我们在一段时间里感情有点不和，不过后来我们之间都互相谅解，没再记在心上，现在我们是最好的一家人。"

"回想一下你们在一起度过的那晚吧，在你的记忆里是否留有什么线索能说明这一悲剧的?仔细想想，特雷根尼斯先生，因为任何线索对我都是有帮助的。"

"什么也没有，先生。"

"你的亲人情绪正常吗？"

"再好不过了。"

"他们是不是有点神经质的人？有没有表现出将会有危险发生的任何焦虑情绪？"

"没有那回事。"

"你再没有什么值得一提的话说了吗？"

莫梯墨·特雷根尼斯认真地考虑了一会儿。

"我想起一件事，"他说，"当我们坐在桌边时，我背朝着窗户，我哥哥乔治和我是一伙，他面向窗户。有一次我看他一个劲儿朝我背后张望，因此我也转头去看。百叶窗没有放下，窗户是关着的。我看见草地上的树丛里似乎有什么东西在移动，是人还是动物，我说不上，反正我想那儿是有个东西。我问他在看什么，他说他也有同样的感觉。我所能说的就是这些。"

"你没去查看一下吗？"

"没有，我们都没把它当回事。"

"后来你就离开他们了，没有任何凶兆？"

"根本没有。"

"我不明白你今天早上怎么会那么早就得到了消息。"

"我是一个早起的人，通常在早餐之前要去散步。今天早上我还没有来得及走出多远，医生坐着马车就赶到了。他对我说，波特太太叫一个小孩捎急信给他让他赶紧去。我就跳进马车和他上路了。到了那里，我们向那间恐怖的房间望去。蜡烛和炉火一定在几个钟头之前就烧完了，他们三个人一直坐在黑暗中，直到天亮。医生说布伦达至少已经死去六个钟头，并无暴力行动的迹象。她斜靠在椅臂上，脸上带着那副表情。乔治和欧文在断断续续地歌唱着，结结巴巴地在说什么，就像两只大猩猩。噢，上帝啊，那情景看了真是可怕！我受不了了。医生的脸白得像一张纸，他有些头晕，倒在椅子上，差点要我们去照料他。"

"奇怪——太奇怪了！"福尔摩斯说着站了起来，把帽子拿在手上。"我看，我们最好是到特里丹尼克瓦萨去一趟，不要耽搁。我承认，一开始就出现这么奇怪问题的案子，我还很少见到过。"

我们这一天早上的行动没有给调查带来什么进展，反而是在刚开始调查时，有一件意外的事给我留下很不吉利的印象。通向发生悲剧地点的是一条狭窄蜿蜒的乡村小路，正当我们往前走时，看见一辆马车嘎吱嘎吱向我们驶来，我们靠近路边站着，让它过去。马车驶过时，我从关着的车窗里瞧见一张扭曲的龇牙咧嘴的脸在盯着我们，那圆睁的眼睛和青筋暴突的面颊从我们面前一闪而过，就像一个可怕的魔影。

"那是我的兄弟！"莫梯墨·特雷根尼斯叫道，嘴唇抖动着。"肯定是把他们送到赫尔斯顿去了。"

怀着一种莫名的恐惧心理，我们看着这辆黑色马车隆隆远去，然后我们转身走向他们惨遭不幸的那座凶宅。

这是一座宽敞明亮的住宅，与其说是村舍，还不如说是一所小别墅更准确。它附带着一个很大的花园，在科尼什的宜人气候下，花园里已是春色满园。起居室的窗子朝向花园，据莫梯墨·特雷根尼斯说，那个恶魔似的东西一定是出现在花园里，正是它闯进了人类的世界，顷刻间把兄弟两人吓成了疯子。福尔摩斯在花园里漫步沉思，又沿着小路巡视，后来我们走进了门廊。

他是那么的专心，以致被浇花的水壶绊了一跤。水壶的水泼洒出来，打湿了我们的脚和花园小径。进了屋，我们遇见了那位科尼什的老管家波特太太，一个小姑娘协助她料理日常的家务。她爽直地回答了福尔摩斯的问题。晚上，她没有听到什么动静，她的东家近来情绪非常好，可以说很久都没有这样高兴过。但是今天早上，当她走进屋里见到三个人围着桌子的可怕的情景时，她吓得立时晕了过

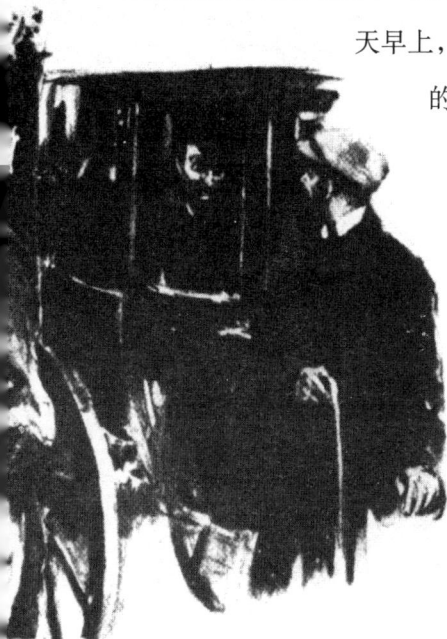

<<<

那圆睁的眼睛和青筋暴突的面颊从我们面前一闪而过，就像一个可怕的魔影。

去。等她醒过来后，第一件事就是推开窗子，让清晨的空气进来，随即跑到外面小巷里，叫一个村童去找医生来。如果我们愿意看看那个死去了的女人，她现在就躺在楼上的卧室里。四个身强力壮的男子费了不少力气才把兄弟两人放进精神病院的马车。她不想在这屋里多待一天，当天下午就打算回圣伊弗斯和家人团聚。

我们上楼看了尸体，布伦达·特雷根尼斯小姐虽已接近中年，仍是一位非常漂亮的女士。人虽死了，那张清秀的脸还是很俊俏，

我们上楼看了尸体，
布伦达·特雷根尼斯小姐虽已接近中年，仍是一位非常漂亮的女士。

可是却很明显地遗留着某种惊恐的表情，这是她在死前最后一丝的人类情感。离开她的卧室，我们下楼来到发生这起悲剧的起居室，隔夜的炭灰还残留在炉膛里。桌上放着四支烧完的蜡烛，纸牌散满桌上。椅子已经搬回去靠着墙壁，别的一切仍是前一天晚上的样子。福尔摩斯在室内轻快地来回走动，他在那三把椅子上都坐了坐，把椅子拖动一下又放回原处。他试了一下所能看到的花园范围，然后检查地板、天花板和壁炉。可是，每一番动作我都没有看见他那种两眼突然发亮、双唇紧闭的表情。因为每当这种表情出现，那就是告诉我，他已在漫天黑暗之中见到一丝光亮了。

"为什么生火呢？"他问道，"在春天的夜晚，这间小屋里总是生火的吗？"

莫梯墨·特雷根尼斯解释说，那天晚上又冷又潮，所以他来了之后就生了火。"您现在准备干什么，福尔摩斯先生？"他问道。

我的朋友微微一笑，一只手按住我的胳膊。"华生，我想我要继续研究你经常指责而且指责得很对的烟草中毒问题，"他说，"先生们，如果你们允许，我们现在要回到我那里，因为这里已经没什么东西值得我们注意了。我要把情况好好考虑一下，特雷根尼斯先生，有什么事，我当然会通知你和牧师的。现在，祝你们两位早安。"

我们回到波尔湖别墅时间不长，福尔摩斯就打破了他那专一的沉默。他蜷缩在靠椅里，烟斗里青烟缭绕，几乎遮掩了他那憔悴严肃的面孔。他两道浓眉紧锁，额头低垂，两眼茫然。后来终于他放下烟斗，跳了起来。

"这样不行啊，华生！"他笑着说道，"让我们一起沿着悬崖去走走，找找火石箭头。比起寻找这个问题的线索来，我们宁愿去挖掘火石箭头。如果开动了脑筋，又没有足够的材料，就好像让一部引擎空转，迟早会转成碎片的。有了大海的气息、阳光，还有耐心，相信其他的东西也不会远了。"

"现在，让我们冷静地分析一下我们的境况，华生，"我们一边沿着悬崖走，他一边说，"我们要把我们已经了解的一点情况紧紧抓住，这样，一旦发现新的情况，我们就可以使它们联系上。首先，我认为你和我都不会承认是魔鬼惊扰了世人，我们应该把这种想法完全排斥掉，然后再来开始我们的工作。是的，三个人遭到了某种有意或无意的人类行为的侵袭，这是有充分根据的。那么，是什么时候发生的呢？如果说莫梯墨·特雷根尼斯先生谈的情况属实，那么显然是在他离开房间之后不久发生的，这一点非常重要。假定是在走后几分钟之内的事，桌上还放着牌，平时睡觉的时间已过，可是他们还没有改变位置，也没有把椅子推到桌子下面。我再说一遍，是在他前脚走了后脚就发生的，不迟于昨晚十一点钟。

　　"我们下一步就是要设法查一查莫梯墨·特雷根尼斯先生在离开之后他本人的行动。这方面没有困难，而且也无可怀疑。我的方法你是知道的，你当然已经意识到了我笨手笨脚地绊倒浇花水壶的计策。这样，我就得到了他的脚印，比别的办法取得的脚印清楚多了。印在潮湿的沙土小路上，真妙，你记得昨天晚上也很潮湿，有了脚印的标本，从别人的脚印中鉴别他的行踪，从而断定他的行动，这并不困难。看来，他是朝牧师住宅那个方向快步走去的。

　　"如果莫梯墨·特雷根尼斯不在现场，是外面的某一个人惊动了玩牌的人，那么，我们又怎样来证实这个人呢？这样一种恐怖的印象又是怎样做出来的呢？波特太太可能不在此例，她显然是无辜的。是不是有人爬到花园的窗口上，用某种方式制造了可怕的效果，把看到它的人吓疯了，有没有这方面的证据？这方面的唯一的想法是莫梯墨·特雷根尼斯本人提出来的，他说他哥哥看见花园里有动静。这非常奇怪，因为那天晚上下雨、多云，外面一片漆黑。要是有人故意要吓唬这几个人，他就不得不在别人发现他之前把他的脸紧贴在玻璃上，可是又不见脚印的痕迹。难以想象的是，外面的人怎么能使屋里的几个人产生如此可怕的印象，何况我们也没有发现这种煞费苦心的奇怪举动究竟是出于什么动机。现在，我们的困难是不是一目了然了呢，华生？"

"是的，再清楚不过了。"我明确地回答说。

"但是，如果材料能再多一些，也许可以证明这些困难是可以排除的，"福尔摩斯说，"华生，我想你也许可以在你那内容广泛的案卷中找到某些近于模糊不清的案卷吧。此刻，我们且把这个案子搁在一边，等到有了更加确切的材料再说。早上还有一点时间，我们就来追踪一下新石器时代的古人吧。"

就这样，在这康沃尔春天的早晨，他在习习的海风中整整谈了两个钟头的石凿、箭头和碎瓷器，显得轻松愉快，好像根本不存在有什么险恶的秘密在急等着他去揭露似的，这使我暗自惊奇。

直到下午，我们才回到住所，发现已有一位来访者在等着我们。他立刻把我们的思路带回我们要办的那件案子上了，我们两人都不需别人告诉，就知道这位来访者是谁。高大健壮的身材，冷峻而皱纹遍布的脸上的有一对凶狠的眼睛，鹰钩鼻，灰白的头发，腮边的胡子呈现出异于常人的狮鬃色，而靠近唇边的胡子则是白的，所有的这些外貌特征，无论是在伦敦，还是在非洲，都会被轻易地让人想到这就是伟大的猎狮人兼探险家列昂·斯特戴尔博士。

我们已经听说他正在这一带巡游，有一两次也在乡路上偶尔瞧见过他那高大的身影。他没有走近我们，我们也没有想到去接近他，因为他喜欢隐居，这是尽人皆知的。在旅行间歇期间，他大都住在布尚阿兰斯森林里的一间小屋里，在书堆里和地图堆里过着闲云野鹤的生活，一心只想着满足他那简朴的欲望，从不过问左邻右舍的事情。因此，当我听见他以热情的声调询问福尔摩斯在探讨这一神秘案件方面有无进展时，我感到很惊讶。"郡里的警察毫无路数，"他说，"不过，福尔摩斯先生，你经验丰富，或许已经作出某种可以想象到的解释。我只求你把我当知己看待，因为我在这里常来常往，对特雷根尼斯一家很了解——从血缘上讲，我母亲是科尼什人，从我母亲那边来算，他们还是我的远亲呢。他们的不幸遭遇让我震惊。我本来是要去非洲的，已经到了普利茅斯。今天早上得到消息后，我又一路赶回来帮助打听情况。"

福尔摩斯抬起头来。

"这样你就误了船期了吧？"

"我赶下一班。"

"真是友情为重啊。"

"我刚才对你说了，我们是亲戚。"

"是这样——你母亲的远亲。你的行李上船了吧？"

"有几样行李上了船，不过主要行李还在旅馆里。"

"知道了。但是，这件事想来不至于已经上了普利茅斯的晨报吧？"

"没有，先生，我收到了电报。"

"请问是谁发来的？"

这位探险家瘦削的脸上掠过一丝阴影。

"你真能够追根寻底，福尔摩斯先生。"

"这是我的工作。"

斯特戴尔博士定定神，恢复了镇静。

"我不妨告诉你，"他说，"是牧师朗德黑先生发电报叫我回来的。"

"谢谢你，"福尔摩斯说，"我可以这样来回答你刚才的问题：我对这一案件的主题还没有全部想清楚，但是，做出某种结论是大有希望的，如果做更多的说明则还为时过早。"

"如果你的怀疑已经具体有所指，那么我想你不至于不愿意告诉我吧？"

"不，这一点很难回答。"

"那么，我是浪费了我的时间了，就此告辞啦。"这位大名鼎鼎的博士阔步走出我们的住宅，看样子似乎大为扫兴。五分钟后，福尔摩斯追踪了出去。到了晚上，才见他拖着疲惫的步子回来，脸色黯淡。我知道，他的调查肯定没有取得理想中的进展。他把一封等着他的电报看了一眼，扔进了壁炉。

"电报是从普利茅斯的一家旅馆发来的，华生，"他说，"我从牧师那里了解到旅馆的名字，我就发电报去，核对列昂·斯特戴尔博士所说是否属实。看来，昨天晚上他确实是在旅馆度过的，确实曾把一部分行李送上船运到非洲去，自己则回到这里来了解情况。对这一点，你有何想法，华生？"

"这案子很可能和他本人利害攸关。"

"准确，'利害攸关'这个词用得很妙，华生。是的，有一条线索我们还没有弄清楚，但它可能引导我们理清这团乱麻。振作起来，华生，全部材料还没有到手。一旦到手，我们就立即可以把眼前的困难丢在一边去。"

面对这样凶险难料的案件，福尔摩斯的话是否能够实现，他能否利用智慧和敏锐打开一条崭新的出路，这些我都无暇去想。早晨，我正在窗前剃胡子，听见了嗒嗒的蹄声。我朝外一看，只见一辆马车从那头奔驰而来，在我们门口停下。我们的朋友——那位牧师——跳下车向花园小径跑来。福尔摩斯已经穿好衣服，于是我们赶快前去迎他。

我们的客人气喘得话都说不清楚了，他激动地、不停地叙述起他的可悲故事。

"我们被魔鬼缠住了，福尔摩斯先生！我这个可怜的教区被魔鬼缠住了！"他喊道，"是撒旦亲自施展的妖法！我们都落入他的魔掌啦！"他指手画脚，如果不是他那张苍白的脸和恐惧的眼睛，他简直就是个滑稽可笑的小丑。直到最后，他才说出了这个可怕的消息。

"莫梯墨·特雷根尼斯先生昨晚死了，和那三个人一模一样。"

福尔摩斯顿时精神紧张，站了起来。

"你的马车可以把我们两个带上吗？"

"可以。"

"华生，我们先不吃早餐。朗德黑先生，我们完全听你的吩咐，快——快，趁现场还没有被破坏。"

这位房客占用了牧师住宅的两个房间，上下各一，都在一个角落上。下面是一间大起居室，上面一间是卧室。从这两间房望出去，外面是一个打板球的草地，一直伸到窗前。我们比医生和警察先到了一步，所以现场一切如旧，完全没有动过。这是一个三月多雾的早晨。且让我把亲眼所见的景象描绘一下，它给我留下的印象是永远也无法抹去的。

死人就坐在桌旁，他仰靠在椅上，稀疏的胡子竖立着，眼镜已推到前额上，又黑又瘦的脸朝着窗口。

房间里，气氛恐怖而阴沉，十分闷热。首先进屋的仆人推开窗子，不然就更加令人无法忍受了，原因可能是因为房正中的一张桌上还点着一盏冒烟的灯。死人就坐在桌旁，他仰靠在椅上，稀疏的胡子竖立着，眼镜已推到前额上，又黑又瘦的脸朝着窗口。恐怖已经使他的脸扭曲得不成形了，和他死去的妹妹一样。他四肢痉挛，手指紧扭，好像是死于一阵极度恐惧之中。他衣着完整，但能看出他是在慌乱中穿好衣服的。我们了解到，他已经上过床，是在清晨惨遭不幸的。

福尔摩斯走进那间恐怖的起居室的一刹那，顿时变得紧张而警惕，他眼睛炯炯有神，板着面孔，四肢由于激动而有些发抖。他一会儿走到外面的草地上，一会儿从窗口钻进屋里，一会儿在房间四周巡视，一会儿又回到楼上的卧室，真像一只猎狗在严密地查找潜伏的猎物。他迅速地在卧室里环顾一周，然后推开窗子。这似乎又使他感受到某种新的兴奋，因为他把身体探出窗外，大声欢叫。然后，他冲到楼下，从开着的窗口钻出去，躺下去把脸贴在草地上，又站起来，再一次进到屋里，最后来到那盏灯前。那盏灯只是普通的灯，他仔细做了检查，量了灯盘的尺寸。他用放大镜彻底查看盖在烟囱顶上的云母挡板，把附着在烟囱顶端外壳上的一些灰尘和粉末刮下来，装进信封，夹在他的笔记本里。最后，正当医生和警察出现时，他招手叫牧师过来，我们三人来到外面的草地上。

"我很高兴，我的调查并非毫无结果，"他说道，"我不方便留下来同警官讨论此事，但是，朗德黑先生，如果你能替我向检查人员致意，并请他注意卧室的窗子和起居室的灯，我将感激不已。卧室的窗子对我们很有启发，起居室的灯也是一样，如果你把二者联系起来，几乎就可以得出一个结论。如果警方想了解进一步的情况，我将很乐意在我的住所和他们见面。华生，现在我想还是到别处去看看吧。"

可能是警察对私人侦探插手而感到不满，或者是警察自以为调查工作另有途径，不过，可以肯定的是，我们在随后的两天里没有从警察那里听到任何消息。在这段时间内，福尔摩斯有时待在小别墅里抽烟、空想，更多的时间是独自在村里散步，一去就是几个钟头，回来之后也不说去过哪些地方。我们曾做过一些实验，这使我对他的调查情况有了一些眉目。他买了一盏灯，和莫梯墨·特雷根尼斯起居室里的那盏一模一样。他在灯里装满了牧师住宅所用的那种油，并且仔细记录灯火燃尽的时间。而他大胆尝试的另一个实验，则使人难以忍受，并使我永生难忘。

"华生，你还记得，"有一天下午他对我说，"在我们这次接触到的不尽相同的环境和见闻中，有一点是有相似之处的。那就是首先进入作案房间的人都感到的那种令人压抑的气氛，莫梯墨·特雷根尼斯描述过他最后一次到哥哥家里去的情况，他说医生一走进屋里就倒在椅子上了，对吧？另外，你还记得女管家波特太太对我们说，她一早走进那屋里也昏倒了，后来打开了窗子。第二起案子——也就是莫梯墨·特雷根尼斯之死——我们一走进屋里就感到闷得厉害，尽管仆人已经打开了窗子。经我后来了解才知道，那个仆人之后就感到身体不舒服，上床去睡觉了。你要承认，华生，这些事都非常有启发性，证明两处作案地点都有某种有毒的气体，两处发生惨剧的房间里也都有东西在燃烧着——一处是炉火，另一处是灯。烧炉子可能是需要的，但是点灯——通过几次比较耗油量的实验就清楚了——已经是在大白天了，为什么点灯呢？点灯，闷人的气体，还有那几个不幸的人，有的发疯，有的死亡，这几件事之间存在一种必然的联系，这难道不清楚吗？"

"看来是这样。"

"我们至少可以把这点作为一种有用的假设，然后，我们再假定，两个案子中所烧的某种东西放出一种气体，产生了奇特的中毒作用。很好。第一案中——特雷根尼斯兄妹的家里——这种东西是放在炉子里的，窗子是关着的，炉火自然使烟雾扩散到了烟囱。这样，中毒的情况就不如第二个案子那样严重，因为在第二个案子的房间里，烟雾无处可散。看来，结果表明，在第一个案子中，只有女的死了，可能是因为女性的机体更加敏感的缘故，而另外两个男的精神错乱。不论是短时间精神错乱还是永远精神错乱，显然都是因为毒药产生了初步作用。在第二个案子中，它则产生了充分的作用。所以，看来事实证明是由于燃烧而放出的毒气所致。

"我在脑海里进行了这一系列的推断之后，就有目的地在莫梯墨·特雷根尼斯的房间里到处查看，想找找有没有这种残留下来的东西。明显的地方就是油灯的云母罩或者是防烟罩。果然不错，我在这上面发现了一些灰末，在灯的边缘发现了一圈没有烧尽的褐色粉末。你当时看见了，我取了一半放入信封。"

"为什么只取一半呢，福尔摩斯？"

"亲爱的华生，我不能妨碍官方警察的侦查工作。我把我发现的证物留了一部分给他们，毒药还留在云母罩上，只要他们能想到这一点。华生，让我们现在再做一个关键的实验：把灯点上，不过得打开窗子，以免两个对这个社会还相当有价值的公民过早送掉性命。你坐在靠近窗口的靠椅上，除非你会像一个聪明人那样不愿参与这个实验。喔，你会参加到底的，对吧？我想我是了解我的华生的。我坐在你对面，我们两人和毒药保持相同的距离。房门半开着，你能看着我，我能看着你。只要不出现危险症状，我们就把实验进行到底，清楚吗？好，我把药粉——或者说剩下的药粉——从信封里取出来，放在点燃的灯上。就这样啦！华生，让我们坐下来，静候情况会怎样发展。"

不多久就发生了异常状况，我闻到一股浓浓的麝香气味，浓郁得有些令人作呕。头一阵气味袭来时，我的大脑支配能力就不由自主了。我只感到眼前有一片浓黑的烟雾，但我心里还明白，在这种虽然视不可见的、却在向我人类的理性缠绕过来的黑雾里，隐藏着宇宙间极其恐怖的、极其怪异而不可思议的邪恶生命。就像一个身形模糊的幽灵在浓黑的烟云中游荡，并随时会向你扑来，把你恶狠狠地撕碎。这恐怖的影像几乎要把我的心灵炸

> >>>

我甩开椅子, 跑过去抱住福尔摩斯,
两人一起歪歪倒倒地奔出了房门。

裂, 一种阴冷的沉重感控制了我, 让我的身体无法挣脱。我感到
头发竖立起来了, 眼睛鼓了出来, 口张开着, 舌头已经发硬, 脑
子里一阵翻腾。我想喊叫, 仿佛听见自己的声音是一阵嘶哑的呼
喊, 离我很遥远, 不属于我自己。就在这时, 我想到了跑开,
于是拼命站立起来冲出那令人绝望的烟云。我一眼看见福尔摩斯
的脸由于恐怖而变得煞白, 脖子僵硬, 眼神呆板——我看到的是
一副即将作古的死人模样。正是这一景象在顷刻之间让我神志清
醒, 也给了我无穷的力量和勇气。我甩开椅子, 跑过去抱住福尔
摩斯, 两人一起歪歪倒倒地奔出了房门。过了一会儿, 我们躺倒
在外面的草地上, 只感觉到眼前明亮的阳光射透了那股曾经围困
住我们的地狱般的恐怖烟云。烟云慢慢地从我们的心灵中消散,
就像雾气从山水间消失一样, 直到平静和理智又回到我们身上。
我们坐在草地上, 擦了擦又冷又湿的前额。两人满怀忧虑地互相
打量着, 端详着我们经历的这场冒险所留下的最后痕迹。

"说实话，华生！"福尔摩斯开口说，他的声音还在打颤，"我既要向你致谢又要向你道歉。即使是对我本人来说，做这个实验也是有很多争论的，再让一位朋友加入进来，那就更加有问题了。我实在非常抱歉。"

"你知道，"我激动地回答，因为我对福尔摩斯的内心从来没有像现在这样了解得那般深刻，"能够协助到你，这使我特别高兴，也格外荣幸。"

在香甜的青草的气息中，福尔摩斯很快就恢复了那种半幽默半挖苦的神情，这是他对周围人们的一种惯常的态度。"亲爱的华生，让我们两个人发疯，那可是多此一举，"他说。"在我们进行如此野蛮的实验之前，观察者肯定早已料定我们是发疯了。我承认，我没有想到效果来得这样突然，这样猛烈。"他跑进屋里，又随即跑出屋来，手上拿着那盏还在燃着的灯，他手臂伸得直直的，使灯离开他自己远一些，然后把灯扔进了荆棘丛中。"一定要让屋里换换空气，华生，我想你对这几起悲剧的产生不会再有丝毫怀疑了吧？"

"毫无怀疑。"

"但是，起因却仍然没有搞清楚。我们到这个凉亭里去讨论一下吧，这个可恶的东西好像还卡在我喉咙里。我们现在了解到一切线索都在指证是莫梯墨·特雷根尼斯这个人干的。他是第一次悲剧的罪犯，虽然他是第二次悲剧的受害者。首先，他们家里为财产的事闹过纠纷，随后又言归于好。但纠纷闹到什么程度，和好又到了什么程度，我们都无法得知。但当我想到莫梯墨·特雷根尼斯的那张狡猾的脸，镜片后面的那两只阴险的小眼睛，我就不会认为他是一个宽宏大度和性情厚道的人。不，他不是这样的人。而且，你记得吧，他说过花园里有动静之类的话，一下子就吸引了我们所有人的注意力，而放过了悲剧的真正起因。他的用心很简单，就是想把我们带到弯路上去。最后一点，如果不是他在离开房间的时候把药粉扔进火里，那么，还会是谁呢？从时间上判断，事情是在他刚一离开就发生的，如果另有别人进来，屋里的人当然会从桌旁站起来。此外，在这宁静的康沃尔，人们在晚上十点钟以后是不会外出做客的。所以，我认为莫梯墨·特雷根尼斯是嫌疑犯是板上钉钉的。"

"那么，他自己的死是自杀喽！"

"华生，从表面上看，这种假设是有可能存在的。一个阴险小人给自己亲人带来如此可怕的灾难而自感有罪，也可能会悔恨不已而选择自我灭亡。幸好这里有无法反驳的理由能够推翻这一假设。在英格兰就有这样一个人，他了解事情的全部情况。我已做好安排，今天下午就能听到他亲口说出真情。啊！他提前来了，请走这边，列昂·斯特戴尔博士。我们刚才不巧在室内做过一次化学实验，使我们的那个小房间不适于接待你这样一位贵客。"

我听到花园的门咔嗒一响，那位高大的非洲探险家的威严身影出现在小路上。他有些吃惊，转身向我们所在的凉亭走来。

"是你请我的，福尔摩斯先生。我大约在一个钟头之前收到你的信，我奉命来了，虽然我确实不知道我来到此处究竟是为了什么。"

"我们也许可以在分手之前把事情做一番澄清，"福尔摩斯说，"你能以礼相待，并愿意光临寒舍，我非常感激。室外接待却是不周，请原谅。我的朋友华生和我十分盼望给名为《科尼什的恐怖》的文稿增添新的一章，既然我们讨论的事情或许与你本人密切相关，所以我们还是在一个没有人能偷听的地方谈一谈为好。"

探险家从嘴里取出雪茄，面色变得有些铁青，看着我的同伴。

"我不明白，先生，"他说，"你说的事情和我有什么密切相关？"

"莫梯墨·特雷根尼斯的死。"福尔摩斯说。

就在这一刹那，我真希望我是全副武装的才好。斯特戴尔那副凶狠彪悍的面孔唰的一下变得绯红，两眼怒睁，额角处一节节的青筋都鼓胀起来了。他紧握拳头冲向我的同伴，接着他又站住，竭力使自己保持一种冷静，但这种一触即发的样子显得比他火冒三丈更加危险。

"我长期与野人为伴，不受法律的束缚，"

>>>

他紧握拳头冲向我的同伴，接着他又站住，竭力使自己保持一种冷静，但这种一触即发的样子显得比他火冒三丈更加危险。

他说，"因此，我自己就是法律，这早已经是习以为常了。福尔摩斯先生，这一点，你最好不要忘记，因为我并不想加害于你。"

"我也不想加害于你，斯特戴尔博士。很明显的就是，尽管我洞察一切，但我还是找的你而没有去找警察。"

斯特戴尔喘着气坐下了，毫无疑问，他畏缩了，这在他的冒险生涯中或许还是第一次吧。福尔摩斯那种镇静自若的神态具有无法抗拒的力量，我们的客人张口结舌，焦躁得两只手时而放开时而紧握。

"你是什么意思？"他终于问道，"如果你想对我进行恐吓，福尔摩斯先生，你可是找错了实验对象啦。别再拐弯抹角了，你想说什么？"

"我来告诉你，"福尔摩斯说，"我之所以要告诉你，是因为我希望以坦率换取坦率，我的下一步的行动完全取决于你辩护的性质。"

"我的辩护？"

"是的，先生。"

"辩护什么呢？"

"对于杀害莫梯墨·特雷根尼斯的控告的辩护。"

斯特戴尔用手绢擦了擦前额。"你欺人太甚，"他说，"你所取得的那些成就都是依靠这种虚张声势的力量吗？"

"虚张声势的是你，"福尔摩斯严肃地说，"列昂·斯特戴尔博士，而不是我。我把我的结论所依据的事实说几件给你听，借以作为佐证。关于你从普利茅斯回来，而把大部分财物运到非洲去，我只想提一点，你说的确实不假，但全部是刻意而为——"

"我是回来——"

"你回来的理由，我已经听你说了，我认为是无法令人信服的，也是不充分的。这且不说，你主动上门来问我怀疑谁，我没有答复你，你就去找牧师。你在牧师家外面等了一会儿，最后回到你自己的住处去了。"

"你怎么知道的？"

"我那时在你后面跟着。"

"我没有发现有人。"

"既然我要跟着你，当然不能让你看见。你在屋里整夜坐立不安，好像在下什么决心，准备在第二天清晨执行。天刚破晓你就出了房门，你的门边放着一堆淡红色小石子，你拿了几粒放进口袋。"

斯特戴尔猛然一愣，惊愕地看着福尔摩斯。

"你住的地方离牧师的家有一英里，你迅速地走完了这一英里路。我注意到，你穿的就是现在你脚上的这双起棱的网球鞋。你穿过牧师住宅的花园和旁边的篱笆，出现在特雷根尼斯住处的窗下。当时天色微明，屋里还没有动静，你从口袋里取出小石子，往窗台上扔。"

斯特戴尔一下站了起来。

"你干得像魔鬼一样出色！"他嚷道。

福尔摩斯对此赞扬报以淡淡一笑。"在特雷根尼斯还没有来到窗前的时候，你扔了两把，也可能是三把小石子。你叫他下楼，他赶忙穿好衣服，下楼到了起居室。你是从一楼的窗子进起居室的。你们谈话的时间很短，期间你一直在屋里来回踱步。后来，你出去，关上了窗子，站在外面的草地上，抽着雪茄注视屋里发生的情况。最后，等到特雷根尼斯死了，你就又从原路回去了。现在，斯特戴尔博士，你怎么能证明你的这种行为是正当的呢？行为的动机何在呢？如果你说假话，或者是胡编，我向你保证，这件事就永远不会由我经手了。"

客人听了控告人的这番话，脸色忽明忽暗。他坐着沉思，两只手蒙住脸，突然他立起身，从上衣胸袋里取出一张照片，扔到我们面前的一张粗糙的石桌上。

"我那样做，就是为了这个。"他说。

这是一张半身相片，相片上是一个非常美丽的女人的面孔，福尔摩斯弯身看那张相片。

"布伦达·特雷根尼斯。"他说。

"对，布伦达·特雷根尼斯，"客人重复了一遍，"这么多年来，我一直爱她，她也爱我。这就是人们所奇怪的我在科尼什隐居的秘密所在，隐居这里使我接近这世界上我最心爱的人，我不能娶她，因为我有妻子。我妻子离开了我多年，可是根据令人悲叹的英格兰法律，我不能同我妻子离婚。布伦达等了我好些年，我也等了好些年。现在，这就是我们等待的结果。"一阵沉痛的呜咽声从他那巨大的身躯里发出来，他用一只手捏住他胡子下面的喉咙，竭力控制住自己，继续往下说："牧师知道这件事，他知道我们的秘密。他会告诉你，她是一个人间的天使。因此，牧师发电报告诉我，我就回来了。当我得知我的心上人遭到这样的不幸时，行李和非洲对我又算得了什么？在这一点上，福尔摩斯先生，你是掌握了我的行动线索的。"

"说下去。"我的朋友说。

斯特戴尔博士从口袋里取出一个纸包，放在桌上。纸上写着"Radix pedis diabolo"几个字，下面盖有一个红色标记，表示有毒。他把纸包推给我。"我知道你是医生，先生，这种制剂你听说过吗？"

"魔鬼脚跟！没有，从来没听说过。"

"这不能怪你的专业知识，"他说，"现在只有一个标本放在布达佩斯❶的实验室里，在欧洲再没有别的标本了。药典里和毒品文献上都还没有记载。这种根，长得像一只脚，一半像人脚，一半像羊脚，一位研究药材的传教士就给它取了这么一个有趣的名字。西部非洲一些地区的巫医把它当试罪判决法❷的毒物，严加保密。我是在很特殊的情况下在乌班吉专区❸得到这一稀有标本的。"他边说边打开纸包，纸包里露出一堆象鼻烟一样的黄褐色药粉。

"还有呢，先生？"福尔摩斯严肃地问道。

"福尔摩斯先生，我把这些真实情况告诉你，你都已经了解。事情显然和我是利害攸关

❶ 匈牙利地名。

❷ 要人服用毒品，如果服者不伤或不死，便算无罪。

❸ 伊尔地名。

246

的，应当让你知道全部情况。我和特雷根尼斯一家的关系，我已经说过了，我和他们兄弟几人友好相处，是为了他们的妹妹。家里为钱发生过争吵，因而使莫梯墨与大家疏远。据说后来又和好了，所以后来我才和他接近，就像我接近另外几个兄弟一样。他这人阴险狡猾，诡计多端，有好几件事使我对他产生了怀疑，但是，我没有任何和他正面争吵的理由。

"两个星期前，有一天，他到我住的地方来。我拿出一些非洲古玩给他看，也把这种药粉介绍给他，并且把它的奇效告诉了他。我告诉他，这种药会如何刺激那些支配恐惧情感的大脑中枢，并且告诉他，当非洲的一些不幸的土人受到部落祭司试罪判决法的迫害时，他们不是被吓疯就是被吓死。我还告诉他，欧洲的科学家也无法检验分析它。他是怎样拿的，我不知道。可能他是在我打开橱柜，弯身去翻箱子的时候，偷偷取走了一部分魔鬼脚跟。我记得很清楚，他接二连三地问我产生效果的用量和时间。可是，我怎么也没有想到他问这些是心怀鬼胎的。

"这件事，我也没有放在心上。我在普利茅斯收到牧师发给我的电报，才想起这一点。这个坏蛋以为我在得到消息之前，早已出海去非洲了，并且以为我几年都不会回来。可是，我马上就回来了，我一听到详细情况，就知道是我的毒药造成的。我来找你，指望你会作出某种其他的解释。可是，不可能有，我深信莫梯墨·特雷根尼斯是凶手，我深信他是谋财害命。如果家里的人都精神错乱了，他就成了共有财产的唯一监护人。他对他们使用了魔鬼脚跟，害疯了两个，害死了他的妹妹布伦达——我最心爱的人，也是最爱我的人。他犯了罪，应当怎样惩办他呢？

"我应当诉诸法律吗？我的证据呢？我知道事情是真的，可是我能使一个由老乡们组成的陪审团相信这样一段离奇古怪的故事吗？也许能，也许不能。但我不能失败，我的心灵要求我自己来报仇。我刚才对你说过一次，福尔摩斯先生，我的大半生没有受过法律的约束，到头来我有了自己的法律。现在正是这样，我认定了，他使别人遭到的不幸也应该降临到他自己的头上。要不然，我就亲自主持公道。眼下，在英格兰没有人比我更不珍惜自己的生命了。

"我把一切都告诉你了，其余的情况是你本人推测出的。正如你所说，我坐立不安地熬过一个夜晚，一大早就出了门。我预计到，这么早很难把他叫醒，就从你提到的石堆里抓了一些小石子，用来打响他的窗子。他下楼来，让我从起居室的窗口钻进去。我当面揭露了他的罪行，我对他说，我来找他，既是法官又是死刑执行人。这个无耻卑微的小人看见我拿着手枪，就吓瘫了。我点燃了灯，洒上药粉。就在外面的窗口边站着，如果他想逃走，我就给他一枪，不到五分钟他就完蛋了。我的心坚如铁石，因为他受的痛苦，正是我那无辜的心上人在之前所受的痛苦。这就是我的故事，福尔摩斯先生，如果你爱上一个女人，或许你也会这样干的。不管怎么说，我听候你的处置。你愿意采取什么行动就采取什么行动好了。我已经说了，没有哪一个活着的人能比我更加不畏惧死亡。"

福尔摩斯默默不语，坐了一会儿。"你怎么打算？"他最后问道。

"我本来想把自己的尸骨埋在非洲中部，我在那里的工作只进行了一半。"

>>>

OSITIVELY
OUGH ROAD FOR
MOTOR VEHICLES
ONLY AS FAR AS :-
EDANNACK WOLLAS FARM
EDANNACK WOLLAS FARM
WINDYRIDGE FARM
R ONLY A FOOTPATH TO CLIFF

“去完成你剩下的一半吧，”福尔摩斯说，“我不会阻止你的。”

斯特戴尔博士长出一口气，伸直了魁梧的身体，向我们点头致意后转身离开了凉亭。福尔摩斯目送博士那高大但略显悲凉的身影，点燃了烟斗，把烟丝袋递给我。

“没有毒的烟可以使人精神振奋，心境愉悦，”福尔摩斯说，“华生，我想你一定会同意，这个案件不用我们再去插手了。我们做的调查是自主的，我们的行动也是自由的。你不会去告发这个可怜人吧？”

“当然不会。”我回答说。

“华生，我从来没有恋爱过。不过，一旦我恋爱了，而且我爱的女子也惨遭此等不幸，我也许会像这位目无法纪的猎狮人一样采取一些非常行动的。华生，有些线索是非常明显的，我就不再说了，免得给你的思绪平添混乱。窗台上的小石子当然是我破解此案的关键起点，在牧师住宅的花园里，粉色的小石子显得非常醒目。当我的注意力集中到斯特戴尔博士和他住的村舍的时候，我才发现和小石子极其相似的东西。白天还在燃着的灯和留在灯罩上的药粉是这一线索上的另外两环节。亲爱的华生，现在，我们可以不为这件事费心了，可以毫无羁绊地继续我们的疗养生活，好好研究一番迦太基语的词根了，这些词根肯定可以从传统的凯尔特语❶康沃尔方言的科尼什分支里去寻找。”

❶ 凯尔特语是英语的前身。

250

八、最后致意

SHERLOCK
HOLMES

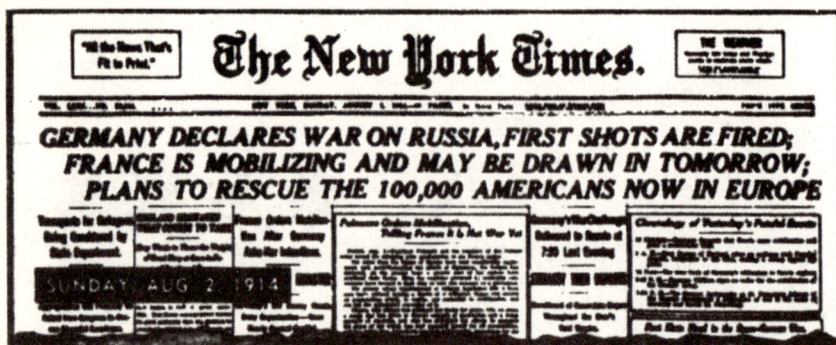

The New York Times.

GERMANY DECLARES WAR ON RUSSIA, FIRST SHOTS ARE FIRED;
FRANCE IS MOBILIZING AND MAY BE DRAWN IN TOMORROW;
PLANS TO RESCUE THE 100,000 AMERICANS NOW IN EUROPE

SUNDAY, AUG 2 1914

>>> 8月2日晚上九点钟——世界历史上最可怕的8月。

　　8月2日晚上九点钟——世界历史上最可怕的8月。人们也许已经预感到，上帝的诅咒即将降临到这个繁华、堕落的人世了。在闷热的空气中，有一种灾难来临之前的可怕静寂。太阳早已落山，但是仍留有一抹血色的斑痕，像裂开的伤口低垂在遥远的西边天际。天空中星光点点，海面上，船只灯光闪耀。两位著名的德国人伫立在花园人行道的石栏旁，他们身后是一长排低矮沉闷的人字形房屋。他们向下眺望着白垩巨崖下的那一大片海滩，冯·波克本人曾像一只四处游荡的山鹰，四年前就在这处悬崖上栖息下来。他们并肩挨着，站在那里低声密谈。从空中望下去，那两个发出红光的烟头就像是恶魔的两只眼睛，忽明忽暗地窥视着夜色中的古老帝国。

　　冯·波克在间谍这行是个卓越的人物，他在为德国皇帝效忠的谍报人员当中几乎是首屈一指的。由于他的才华和曾取得的突出成就，他作为第一人选被派到英国执行一项最为重要的使命，

252

自从他接受任务以后，世界上真正了解这项任务的那么五六个人越来越钦佩他的才干。其中之一就是他现在的同伴、公使馆一等秘书冯·赫林男爵，这时男爵的那辆一百马力的奔驰轿车正停在乡间小巷里，等着把他的主人送回伦敦。

"据我对事件趋势的判断，你也许本周内就可以回到柏林去，"秘书说，"亲爱的冯·波克，等你到了那边，我想你将会对你受到的热烈欢迎感到惊奇的。这个国家的最高当局对你的工作的看法，我曾有所耳闻。"秘书的个子又高又大，口音却缓慢而深沉，这一直是他政治生涯中的主要资本。

冯·波克笑了起来。"要骗过他们并不很难，"他说道，"没有比他们更加善良而单纯的人了。"

"这一点我倒不知道，"秘书若有所思地说，"他们有一些奇怪的限制，我们必须学会遵守。正是他们表面上的这种简单，对一个陌生人才可能是种陷阱。人们来此得到的第一个印象往往是，他们温和之极。然后，你会突然遇到非常严厉的事情，这时你就会明白你已经达到某种限度，必须使自己适应事实。比如说，他们有他们偏执的习俗，那是必须遵守的。"

"你的意思是说'良好的礼貌'之类的东西吗？"冯·波克叹了一口气，好像曾为此吃过不少苦头。

"就是各种稀奇古怪的英国式的偏见，就以我犯过的一次最大的错误来说吧——我是有资格谈谈我自己的错误的，因为如果你充分了解我的工作，就会知道我的成就了。那时我初次来到这里，被邀请去参加在一位内阁大臣的别墅里举行的一次周末聚会，在这种场合下谈话随便得简直令人吃惊。"

冯·波克点点头。"我去过那儿。"他淡漠地说。

"不用说，我当晚就把情报向柏林作了简要汇报。不幸，我们的那位直率的首相对这类事情相当大意，他在广播中发表的谈话透露了他已经了解到这次聚会所谈的内容。这样一来，英国人当然就追到我头上了，我这次吃的亏，你可不知道。我告诉你，在这种场合，我们的英国主人们不再是温良可欺的。为了消除这次的影响，花了我两年的时间。现在，像你这副运动家姿态——"

"不，不，别把它叫做姿态。姿态是人为的，我这是很自然的。男爵，我是个天生的运动家，我有此爱好。"

"好啊，那就会更有效果了。你同他们赛艇，同他们一起打板球，打马球，你在各项运动中都同他们一比高下，你的单人四马车赛在奥林匹亚是得了奖的，我还听说你甚至还同年轻的军官比过拳击。结果怎样呢？谁也没有把你当一回事。只把你看成一个'运动专家'，'一个作为德国人来说相当体面的家伙'，一个酗酒、上夜总会、在城里到处闲逛的，天不怕地不怕的小伙子。你这所安静的乡村住宅向来是个中心，在英国的破坏活动，有一半是在这儿进行的。而你这位爱好体育的乡绅竟然是欧洲最机智的特工人员，天才，我亲爱的冯·波克——天才呀！"

"您过奖了，男爵。不过我敢说我在这个国家的四年没有虚度，我那个小小的库房还没有给您看过，您愿意进来待一会儿吗？"书房的门直通台阶，冯·波克把门推开，在前面带路。他咔嗒一声打开电灯开关，然后把门关上，那个大块头的人跟在他身后。他仔细把花格窗上厚厚的窗帘拉严密。等到这一切预防措施完毕，他才把他那张晒黑了的鹰脸转向他的客人。

"有些文件已经转移了，"他说，"昨天，我妻子和家属离开这里到福勒辛去了，不很重要的文件已让他们带走。其余的一些，我当然要求使馆给以保护。"

"你的名字已经作为私人随员列入名单，英国海关人员不会为难你和你的行李的。当然，我们也可以不必离开，这也同样是可能的。英国可能扔下法国不管，让法国听天由命。我们可以肯定，英法之间没有签订有约束性的条约。"

"比利时呢？"

"比利时也一样。"冯·波克摇摇头，"我真不明白这怎么能行，明明有条约摆在那儿，比利时永远也无法从这一屈辱中恢复过来了。"

"他至少可以暂时得到和平。"

"那么他的荣誉呢？"

"嗤！亲爱的先生，我们生活在一个功利主义横行的时代，荣誉是中世纪的概念。此外，英国完全没有准备，我们国家的战争特别税高达五千万马克，我们的目的是路人皆知的，就好像在《泰晤士报》头版上登广告一样，可是这些偏偏没有把英国的那些达官绅士们从睡梦中唤醒，这真是不可思议。现在到处都可以听到人们在谈这个问题，我的任务就是寻找答案。到处在制造一股怒气，我的任务就是平息怒气。不过，我可以向你保证，在最关键的一些问题上——军需品的储备，准备进行的潜水艇❶袭

---

❶ 第一次世界大战期间，德国海军首先广泛使用了潜水艇。这时潜水艇已有了汽油发动机，在水中航行时用电力来发动。

击，安排制造烈性炸药——这个古老国家都毫无准备。尤其是我们挑起了爱尔兰内战，闹得不可开交，使英国自顾不暇，他怎么还能参战呢。"

"他必须为自己的命运和前途着想。"

"啊，这是另外一回事。我想，到了将来，我们对英国将有非常明确的计划，而你的情报对我们是极为重要的。对于英国来说，不是今天就是明天的事。如果他愿意在今天，我们已做好充分的准备，如果是明天，那我们的准备就更加充分了。我倒认为，英国应当放聪明一些，参加盟国作战不如袖手旁观。不过，这是他们自己的事，这个星期是决定他们命运的一周。不过你刚才谈到你的文件啦。"男爵坐在靠椅里，悠然自得地品尝着雪茄，灯光直照在他光秃秃的大脑袋上。

这个镶有橡木护墙板、四壁是书架的大房间里，远处角落里挂着幕帘。拉开幕帘，露出一个黄铜的大保险柜，冯·波克从表链上取下一把小钥匙，在锁上经过一番拨弄，打开了沉重的柜门。

"瞧！"他说，站在一边，自豪地用手一挥，似乎那里有他指挥的千军万马的部队。

灯光把打开的保险柜的里边照得雪亮，使馆秘书聚精会神地凝视着一排排装得满满的分类架。每一分类架上有一标签。他一眼望去，是一长串标题，如"浅滩"、"港口防御"、"飞机"、"爱尔兰"、"埃及"、"朴次茅斯要塞"、"海峡"、"罗塞斯"以及其他，等等。每一格里都装满了文件和计划。

"了不起！"秘书说，他放下雪茄烟，两只肥手轻轻地拍着。

"一切都是四年里弄到的，男爵。对一个嗜好饮酒、酷爱骑马的乡绅来说，干得还不坏吧？不过我收藏的珍品就要到了，已经给它备好了位置。"他指着一个空格，空格上面印着"海军密码"。

"可是你这里已经有了一份卷宗材料了。"

"过时了，成了废纸了。海军部已有警觉，把密码全换了。男爵，这无疑是一次打击，我全部战役中最严重的挫折。幸亏我有一个大存折和好帮手阿尔塔蒙，今天晚上将一切顺利。"男爵看看表，感到失望，发出一声带喉音的叹息。

"唉，我实在不能再等了。眼下，事情正在卡尔顿大院里进行着，这一点你是可以想象的。我们必须各就各位，我本来以为可以把你获得巨大成功的消息带回去。阿尔塔蒙没有说定时间吗？"

冯·波克翻出一封电报。

今晚一定带火花塞来。

阿尔塔蒙

"火花塞，唔？"

"你知道，他装作一个品车行家，我开汽车行。我们说的是汽车备件，实际上这是我们的联络暗号。如果他说散热气，指的就是战列舰；说油泵，指的就是巡洋舰，如此，等等。火花塞就是指海军密码。"

"正午的时候从朴次茅斯打来的，"秘书一边说一边查看姓名地址，"对了，你打算给他什么？"

"办好这件事，给他五百英镑。当然他还有工资收入。"

"贪婪的无赖，他们这些卖国贼是有用处的。不过，给他们一笔能够杀人的赏钱，我不太甘心。"

"给阿尔塔蒙，我什么都舍得。他是个信得过的工作者，用他自己的话说，只要我给他的钱足够多，他无论如何都能保证交货。此外，他不是卖国贼，我向你担保，和一个拥有真正的爱尔兰血统的美国人比较起来，我们最激进的泛日耳曼容克贵族在对待英国的感情方面只不过是一只幼鸽。"

"哦，是爱尔兰血统的美国人？"

"你要是见到他，你是不会怀疑这一点的。有时候我无法理解他，他好像已经向英王宣战了。你一定要走吗？他随时可能到这里来。"

"不等了，对不起，我已经超过停留的时间。我们明天清早等你来，等到你从约克公爵台阶的小门里取得那本信号簿，你在英国的使命就胜利结束了。哟！匈牙利葡萄酒！"他指着一个封得非常严实、沾满尘土的酒瓶，酒瓶旁边的托盘里放着两只高脚酒杯。

"在您上路之前，请您喝一杯吧？"

"不了，谢谢。看来你是要痛饮一番喽？"

"阿尔塔蒙很爱喝酒，特别喜欢我的匈牙利葡萄酒。他是个火爆性子，在一些小事情需要敷衍一下。我向你保证，我会仔细观察他。"他们又走到外面台阶上，台阶的那一头，男爵的司机踩动了油门，那辆大轿车隆隆地发动着并摇晃了起来。

"我想，这是哈里奇的灯火吧，"秘书说着披上了风雨衣，

"一切显得多么寂静、太平。一个星期之内也许就会出现另外的火光，英国海岸就不再是平静的地方啦！如果齐柏林❶答应我们的事成为现实，就连天堂也不会很太平了。咦，这是谁？"他们身后只有一个窗口露出灯光，屋里放着一盏灯，一个脸色红润的老年妇女，头戴乡村小帽坐在桌旁。她弯着腰在织东西，不时停下来抚摩她身边凳子上的一只大黑猫。

"这是玛莎，我留下来的唯一的仆人。"

秘书咯咯一笑。

"她几乎是不列颠的化身，"他说，"专心一意，悠闲自在。"

"好了，再见，冯·波克！"男爵招招手，进了汽车。车头上的灯射出两道金色的光柱，穿过黑暗。秘书靠在豪华轿车的后座上，满脑子都是即将降临的欧洲悲剧。当他的汽车在乡村小街上拐来拐去的时候，迎面开过来一辆小福特汽车，他都没有注意到。

奔驰车灯的亮光消失在远处，这时冯·波克才慢慢踱回书房。

当他经过时，他注意到老管家已经关灯就寝了。他那座占地很广的住宅里一片寂静和黑暗，这使他有了一种新的体会，因为他的家业大，他家里的人都平安无恙。除了那个老妇人在厨房里磨蹭以外，这个地方由他一个人独占，让他感到欣慰和踏实。书房里有许多东西需要整理，于是他动起手来，直到他那俊美的脸被烧文件的火光烤得通红。

桌旁放着一个旅行提包，他开始仔细而有条理地整理贵重物件，准备放进皮包。当他刚要进行这一工作时，他那灵敏的耳朵听到远处有汽车声。他顿时满意地舒了一口气，他将皮包上的皮带拴好，关上保险柜门，锁好，赶忙走向外面的台阶。来到台阶上，正好看见一辆小汽车的灯。小汽车在门前停下，车里跳出一个人，迅速向他走来。车里的那个司机上了一点年纪，一脸灰白胡子，但身体结实，他坐在那里像要准备整夜值班似的。

"你好吗？"冯·波克一边急切地问道，一边向来访的人迎上去。

来人得意洋洋地举起一个黄纸小包挥动着作为回答。"今晚你得欢迎我呀，先生，"他嚷道，"我是得胜而归。"

"海军信号吗？"

"就是我在电报里说的东西，样样都有，信号机，灯的暗码，马可尼式无线电报——不过，这是复制品，可不是原件，那太危险。不过，这是真货，你可以放心。"他粗里粗气地拍拍德国人的肩膀，显得很亲热，但德国人躲开了这种亲热的表示。

"进来吧，"他说，"屋里就我一个人，我等的就是这个，复制品比原件好。要是丢了原件，他们会全部更换的，你认为复制品靠得住吗？"

这个爱尔兰籍的美国人进了书房，很随意地舒展修长的四肢坐在靠椅上。他是一个又高又瘦的六十岁的人，面貌清癯，留着

他是一个又高又瘦的六十岁的人，面貌清癯，留着一小撮山羊胡子，就像山姆大叔的漫画像。

一小撮山羊胡子，就像山姆大叔的漫画像。他嘴角叼着一支抽了一半的、被唾沫浸湿了的雪茄烟，他坐下以后，划了一根火柴，把烟重新点燃。"打算搬家吗？"他一面说，一面打量四周。"喂，喂，先生，"他接着说，保险柜前面的幕帘这时是拉开的，他的目光落到了保险柜上面。"你就把文件放在这里面？"

"为什么不呢？"

"唉，放在这么一个敞开的新玩意儿里面，他们会把你当成间谍的。一个美国牛仔用一把开罐头的小刀就可以把它打开了，要是知道我的来信都放在这样一个不保险的地方，傻瓜才写信给你呢。"

"哪一个强盗也拿这个保险柜没办法，"冯·波克回答说，"随便你用什么工具都锯不断这种金属。"

"开锁呢？"

"也不行，锁有两层。你知道是怎么一回事吗？"

261

"我可不知道。"美国人说。

"想把锁打开，首先你得知道某一个字和几个号码。"他站立起来，指着钥匙孔四周的双层圆盘。"外面一层是拨字母的，里面一层是拨数字的。"

"哦，哦，好极啦。"

"所以，并不像你想的那么简单。这是我四年前请人特制的，我选定字和数字的办法，你觉得怎么样？"

"我不懂。"

"哦，我选定的字是'august❶'，数字是'1914'。你看这儿。"

美国人脸上显出惊异和赞赏的神色。"真了不起！你这玩意儿真妙。"

"是啊，当时能猜出日期的也没有几个人，可现在你知道了。但我明天早上就关门不干了。"

"那么，我看你也得把我安顿一下吧，我可不愿意一个人孤零零地留在这个无聊的国家里。我看，一个星期，也许不到一个星期，约翰牛就要竖起后腿跳起来发火了。我倒不如过海峡那边去观望观望。"

"可你是美国公民呀？"

"那又怎么样，杰克·詹姆斯也是美国公民，还不是照样在波特兰坐牢。对英国警察说你是美国公民顶个屁用。警察会说：

---

❶ 英文的8月。

'这里是英国法律和秩序管辖的地方。'对了，说起杰克·詹姆斯来，先生，我觉得你并没有尽力掩护好你手下的人。"

"你这是什么意思？"冯·波克严厉地问道。

"嗯，你是他们的老板，对不对？你不能让他们失败。可是他失败了，你什么时候救过他们呢？就说詹姆斯——"

"那是詹姆斯自己的过错，这你自己也知道，他干这一行太喜欢自作主张，不听指挥。"

"詹姆斯是个笨蛋，我承认。那么霍里斯呢？"

"这个人是疯子。"

"噢，他到最后是有点糊里糊涂，他得从早到晚和一百来个想用警察的办法对待他的家伙打交道，这也够使人发狂了。不过现在是斯泰纳——"

冯·波克猛然一愣，脸色由红转白。"斯泰纳怎么啦？"

"哼，他们逮住他啦，就是这么回事。他们昨晚抄了他的铺子，连人带文件都进了朴次茅斯监狱。你一走了事，他这个可怜虫还得吃苦头，能保住性命就算幸运了。所以，你一过海，我也要过海去。"

冯·波克是个坚强而能自我控制的人，但是显而易见，这一消息使他感到震惊。"他们怎么会抓到斯泰纳的呢？"他喃喃地说，"这个打击真糟透啦。"

"你差点碰上更糟糕的事了，因为我想，他们要抓我的日子也不会远了。"

"不至于吧！"

"没错，我的房东太太弗雷顿受到过陌生人的查问。我一听这事，就知道我得赶紧了。不过，先生，我想知道的是，警察是怎么知道这些事的？自从我签字替你干事以来，斯泰纳是你损失的第五个人了。要是我不赶紧，我知道第六个人会是谁。这，你怎么解释呢？你眼看手下的人一个个失败，你不觉得惭愧吗？"

冯·波克的脸涨得通红。"你怎么敢这样说话？"

"我要是敢做不敢当，先生，我就不会给你干事了。不过，我把我心里想的事直截了当告诉你吧。我听说，对你们德国政客来说，每当一名谍报人员任务完成后就把他甩了，这对你们来说，是不会感到可惜的。"

冯·波克猛地站了起来："你竟敢说是我出卖了我自己的谍报人员！"

"我不是这个意思，先生，反正这里面有事，得由你们去把问题查清楚。反正我不想玩命了。我这就去荷兰，越快越好。"

冯·波克压制住怒气。"我们曾经长期合作，现在值此胜利的时刻不应该发生争吵，"他说，"你的工作干得很出色，冒了许多风险，这一切，我不会忘记，尽量设法到荷兰去吧，从鹿特丹再坐船去纽约。在下个星期内，别的航线都不安全。那本书我来拿着，同别的东西包在一起。"这位美国人手里拿着那个小包，没有交出去的意思。

"钱呢？"美国人问道。

"什么？"

"现款，五百英镑。那个内线最后居然翻脸不认账了，我只好答应再给他一百英镑清账，要不对你我都没有好处。他说的也是实话，现在风声太紧了。不过我给了这最后的一百英镑，事情就成了。从头到尾，花了我两百英镑。所以，不给钞票就叫我罢休，恐怕说不过去吧。"

冯·波克苦笑一下。"看来，你对我的信誉评价不高哇，"他说，"你是要我先交钱，再给我书吗？"

"先生，做交易嘛。"

"好吧，照你的办。"他在桌边坐下，从支票簿上撕下一张支票，在上面写了几笔，但是没有交给美国人。"你我的关系弄到这种地步，阿尔塔蒙先生，"他说，"既然你信不过我，我也没有理由信得过你了。懂吗？"他补上一句，转过头看看站在他身后的那位美国人。"支票在桌子上。在你取款之前，我有权检查你的纸包。"

>>>

"我要是敢做不敢当，先生，我就不会给你干事了。
不过，我把我心里想的事直截了当告诉你吧。"

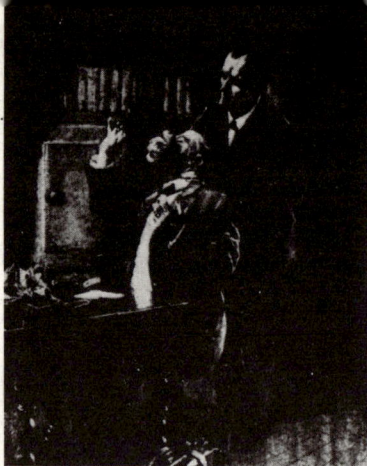

美国人把纸包递过去,什么也没有说。冯·波克解开绳子,把包在外面的两张纸打开。出现在他面前的是一本蓝色小书,他暗自吃惊,坐在那里对着书呆了一会儿,书的封面上印着金字:《养蜂实用手册》。这个间谍头子对这个与谍报风马牛不相及的奇怪书名刚瞪眼看了一会儿工夫,他的后脖颈就被一只手死死卡住了,一块浸有乙醚的海绵放到了他那扭歪了的脸上。

"再来一杯,华生!"福尔摩斯一边说一边举起一个帝国牌葡萄酒瓶。

坐在桌旁的那个结实的司机迫不及待地把酒杯递过去。

"真是好酒,福尔摩斯。"

"美酒,华生。我们这位躺在沙发上的朋友曾对我说过,这酒肯定是从弗朗兹·约瑟夫皇帝的专门酒窖里运来的。劳驾请你把窗子打开,乙醚的气味对我们的品尝可没有好处。"

保险柜半开着,福尔摩斯站在柜前,取出一本一本的卷宗,逐一查看,然后整齐地放进冯·波克的提包里。这个德国人躺在沙发上鼾声如雷,一根皮带捆着他的胳膊,另一根皮带捆着他的双脚。

"不用慌，华生，不会有人来打扰我们的。请你按铃，好吗？除了玛莎以外，这屋里没有别人。玛莎起的作用令人钦佩，我一开始处理这一案件，就把这里的情形告诉了她。啊，玛莎，一切顺利。你听了一定会高兴的。"

满心高兴的老太太出现在过道上，她对福尔摩斯屈膝行礼，笑了一笑，但是有些不安地看了一眼沙发上的那个人。

"没什么，玛莎，我没有伤着他。"

"那就好，福尔摩斯先生。从他的知识程度来看，他倒是个和气的主人。他昨天让我跟他的妻子一起到德国去，那样可就配合不上您的计划了，是吧，先生？"

"是的，玛莎。只有你在这里，我才放心。我们今天晚上等你的信号等了好一会儿。"

"那个秘书在这儿，先生。"

"我知道，他的奔驰汽车就是从我们的汽车旁边开过去的。"

"我还以为他不走了呢，我知道，先生，他在这儿，你的计划就没法进行。"

"确是如此，我们大约等了半个钟头，就看见你屋里射出的灯光，知道没有障碍了。玛莎，你明天到伦敦，可以去克拉瑞治饭店向我报告。"

"好的，先生。"

"我想你是准备走了。"

"是的，先生。他今天寄了七封信，我都照样记下了地址。"

"好极了，玛莎。我明天再细细查看，晚安！这些文件，"当老太太走远了，福尔摩斯接着说，"不很重要，因为文件所提供的情报早已到了德国政府手里，原件是无法安全送出这个国家的。"

"那么说，这些文件没有用了。"

"也不能这么说，华生。文件至少可以向我们的人表明什么已经被别人知道，什么还没有被别人知道。有许多这类文件都是经过我的手送来的，不用说，根本不可靠。能够看到一艘德国巡洋舰按照我提供的布雷区的计划航行在索伦海上，将会使我的晚年不胜荣耀。而你，华生——"他放下手头的工作，扶着老朋友的双肩，"我还没有看见你的真面目呢，这几年你过得怎么样？你看起来还像从前那样，是个愉快的孩子。"

"我觉得好像年轻了二十岁，福尔摩斯。当我收到你要我开车到哈里奇和你见面的电报时，非常开心，我很长时间没那样高兴了。可是你，福尔摩斯——你也没有什么改变——除了那绺山羊小胡子。"

"这是为我们的国家作出的一点必要的牺牲，华生，"福尔摩斯说着捋了一捋小胡子。"到了明天这胡子就成了不愉快的回忆了，我会去理个发，修整修整外表，明天再度出现在克拉瑞治饭店的时候，无疑会和扮演这个美国人之前的我一模一样——自从我扮演了美国人这个角色之后——请你原谅，华生——我的英语似乎已经长时期不纯正了。"

"可你已经退休了，福尔摩斯。我们听说你在南部草原的一个小农场上与蜜蜂和书本为伍，过着隐士般的生活。"

"一点不错，华生。这就是我悠闲自在生活的成果——我近年来少有的杰作！"他从桌上拿起一本书，念出书的全名：《养蜂实用手册，兼论隔离蜂王的研究》。"是我一个人完成的，这项成果是我日夜操劳，苦心经营取得的。我观察过这些勤劳的小小蜂群，正如我曾一度观察伦敦的罪犯世界一样。"

"那么，你怎么又开始恢复工作了呢？"

"啊，我自己也常常感到有些奇怪。单是外交大臣一个人，我倒还能经受得住，可是首相也打算光临寒舍——是这样，华生，躺在沙发上的这位先生对我国的民众可太好啦。他有一伙人，让我们国家的好些事情都遭遇失败了，可是政府找不出原因。曾经怀疑一些谍报人员，甚至逮捕了一些。但是事实证明，存在着一支更强大的秘密核心力量，揭露和破坏他们的整个组织是绝对必要的。所以，从上而下的强大压力迫使我感到侦察此事责无旁贷，于是我花了两年时间，华生，但这两年并不是没有乐趣的。等我把这里面的情况告诉你，你就知道事情是多么复杂了。简单地说，我从芝加哥出发远游，加入了布法罗的一个爱尔兰秘密团体，给斯基巴伦的警察添了不少麻烦，最后引起冯·波克手下的谍报人员的注意。这个人认为我很有出息，就向冯·波克推荐了我。从那时起，我取得了他们的信任。这样，在我的巧妙安排下，他的大部分计划都不同程度地出了差错，他手下的五名最精干的谍报人员都进了监狱。华生，我牢牢地监控着这些间谍，他们成熟一个，我就抓一个。唔，先生，你一切还好吗？"

这最后一句话是说给冯·波克本人听的，他经过一阵喘息和眨眼之后，安静地躺着听福尔摩斯说话。后来他气愤地狂吼起来，用德语谩骂，脸气得直抽搐。而福尔摩斯在他的犯人恶毒地诅咒时，迅速地检查文件。

"德语虽然不富于音乐性，但也是所有语言中最有表达力的一种。"当冯·波克骂得精疲力竭停息下来时，福尔摩斯说道。"喂！喂！"他接着说，这时他的眼睛盯着他还没有放进箱子的一张临摹图的一角。"还应该再抓一个，我还不知道这位主任会计是个无赖，虽然我曾长期监视他。冯·波克先生，你得回答许多问题呀。"

俘虏在沙发上挣扎着坐了起来，他以一种憎恨和惊惧的奇怪神情看着捕获他的人。

"阿尔塔蒙，我要跟你较量一下，"他郑重缓慢地说，"即使花去我毕生时间，我也要跟你较量一下。"

"这是你们的老调子啦，"福尔摩斯说，"过去我听得多了，这是已故的伤心的莫里亚蒂教授喜欢唱的调子，塞巴斯蒂安·莫兰上校也同样唱过。然而，我依然健在，并且在南部草原快乐地养蜂。"

"我诅咒你，你这个无耻的双料的卖国贼！"德国人嚷道，使劲地拉扯他身上的皮带，狂怒的眼睛里杀气腾腾。

"不，不，还不至于那样糟糕，"福尔摩斯笑着说，"我来告诉你，芝加哥的阿尔塔蒙先生，实际上并无此人。我不过利用一下他的名字，他本人已经消失了。"

"那，你是谁？"

"我是谁，这并不重要。既然你对此感兴趣，冯·波克先生，我告诉你，这不是我第一次和你家里的人打交道。我过去在德国做过大笔生意，我的名字，你也许并不陌生。"

"我倒愿意知道。"这个普鲁士人冷冷地说。

"当你的堂兄亨里希任帝国公使的时候，使艾琳·艾德勒和前波希米亚国王分居的是我；把你母亲的哥哥格拉劳斯坦伯爵救

270

>>>

出虚无主义者克洛普曼的魔手的也是我。我还——"听到这里，冯·波克惊愕地坐了起来。

"原来你们都是同一个人。"他嚷道。

"一点不错。"福尔摩斯说。

冯·波克叹了一口气，又跌倒在沙发上。"那些情报，大部分是经过你的手，"他嚷道，"瞧，我干了些什么？你把我毁啦，永远毁啦！"

"当然是有点不靠谱，"福尔摩斯说，"需要加以专业的核对，而你却没有时间去做。你的海军上将可能会发现，英国的新式大炮比他料想的要大些，巡洋舰也可能比德国的稍微快些。"

冯·波克绝望地一把掐住自己的喉咙。

"有许多细节到时候自然会水落石出。但是，冯·波克先生，你有一种德国人很少有的气质。那就是：你是位运动员，当你认为以智胜人者终于反被人以智取胜的时候，你对我并无恶意。不管怎么说，你为你的国家尽了最大努力，我也为我的国家尽了最大努力，还有什么能比这更加合情合理的呢？另外，"他的手一面放在这位屈伏着的人的肩上，一面并非不客气地接着说，"这总比倒在某些卑鄙的敌人面前要好些，华生，文件已准备好了。如果你能帮我处理一下这个犯人，我想我们立即就可以出发去伦敦了。"

搬动冯·波克不是一件容易的事，他身强力壮，拼命挣扎。最后，两个老伙计分别抓住他的两只胳膊，慢慢让他走到花园的小道上。几个小时之前，当他接受那位著名外交官的祝贺时，他曾无比自豪、信心百倍地走过这条小道。经过一阵竭力的挣扎，他仍然被捆住手脚，抬起来塞进了那辆小汽车的后部空座上，他那个贵重的旅行提包也摆在他旁边。

"只要条件许可，我尽量会让你舒服一些，"一切安排妥当后，福尔摩斯说，"如果我点燃一支雪茄烟放进你嘴里，不算是放肆无礼吧？"可是对于这个怒气冲冲的德国人来说，一切人性化的关照都是白费的。

"夏洛克·福尔摩斯先生，我想你懂得，"他说，"你们这样对待我，如果是出自贵国政府的命令，那就是战争行为。"

"那么，你的政府对这一切物证又该作何解释呢？"福尔摩斯说着，轻轻敲打手提皮包。

"你现在仅仅是代表你自己，你无权拘捕我。整个程序是绝对非法的、粗暴的。"

"绝对的。"福尔摩斯说。

"绑架德国公民，并且盗窃他的私人文件。哼，你们干了什么，你们自己知道，你，还有你的同谋。等会经过村子的时候，我要是呼救——不，不，待着别乱动——"

"亲爱的先生，你刚才的这种徒劳无益的挣扎很愚蠢，因为你可能会给我们提供一块路标'悬吊着的普鲁士人'，英国人是有耐心的，可是眼下他们有点恼火，最好还是不要过分惹怒他们。冯·波克先生，你还是放明白些，安静地跟我们到苏格兰场去。你可以从那儿找人去请你的朋友冯·赫林男爵。尽管如此，你会发现，你已无法填补他替你在使馆随员当中保留的空缺了。至于你，华生，你还是同我们一起干你的老行当，伦敦是离不了你的。来，同我在这台阶上站一会儿，这可能是我们最后的一次宁静的交谈了。"

两个老朋友亲切地交谈了一阵，再一次回忆起过去的那些日子。

这时，他们的俘虏又想挣脱出来，结果还是白费力气。当他们两人向汽车走去的时候，福尔摩斯指着身后月光下的大海，若有所思地摇了摇头。

"要刮东风了，华生。"

"我看不会，福尔摩斯。天气很暖和嘛。"

"亲爱的华生，你是这个多变的时代里少有的固定不变的时刻表。东风会刮起来的，这个岛国还从来没有刮过这种风，东风袭来的时候天气会很冷，风力也十分狂暴。华生，这阵风刮过的时候，我们有好多人可能会凋谢，但这依然是上帝之风。风暴过去后，世界会变得更加净化，也会更加美丽，我们这个岛国将会变得更加强大。华生，开车吧，该上路了。我这里还有一张五百英镑的支票要赶快去银行兑现，如果这位德国绅士还来得及通知银行拒付的话，他绝对会拒付的。"